कहानी प्रसंग

सम्पादक
डॉ. लवलेश दत्त

redgrab
-books

कहानी-प्रसंग (कहानी संकलन)
संपादक - डॉ. लवलेश दत्त

प्रकाशक : रेडग्रैब बुक्स
942, मुट्ठीगंज, इलाहाबाद-3 उत्तर प्रदेश, भारत
वेबसाइट - www.redgrabbooks.com
ईमेल - contact@redgrabbooks.com

संस्करण : प्रथम, जनवरी 2018

ISBN : 978-93-87390-11-9
आवरण : श्री कम्प्यूटर्स, इलाहाबाद
टाइप सेटिंग : श्री कम्प्यूटर्स, इलाहाबाद

संपादकीय

किसी भी भाषा के साहित्य की सबसे लोकप्रिय विधा कहानी है। इसके लोकप्रिय होने का कारण स्वयं लोक ही है, क्योंकि इसका उद्‌गम, लोक है; लोक में ही इसका विस्तार होता है, और लोक में ही इसे प्रसिद्धि प्राप्त होती है। पहली, दूसरी, या कहानी के इतिहास पर चर्चा न करके कहानी की लोकप्रियता और उसके प्रभाव को समझा जाना अनिवार्य है।

कहानी का जन्म समाज में ही होता है; उसके पात्र, घटनाएँ और विस्तार भी समाज में ही होता है, यही कारण है कि मनुष्य के जीवन के साथ कहानी समानान्तर चलती है। कहानी ने जितनी मजबूत पकड़ बनाए रखी है, संभवतः उतनी किसी अन्य विधा ने नहीं। साहित्य के इतिहास पर दृष्टि डाली जाए, तो न केवल भारत, अपितु भारत के बाहर भी कहानी के महत्त्व को स्वीकार किया गया है। अलिफ लैला, हातिमताई, सिंदबाद की कहानियाँ आदि तो बाहर से ही भारत में आईं, और भारतीय साहित्य के साथ-साथ प्रचलित तथा लोकप्रिय हुईं।

कहानी की लोकप्रियता का मूल कारण है इसके पात्रों और घटनाओं की जीवंतता। प्रायः यह देखने में आता है कि जो पात्र और घटनाएँ हमारे जीवन के आसपास होती हैं, वे ही हमें याद रहती हैं; और यदि कहानियाँ उन्हीं पर आधारित हों, तो वे कहानियाँ हमारे जीवन का हिस्सा बन जाती हैं, और पीढ़ी-दर-पीढ़ी स्थानान्तरित होती रहती हैं। एक समय ऐसा भी आता है कि वे काल्पनिक कहानियाँ, हमारी संस्कृति का ही नहीं, अपितु हमारे अस्तित्व का एक हिस्सा बन जाती हैं।

कहानियों ने सुदीर्घ यात्रा की है। अपनी इस यात्रा में कहानी, काल्पनिक लोक से निकलकर यथार्थ के धरातल तक पहुँची है। कुछ ने तो उसके आगे की यात्रा भी कर ली, और समकालीन कहानी के रूप में हमारे समक्ष है। प्रस्तुत कहानी-संग्रह में संग्रहीत कहानियाँ अलग-अलग रंगों की हैं; उनके अलग-अलग रंगों में भी एक समानता है, और वह है उनका मानव जीवन के निकट होना, उनकी स्वाभाविकता, और उनमें एक समान भावभूमि का होना। ये कहानियाँ, व्यक्ति के अलग-अलग मनोभावों को प्रदर्शित करती हैं।

इनमें यदि महानगरीय जीवन की व्यथा-कथा है, तो सुदूर ग्राम्यजीवन की सोंधी खुशबू भी है, जहाँ एक ओर बेरोज़गारी की पीड़ा है, तो दूसरी ओर प्रेम की वेदना भी है। आधुनिक समाज में बूढ़े माता-पिता को बोझ समझकर उनकी उपेक्षा की कड़वी सच्चाई है, तो माता-पिता के लिए अपार स्नेह व श्रद्धा की मिठास भी है। इन्हीं रंगों से रँगी सभी कहानियाँ, अपने-आप में उत्कृष्टता और सम्पूर्णता लिए हुए हैं। लेकिन उनका मानवीयता के धरातल पर स्थापित होना उनकी आन्तरिक संरचना को एक जैसा बनाता है, भले ही उनमें अलग-अलग अंचल की शब्दावली से युक्त भाषा का प्रयोग हुआ हो।

संग्रह की कहानियाँ, देश के अलग-अलग भागों के रचनाकारों से प्राप्त हुई हैं। सभी कहानियों को भली-भाँति पढ़कर, उनकी प्रभावोत्पादकता को पहले स्थान पर रखा गया है, तथा शास्त्रीय पक्ष को गौण लेते हुए उनमें मौलिकता और अभिव्यंजना को प्रमुख रूप से देखा गया है; इसके साथ ही पात्रों और घटनाओं की स्वाभाविकता को भी स्थान दिया गया है... किसी भी घटना या पात्र अस्वाभाविक होने से कहानी का उद्देश्य समाप्त हो जाता है।

कहानी समकालीन है या पारम्परिक, इस बात का कोई महत्त्व नहीं है; प्रमुख बात यह है कि कहानी का प्रभाव किस रूप में पाठक पर होता है। कुछ कहानियाँ अपने विन्यास में पढ़ते-पढ़ते, पाठक के मन-मस्तिष्क में अपनी छाप छोड़ने में सफल होती हैं, तो कुछ कहानियाँ थोड़ा सा वैचारिक परिश्रम करवाने के बाद दीर्घकाल तक हमारे मानस पटल पर अंकित हो जाती हैं। इन सब बातों को ध्यान में रखकर संग्रह की कहानियों का चयन किया गया है।

इस संग्रह के प्रकाशन की योजना, और फिर उसे मूर्त रूप में लाने में अंजुमन प्रकाशन, और उससे जुड़ी पूरी टीम साधुवाद की पात्र है। यह एक ऐसा आयोजन है जो किसी महायज्ञ से कम नहीं है; ऐसे में देश के कोने-कोने से प्रविष्टियाँ आमंत्रित कर, उन्हें एक पटल पर रखकर साहित्यरसिकों और पाठकों के मध्य ले जाना बहुत श्रमसाध्य कार्य है, जिसको बहुत निष्ठा के साथ भाई वीनस केसरी और उनकी पूरी टीम ने किया है, इसके लिए वे बधाई के पात्र हैं; साथ ही वे सभी लेखक, जिन्होंने इस महायज्ञ में अपनी प्रविष्टियाँ भेजीं, उनका भी अभिनन्दन और आभार, क्योंकि उनके सहयोग के बिना यह कार्य असंभव था। जिन रचनाकारों की कहानियाँ चयनित नहीं हो पाईं, वे किसी भी स्तर पर कम नहीं थीं, बल्कि उनका प्रयोग न कर पाने का हमें खेद है, क्योंकि हर कार्य

की अपनी सीमा व मर्यादा होती है, और उसका उल्लंघन करना ठीक नहीं होता।

अंततः सभी चयनित रचनाकारों को हार्दिक बधाई देते हुए, अपने सुधी पाठकों से अपेक्षा करते हैं, कि वे इस संग्रह को अपना प्रेम प्रदान करेंगे।

- डॉ. लवलेश दत्त
'शिवछाँह', 165-ब, बुखार पुरा,
पुराना शहर, बरेली-243005
मो0-9412345679

अनुक्रम

अजय कुमार पाण्डेय

मोबाइल : 09425875128
ईमेल : ajaypandey117@gmail.com
पुस्तकें : कविता, कहानी तथा उपन्यास विधा की पाँच पुस्तकें
पता : बी-1/ 193, हिन्दुस्तान कॉपर लिमिटेड, मलांजखण्ड, जिला- बालाघाट (म.प्र.) 481116

संपादकीय टिप्पणी

आज के भौतिकतावादी युग में मनुष्य अपनी जरूरतों को पूरा करने में इतना व्यस्त हो गया है, कि उसके सामने सारे रिश्ते-नाते अपने अर्थ खोते जा रहे हैं; आज लोग अपने से बड़ों का आदर करना तो दूर, उनके प्रति सकारात्मक दृष्टिकोण भी नहीं अपनाते... सफलता और योग्यता प्राप्त करने लेने के बाद तो लोग अपने मातापिता को भी छोड़कर चले जाते हैं; ऐसे ही बुजुर्ग पिता की बीमारी में उसके पुत्रों द्वारा उसकी उपेक्षा करना और उसके प्रति संवेदनहींन होना, प्रस्तुत कहानी 'परिन्दे' में, श्री अजयकुमार पाण्डेय ने बहुत ही मार्मिकता के साथ प्रस्तुत किया है।

परिन्दे

"बाबा। आज तुम्हारी छुट्टी हो रही है; तुम्हारे घर से कोई नहीं आया?" राउंड पर आए डॉक्टर ने धरम दास से पूछा। धरम दास का चेहरा एकाएक उतर गया, वे कुछ नहीं बोले। नर्स ने चेकअप करके बताया कि ब्लड प्रेशर, शुगर आदि सब नॉर्मल है।

डॉक्टर, नर्स को धरम दास के डिस्चार्ज के कागज़ात बनवाने के लिए कार्मिक विभाग को निर्देश देने के लिए कहकर आगे बढ़ ही रहे थे, कि धरम दास बोल उठे, "प्लीज़ डॉक्टर साहब। ज़रा एक मिनट सुनिए..."

डॉक्टर ने पलटकर वापस आते हुए पूछा, "क्यों बाबा, क्या बात है?"

"डॉक्टर साहब, मुझे डिस्चार्ज़ मत करिये प्लीज़" डॉक्टर हैरान रह गया।

"क्यों बाबा? क्यों डिस्चार्ज़ न करें? अब तो आप बिल्कुल अच्छे हो गए, हो और हर मरीज़ जल्दी-से-जल्दी अच्छा होकर यहाँ से जाना चाहता है; कोई भी यहाँ अधिक दिन रहना नहीं चाहता है... तुम्हारे दोनों बेटों में से कोई भी आए तो उसे मेरे केबिन में भेज देना; घर पर आपको कैसे दवाएँ देना है, और क्या एहतियात बरतना है, मैं बता दूँगा।" धरम दास की आँखों में आँसू आ गए। वे कुछ नहीं बोले। डॉक्टर, नर्स को निर्देश देकर अगले मरीज़ को देखने बढ़ गया।

मैं अपने परिचित को देखने अस्पताल आया हुआ था; उनका एपेंडिक्स का ऑपरेशन हुआ था, और वे उन्हीं बाबा के बगल वाले बेड पर थे। न जाने क्यों मुझे उन बुज़ुर्ग की बातें सुनकर और उनका मुरझाया चेहरा देखकर अच्छा नहीं लगा। वे रिश्ते में मेरे कुछ भी नहीं लगते थे, फिर भी मुझे उनसे हमदर्दी होने लगी थी। उम्र कोई पचहत्तर से अस्सी के बीच रही होगी, चेहरे मोहरे से किसी अच्छे परिवार के लगते थे, परिधान भी कीमती, किंतु पुराने थे; देखकर लगता था, मानो अपने समय में वे बहुत ही रोब-दाब वाले रहे होंगे। मैं उनके पलंग के पास वाली कुर्सी पर जाकर बैठ गया। मुझे कुछ अचरज सा हो रहा था, कि लोग तो जल्दी से जल्दी अस्पताल से निकलकर अपने घर जाना चाहते हैं, और ये शख्स हैं कि घर जाने से मना कर रहे हैं। मैंने पूछा, "बाबा, आप तो अच्छे हो गए हैं, आज तो आपको खुश होना चाहिए कि आप यहाँ से घर वापस जा रहे हैं।"

"बेटा, घर जाकर मैं क्या करूँगा? कौन मेरी देखभाल करेगा? यहाँ कम-से-कम अस्पताल का स्टॉफ तो मेरी सेवा कर रहा है, लोग आते-जाते हाल-चाल पूछ लेते हैं; वहाँ बात करने के लिए किसके पास समय है? "अरे, वही दो बेटे, जो आपके लिए सुबह-शाम खाना लेकर आते थे, उनका परिवार भी तो होगा, भरे-पूरे घर में अच्छा लगेगा।" मेरी बात सुनकर धरम दास ने एक गहरी लंबी साँस ली; थोड़ी देर शांत रहने के बाद बोले, "किसके पास इतना समय है बेटा, कि बूढ़े बाप के पास बैठकर अपना समय जाया करे? उनके लिए एक-एक

मिनट कीमती है; आज दोनों के पास धन की कोई कमी नहीं है, फिर भी बूढ़े बाप के लिए टिफिन के दिन तय हैं... कल छुट्टी का दिन था इसलिए टिफिन की भी छुट्टी। बच्चों को, अभी से उनका बचपना मार कर इस कदर प्रतियोगिता की चक्की में झोंक दिया गया है, कि उनके पास भी समय नहीं है; कुछ समय मिलता भी है तो बस टी.वी. और वीडियो गेम्स में बीतता है, संस्कार तो रह ही नहीं गए हैं। मुझे हार्ट अटैक आया था, मगर बेटों के पास इतना समय भी नहीं था कि मेरा हाल पूछते; पड़ोसियों ने लाकर यहाँ भर्ती कराया तो मेरी जान बची। सोचता हूँ कि क्यों उन्होंने मुझे यहाँ पहुँचाया। मर जाने देते तो कम से कम इस ज़िल्लत भरी ज़िन्दगी से छुटकारा तो मिल जाता।'' धरम दास साँस लेने को रुके, फिर कहना आरंभ किया, ''बेटा, भगवान से मैं इतनी प्रार्थना करता हूँ, कि वह इंसान को बूढ़ा होने के पहले ही दुनिया से उठा ले; जब तक मेरी पत्नी जीवित थी, मुझे ज़रा भी तक़लीफ़ नहीं होने देती थी, हम दोनों एक दूसरे की तनहाइयों को साझा कर लेते थे। बहुएँ कुछ अधिक पढ़ी-लिखी थीं; अपने बच्चों को अपने अनुसार ढालना चाहती थीं। उनका मानना था, दादा-दादी, लाड़ प्यार में बच्चों को बिगाड़ देंगे, और वही दकियानूसी पुरानी कहानियाँ सुना-सुनाकर उनके दिमाग़ में कचरा भर देंगे। कौन महिला ऐसी होगी, जिसे अपने नाती-पोतों से स्नेह न होगा? कहते भी हैं कि मूल से अधिक सूद प्यारा होता है। मेरी पत्नी बहुत दुःखी रहती थी। मैंने कई बार कहा भी कि मैं बहुओं को डाँटता हूँ; लेकिन उसने ही मना कर दिया था; कहा था, बच्चे जैसे भी रहें, खुश रहें। मैं जानता था, वह अंदर ही अंदर कितना घुटती रही थी। अपनों का परायापन उसे बुरी तरह तोड़ गया था। एक ही छत के नीचे रहकर भी किसी के पास इतना वक़्त नहीं होता था कि कभी दो घड़ी पास बैठकर दो बातें कर ले। इसी एकाकीपन और उपेक्षा के ग़म ने उसे भीतर से खोखला कर दिया, और एक दिन उसकी जान निकल गई; मैं एकदम अकेला रह गया।'' धरम दास का गला रुँध गया; स्वयं को सहज करने के लिए थोड़ा रुके, फिर बोले, ''हम बूढ़े लोग क्या सिर्फ़ परिन्दे होते हैं, जिनकी भावनाओं का कोई मोल नहीं होता? बस, समय-समय पर दाना डालते जाओ, और उनके उड़ जाने का इंतज़ार करते रहो?'' धरम दास की आवाज़ भर्राने लगी थी। वे चुप हो गए। मैंने महसूस किया कि मन से वे बहुत टूट चुके हैं; कोई बात उन्हें भीतर तक आहत कर गई थी। आज बुज़ुर्गों को किसी पंछी की तरह केवल दाना-पानी की नहीं, बल्कि सहानुभूति की आवश्यकता अधिक होती है; वे हमसे कुछ नहीं चाहते, बस उनसे कोई दो पल बैठकर हाल-

चाल पूछ ले, थोड़ा समय निकालकर दो घड़ी उनके पास बैठकर बातें कर ले; वे इतने भर से खुशी से झूम जाते हैं। उनकी उपेक्षा ही उनकी सबसे बड़ी बीमारी होती है। भरे पूरे परिवार में रहते हुए भी उन्हें एकाकी जीवन जीने को विवश होना पड़ता है। मैंने गिलास में पानी लिया और धरम दास को देते हुए कहा-

"बाबा, आप चिंता मत करिए; समय के साथ सब ठीक हो जाएगा, कोई न कोई बेटा आपको लेने आता ही होगा, आप घर जाने की तैयारी कीजिए।" अचानक धरमदास के चेहरे पर आशा की एक लक़ीर उभर आई थी, जो कुछ ही देर में विलुप्त भी हो गई। मैं जानता था कि मैं उन्हें मात्र सांत्वना ही दे रहा हूँ ; और शायद धरमदास को भी मालूम था, अतः उन्होंने कोई प्रतिक्रिया व्यक्त नहीं की। मुझे भी दफ़्तर जाना था, इसलिए उनसे और अपने परिचित से विदा लेकर मैं अस्पताल के बाहर आ गया।

दूसरे दिन मैं फिर अपने उन्हीं परिचित से मिलने अस्पताल पहुँचा। उनका हाल-चाल पूछकर और अन्य औपचारिक बातचीत के पश्चात, मेरा ध्यान बगल वाले बिस्तर पर गया। वहाँ कोई नया मरीज़ भर्ती था। मुझे मालूम था कि धरमदास को तो कल ही डिस्चार्ज कर दिया गया था, फिर भी उत्सुकतावश मैंने अपने परिचित से उनके विषय में पूछ ही लिया, "कल यहाँ जो बाबा भर्ती था, उसको लेने कोई आया था क्या?" "कौन? वो बूढ़ा?" मेरे परिचित ने कहा "अरे बहुत नाटकबाज़ था वह।" मुझे उन बुज़ुर्ग के प्रति इस तरह का संबोधन अच्छा नहीं लगा, लेकिन मैंने कुछ नहीं कहा। मेरे परिचित ही मुझे बताने लगे, "कल सुबह ही उसे डिस्चार्ज कर दिया गया था; वह शाम तक अपने घर वालों की राह देखता रहा; कभी खुश दिखता, तो कभी एकदम मायूस हो जाता था, कभी-कभी रोने लगता था। कई बार नर्स आकर उसे बोल चुकी थी कि अब वह बेड खाली कर दे, पर वह था कि कहता जा रहा था कि वह यहाँ से जाना ही नहीं चाहता है। अस्पताल वालों ने उसके घर भी फोन किया था। नौकरों ने बताया कि उसके बेटे और बहुएँ अपने-अपने ऑफिस गए हुए हैं, और बच्चे स्कूल में हैं; उन्हें खबर दे दी गई है, वे लोग आकर बाबा को ले जाएँगे। इस तरह शाम हो गई, पर उसके घर से कोई नहीं आया; अस्पताल वाले उस पर बिस्तर खाली करने का दबाव बना रहे थे, और वह था कि बिस्तर से उतरने का नाम नहीं लेता था। डॉक्टरों ने भी उसे बहुत समझाया, कि और भी मरीज़ हैं, जिनको भर्ती करना है, मगर वह टस-से-मस नहीं हो रहा था। अंत में दो तीन वार्ड ब्वॉय को बुलाकर ज़बरन उसका सामान बाहर फिंकवा दिया गया, और उसे घसीटकर

बाहर निकालना पड़ा। बाहर ले जाते समय वह लगातार ज़ोर-ज़ोर से चिल्लाता जा रहा था कि वह नहीं जाना चाहता है, उसे यहीं रहने दो; कभी दोनों हाथ जोड़कर प्रार्थना करता; मगर उसकी बात सुनने वाला कोई नहीं था। धीरे-धीरे उसकी आवाज़ क्षीण होती चली गई, और अचानक उसकी आवाज़ बंद हो गई। फिर तो अफरा-तफ़री मच गई। डॉक्टरों ने तुरंत जाँच की। पता चला उसे फिर अटैक आ गया था और उसी पल उसकी साँसें भी थम गई थीं।'' अस्पताल प्रबंधन ने उसके घर वालों को उसकी मृत्यु की सूचना दे दी। कुछ ही देर में उसके सारे घर वाले एकत्रित हो गए। उसके बाद आपस में एक-दूसरे पर आरोप प्रत्यारोप का सिलसिला चला। परिवार का हर सदस्य धरम दास की मौत का ज़िम्मेदार दूसरे को ठहरा रहा था। कुछ देर पश्चात उस बूढ़े की मृत देह को परिवार वाले ले गए।''

मेरा परिचित आगे भी बहुत कुछ कह रहा था लेकिन उसके कहे शब्द मेरे कानों से टकराकर बाहर ही लौटे जा रहे थे। मुझे इसके आगे कुछ सुनाई नहीं पड़ रहा था। आँखों के सामने धरम दास का चेहरा घूम रहा था। बार-बार उनका कथन मेरे मस्तिष्क में गूँज रहा था ''हम बूढ़े लोग क्या सिर्फ़ परिन्दे होते हैं, जिनकी भावनाओं का कोई मोल नहीं होता? बस समय समय पर दाना डालते जाओ, और उनके उड़ जाने का इंतज़ार करते रहो।'' परिन्दा उड़ना नहीं चाहता था, फिर भी उसे उड़ना पड़ गया... और उसके परिवार वाले भी मानो इसी का रास्ता देख रहे थे।

अर्पण कुमार

मोबाइल : 9413396755
ईमेल : arpankumarr@gmail.com
पुस्तकें : कविता तथा उपन्यास की तीन पुस्तकें प्रकाशित
पता : C/O श्री पी.सी.वी. प्रभाकर राव,
गृह संख्या - 1एवं2 बी.डी. कांपलेक्स, तिफरा
बिलासपुर, छत्तीसगढ़। पिन - 495004

संपादकीय टिप्पणी

पिता, अपना बचपन अपने बच्चों के माध्यम से पुनः जीता है। उनके साथ हँसना, खेलना, खाना-पीना और बचकानी हरकतें करना भला किस पिता को नहीं भाता होगा? पिता चाहता है कि उसके बच्चे कभी बड़े न हों, जिससे वह अपना बचपन उनके माध्यम से पुनः जी सके; वहीं कुछ पिता ऐसे भी होते हैं जो चाहते हैं कि उनके बच्चे जल्दी बड़े होकर अपने दायित्वों को समझें और जीवनपथ पर अग्रसर हों। दो मित्रों के वार्तालाप के माध्यम से यह बात, प्रस्तुत कहानी में बहुत सुन्दर ढंग से, श्री अर्पण कुमार जी ने अभिव्यक्त की है।

प्यार में सँवारना और सँवरना

"मैं चाहता हूँ कि मेरे बच्चे कभी बड़े ही न हों।" एक दोस्त ने अपने दूसरे दोस्त से अँगड़ाई लेते हुए कहा।

"क्यों? ऐसा क्यों? "" दूसरे दोस्त ने गंभीरतापूर्वक पूछा।

"क्योंकि मैं उन्हें अधिक से अधिक प्यार करना चाहता हूँ , उनके साथ अनंत काल तक अपना बचपन जी भरकर जीना चाहता हूँ ; उनकी शैतानियों से मैं चिड़चिड़ा नहीं होता, बल्कि उनकी ऐसी-वैसी हरकतों में मैं खूब मजे लेता हूँ ; और हाँ मेरे दोस्त, राज़ की एक बात बताऊँ, कई बार मैं चोरी-छिपे उन्हें

बदमाशियाँ करने के लिए उकसाता भी रहता हूँ ।''

पहला दोस्त अपनी रौ में जाने क्या-क्या कहता रहा। वह अपने खयाल में भी अपने बच्चों से प्यार कर रहा था। वह एक बेहद ऊर्जावान और लाड़-प्यार करने वाला पिता था। उसकी पत्नी को भी उससे कोई शिकायत न थी। ऑफिस के बाद वह अपना सारा समय, जिसे आजकल 'क्वालिटी टाइम' कहा जाता है, अपने बच्चों और अपनी पत्नी के साथ बिताता था। वह निश्चय ही एक ''हैप्पी मैरिड लाइफ'' जी रहा था। बच्चों के लिए चॉकलेट, कंप्यूटर गेम्स, वीडियो गेम्स, कॉमिक्स आदि सारी व्यवस्थाएँ उसने बड़े अच्छे तरीके से कर रखी थीं; वह आगे बढ़-बढ़कर उनकी फरमाइशें पूरी किया करता था।

दूसरा दोस्त उसकी बात को बड़े उत्साह से ध्यानपूर्वक सुन रहा था। फिर कुछ देर बाद वह चुप्पी लगा गया।

पहला दोस्त अपनी धुन में था। उसने अपनी बात आगे बढ़ाते हुए कहना जारी रखा, ''जानते हो मित्र। मैं इनके लालन-पालन में कोई कोर-कसर बाकी नहीं रखना चाहता; अरे भाई, कौन सा इनका बचपन फिर लौटकर आएगा... हमें यह मलाल क्योंकर रहे कि हमने उन्हें उनका भरपूर हक़ नहीं दिया।''

दूसरा दोस्त पहले दोस्त की चमकती आँखों में देख रहा था। वहाँ अपने बच्चों के लिए एक विह्वल और सफल पिता की उपलब्धि की चमक, सूरज की रोशनी को फीका कर रही थी। पहला दोस्त अपने बड़े और भव्य ड्राइँग रूम में आरामदेह सोफे पर आलथी-पालथी मारे पसर गया। दूसरे दोस्त के कंधे पर अपना हाथ रखे, आगे कहने लगा, ''आखिर तुम्हीं सोचो दोस्त, अगर मैं इनका यूँ भरपूर खयाल नहीं रखूँगा, तो कल बड़े होकर क्या ये ताना तो मारेंगे ही न, जैसे हम आज अपने माता-पिता को खरी-खोटी सुना देते हैं।''

पहला दोस्त उजबक-सा उसकी आँखों में देखता रहा, फिर धीरे से बोला, ''पता नहीं मित्र, मुझे तो ऐसा कुछ नहीं लगता; हम जितने भाई-बहन थे, उस हिसाब से तो हमारे माता-पिता ने अपनी तमाम सीमाओं के बावजूद ठीक-ठाक ही खयाल रखा... तब लोगों के पास इतने पैसे भी कहाँ थे? फिर उन दिनों हमारा परिवार भी कितना लंबा-चौड़ा हुआ करता था।''

अब पहले दोस्त की बारी थी। उत्तेजना में उसकी नसें फड़क रही थीं। उसके अंदर जमा आक्रोश, किसी लावे की शक्ल अख्तियार कर चुका था, और

उसके भीतर का ज्वालामुखी बस फट पड़ना चाहता था, "यही तो बात है दोस्त; वे लोग अपने जैविक आनंद मात्र के लिए, या कहें क्षणिक शारीरिक सुख की हड़बड़ी युक्त लालसा में एक के बाद एक संतान पैदा करते चले गए; जैसे हम मनुष्य, नहीं कोई भेड़-बकरी हों, और वे माता-पिता नहीं, बस दो बेफिक्र जिस्म हों; और हमें धरती पर लाकर पटक दिया। बेहतर शिक्षा और चिकित्सा की बात तो दूर, दो जून के भरपेट खाने और तन ढँकने तक के कपड़ों तक की कोई व्यवस्था नहीं थी उनके नेतृत्व में; बड़े की उतरन छोटा पहन रहा है, और छोटे की उतरन उससे छोटा, और उसके लिए भी मार-काट। खाने में भी यही हाल था। किसी दिन कोई भूखा रह गया तो किसी दिन कोई और; तुम्हीं बताओ, वह जीना भी कोई जीना था? और क्या इसे आदर्श पैरेंटिंग कहा जा सकता है?"

दूसरे दोस्त के चेहरे पर आते-जाते भाव यह बता रहे थे कि वह अपने दोस्त की बातों से इत्तिफाक नहीं रखता है। वह कहने लगा, "यार दीपक, तुम सब-कुछ आज के चश्मे से देख रहे हो, इसलिए तुम्हारे अंदर इतनी असंतुष्टि आ गई है; जरा याद करो अपने गाँव के उन पुराने दिनों को; अपने तमाम अभाव से भरे उन दिनों में भी हम कितना खुश रहा करते थे। अपने दादा-दादी के आगे हम अपनी बेतुकी ज़िदों को मनवाकर भी किस आनंद का अनुभव करते थे; तब उन मिट्टी की पकी हुई ईंटों से हम अपने सपनों का महल बनाया करते थे, और कच्ची मिट्टी के ढेर को ला-लाकर कभी जीप तो कभी ट्रक बनाया करते थे; उन्हें सुखाकर और उनमें रस्सी बाँधकर जब हम उन्हें खींचते थे, तो मिट्टी की उन गाड़ियों पर हमारी पूरी कल्पनाशीलता सवार हो जाती थी, और उनके पहियों पर हमारे भीतर का समस्त रोमांच गोल-गोल घूमता था। तब हम स्वयं अपने खिलौनों के निर्माता थे, और स्वयं उसके उपभोक्ता। कहीं -न-कहीं इससे हमारे अंदर का हुनर भी निर्मित होता था, और हमारे अंदर की अभियांत्रिकी भी कुछ आकार पाती थी। गाँव में हम बेशक फटे-चीथे कपड़े पहनकर घूमा करते थे, मगर इससे हमारे अंदर कोई कुंठा नहीं पनपती थी, क्योंकि अपने आस-पास ऐसे ही वस्त्र पहने बच्चों की दुनिया हुआ करती थी... कम-से-कम मेरा अनुभव तो यही कहता है दीपक।"

दीपक कुछ देर के लिए खामोश हो गया और कुछ सोचने लगा। आज वह एक सफल मैकेनिकल इंजीनियर था, और वह भी ऐसे ही ग्रामीण परिवेश में पल-बढ़कर बड़ा हुआ था। वह एक क्षण के लिए निरुत्तर हो गया। आज वह देश-विदेश में जाने कैसे और कितने आधुनिक कल-पुर्जों की डिजायनिंग किया

करता है, तो क्या इसके पीछे उसके बचपन की वह कला काम करती है? वह अपनी पुरानी स्मृतियों में चला गया। कैसे मिट्टी के बनाए उसकी कारों की प्रशंसा उसके सारे दोस्त किया करते थे, और इसी प्रशंसा की रौ में उसके दोस्त उससे अपनी-अपनी गाड़ियाँ बनवा लिया करते थे। उन दिनों को याद करके उसके चेहरे पर संतोष की एक रेखा बनी, और मिट गई।

दो दोस्तों के बीच हुए इस संवाद में यह पहली बार था, जब सौरभ ने इतनी देर तक कुछ कहा हो। सहसा विषय बदलते हुए दीपक ने पूछा, मानो अपने नज़रिये को समझना चाह रहा हो, "अरे हाँ यार, बताओ अपने बच्चों के बारे में तुम्हारी क्या राय है?"

"मैं अपने बच्चों को जल्द-से-जल्द बड़े होते देखना चाहता हूँ । सौरभ कुछ भावुक होते हुए और अपनी इस अनुभूति को दीपक से और खुद से छुपाते हुए कह रहा था।

"क्यों ऐसा क्यों'?" दीपक को संभवतः सौरभ से ऐसे किसी उत्तर की उम्मीद न थी। आँखों ही आँखों में दीपक ने सौरभ की ओर अपनी प्रश्नाकुलता की गेंद फेंकी, जिसे सरलता से कैच करते हुए, और उससे भी अधिक सरलता से अपनी बात रखते हुए सौरभ ने कहना शुरू किया, "क्योंकि मैं डरता हूँ ...मैं कब खत्म हो जाऊँ; मैं नहीं चाहता कि मेरे पीछे वे किसी भी तरह की मजबूरी में जिएँ। वे जब स्वावलंबी होंगे तो मैं निश्चिंत हो जाऊँगा; कदाचित मैं तब और खुलकर जी पाऊँगा। हो सकता है, तब वे अत्यधिक व्यस्त हो जाएँ, मेरे लिए समय न निकाल सकें, मुझे क्रमशः आदर कम देने लगें; मगर मैं यह सब सह लूँगा... मेरे बच्चे मेरे प्रति बेअदब और निरंकुश हो जाएँ, मुझे मंजूर है, मेरे जीते जी वे मुझे भुला दें, मुझे मंजूर है, मगर मेरे मरने के बाद उन्हें किसी बेचारगी में जीना पड़े, यह किसी भी सूरत में मुझे बर्दाश्त नहीं होगा; मैं चैन से तब मर भी न सकूँगा।"

सौरभ, दरअसल अपने मुँह से इतना कुछ कहने से बचना चाह रहा था। उसे लगता था, उसकी ऐसी बातों को कौन जाने किस रूप में ले। दीपक उसकी बातों को सुनकर कुछ देर के लिए एकदम खामोश हो गया। वह सौरभ की आँखों में झाँक रहा था। वहाँ उसे सूरज की चमक नहीं, बल्कि समुद्र की शांति दिख रही थी। उन आँखों में एक जिम्मेदारी और उदासी का मिला-जुला रूप था। वहाँ, 'ऐन ओल्ड मैन एण्ड द सी' के बूढ़े नाविक की जीवटता और थकावट

थी।

दीपक के लिए घर-परिवार को चलाने वाले किसी आदमी की आँखों में इस तरह देखने का पहला अनुभव था। उसके लिए यह एक नया रूप था। वह तो अपनी रूमानियत वाले अंदाज़ को ही अब तक सच मानता चला आ रहा था। टी.वी. के पर्दे पर आने वाले विज्ञापनों में जिस तरह ममता और वात्सल्य को दिखाया जाता है, वह कमोबेश कुछ उसी तरह अपने परिवार को चला रहा था, जहाँ खूब सारा ऊधम और प्यार का अंतहीन प्रदर्शन घर के कोने-कोने तक फैला हुआ था। इसका परिणाम यह हुआ था कि दीपक के दोनों बच्चे दिनों दिन बेहद जिद्दी और डिमांडिंग होते चले जा रहे थे।

दीपक को लगा कि उसे भी बीच-बीच में सौरभ की तरह सोचना चाहिए। पिता के रूप में अपने परवरिश कौशल पर पहली बार वह स्वयं प्रश्न चिह्न लगा रहा था। मन-ही-मन अपने भीतर चल रहे इस शक-ओ-सुबहा को उसने अपने जीवन के लिए ऐतिहासिक माना। कहाँ तो अब तक वह खुद के 'डोटिंग फादर' कहलाए जाने पर इतराया करता था, और कहाँ अब वह अपने पूरे गृह-प्रबंधन पर सवाल कर रहा था। वह सोच रहा था, क्या सौरभ की ऐसी सोच को उसे भी अपनाना चाहिए? मन ही मन वह अपने बच्चों को याद करने लगा। उसकी नौ वर्षीय बिटिया डिंपल, और सात वर्षीय बेटा लकी, दोनों दिखने में स्वयं उसकी तरह ही स्मार्ट थे, रंग और नाक-नक्श अपनी गोरी-चिट्टी माँ का चुरा लाए थे, मगर इधर के कुछ वर्षों में उन्हें फास्ट-फूड की ऐसी आदत लगी कि वे इतनी कम उम्र में ही फूलकर कुप्पा हो गए थे। रात में देर तक टी.वी. से चिपके रहना उनकी रोज की आदत हो गई थी। जाने कैसे-कैसे सीरियल देखने लगे थे... और फिर सुबह-सुबह स्कूल जाने के लिए तैयार करने में रश्मि को कितनी तरह की दिक्कतों का सामना करना पड़ता था। आजकल उनका पेट भी ठीक से साफ नहीं हो पा रहा था, और सुबह-सुबह नियमित रूप से वे ट्वायलेट भी नहीं जा पा रहे थे। उनका मन निरंतर चिड़चिड़ा हो रहा था, और वे पढ़ाई में भी पिछड़ने लगे थे आदि आदि।

दीपक यह सब सोचते हुए भूल गया कि वह अपने लँगोटिया यार सौरभ के साथ बैठा हुआ है। शाम हो रही थी, और सूरज की तेजी भी क्रमशः मद्धम, पड़ती चली जा रही थी। दीपक को जाने क्यों शुरू से ही शाम का सूरज उदास कर जाया करता था। इस पल भी वह अचानक से उदास हो गया, और जिस

तरह सूरज, आकाश के पश्चिमी हिस्से में सिमटता चला जा रहा था, वैसे ही इस समय दीपक भी खुद में ही सिमटता चला जा रहा था, उसे यह पता भी नहीं चला कि सौरभ उसे लगातार देखे जा रहा है। और दोनों के बीच कोई आठ-नौ मिनट से एक भी शब्द का आदान-प्रदान नहीं हुआ है। यह पहली बार था, जब सौरभ, दीपक को इतनी देर तक अपने में खोया और चुपचाप देख रहा था। सौरभ, आत्म-ग्लानि से भर उठा। कैसे उसने अपने स्मार्ट और हल्के-फुल्के दोस्त को अपनी फिजूल की बातों में उलझाकर उसे निराश और दुखी कर दिया... अरे वह वर्तमान में जीता है और ढेर सारी मौज-मस्ती करता है, तो क्या गलत करता है।

तभी दीपक अपनी जगह पर से उठा, और उसकी आँखों में झाँकते हुआ बोला, "दोस्त। हम दोस्त होकर भी एक-दूसरे के बारे में कितना कम जानते हैं; तुम अपने अंदर अपने बच्चों के लिए इतना सारा प्यार छुपाए हुए हो, यह तो मैं आज ही जान पाया; और बुरा मत मानना मेरे दोस्त, तुम्हारे अंदर तह-दर-तह जमे डर के इस बादल को हटाकर इस प्यार को बाहर निकाल पाना आसान भी नहीं है, मेरे लिए तो क्या तुम्हारे बच्चों के लिए भी नहीं। हम सब तो प्यार करने मात्र के लिए किसी को प्यार करते हैं, मगर तुम तो किसी को प्यार करते हुए उसके व्यक्तित्व को सँवारने की पूरी चिंता करते हो; अपने आश्रित को स्व-आश्रित करने की तुम्हारी यही पहल तुम्हारे प्यार को उदात्त बनाती है; तुम प्यार में दूसरों को सँवारना चाहते हो, शायद इससे खुद भी सँवर पाते होगे।

सौरभ क्या कहता, बस चुप ही रहा; हाँ, एक बार ऊपर आकाश की ओर ज़रूर देखा। बादल-रहित नीला आकाश, शाम की इस बेला में बड़ा साफ और सुंदर दिख रहा था। उसे लगा कि आज उसका दोस्त दीपक भी उसके मन-रूपी आकाश तक सारे बादलों को चीरकर पहुँच पाया।

कुछ देर तक दोनों दोस्त दूर, गगन में आजाद उड़ते परिंदों के एक जोड़े को देर तक देखते रहे। उनमें दोनों एक-दूसरे को देख रहे थे।

आशीष यादव

मोबाइल : 8765528636
ईमेल : ashishmechfire@gmail.com
पता : ग्राम-दुर्खुशी (कुचयाँ), पोस्ट-मरदह, जिला-गाज़ीपुर
उत्तर प्रदेश। पिन - 233226

संपादकीय टिप्पणी

विचित्र बात है कि इक्कसवीं शताब्दी में भी लोग भूत-प्रेत, चुड़ैलों आदि के अंधविश्वास में फँसे हैं। ग्रामीण समाज में तो आज भी देवता, पीपल, थान, बरगद आदि के पूजने की प्रथा चलती है। आज के डिजिटल युग में भी जहाँ लोग इन पर आँख बन्द करके विश्वास करते हैं, तो वहीं आपराधिक प्रवृत्ति के लोग इनके इस अंधविश्वास का लाभ उठाते हैं। वे तरह-तरह से भोले-भाले लोगों को दैवीय शक्ति या आपदा का भय दिखाककर मूर्ख बनाते हैं। प्रस्तुत कहानी 'चुड़ैल' में, श्री आशीष यादव ने समाज के इसी अंधविश्वास से पर्दा उठाने का सफल प्रयास किया है।

चुड़ैल

मैं, पश्चिम वाली कोठरी में आलमारी पर पड़े सामानों को इधर-उधर कर के देख रहा था, तभी मेरी नज़र एक निमंत्रण कार्ड पर पड़ी। कार्ड के ऊपर देखने पर पता चला कि वो निमंत्रण भैया के नाम से था। प्रेषक वाली जगह के नाम से मैं अन्जान था। कौतूहल वश मैंने बड़ी आसानी से अन्दर के पत्र को निकालकर देखा। अगले दिन बारात आने वाली थी। दर्शनाभिलाषी में पढ़ने पर ज्ञात हुआ कि वह निमंत्रण, भैया के एक मित्र के बहन की शादी का था। मैं और भैया एक ही स्कूल में पढ़े थे, और उनके लगभग सारे मित्र मुझे भी जानते थे।

भैया उस समय घर पर नहीं थे, तीन-चार दिन के लिए कहीं गए थे। मैंने ये बात अपनी माँ से कही , तो उन्होंने मुझे अगले दिन वहाँ जाने की अनुमति दे

दी। मुझे ढंग से गाड़ी चलानी नहीं आती थी, अतः शाम को ही मैंने गाँव के इन्द्रदेव चाचा से बात कर ली, और वो राजी भी हो गए चलने के लिए।

उनका घर हमारे घर से तकरीबन तीस किलोमीटर दूर था। घर के लोगों ने कहा कि वहाँ जाकर तुम लोगों को कुछ काम-वाम भी करना पड़ेगा... सही भी था... लड़की की बारात आ रही थी, और रीति-रिवाज के तहत जब किसी लड़की के घर बारात आती है तो गाँव में सब लोग मदद के लिए आगे आते हैं।

हम दोनों लोग सुबह करीब नौ बजे घर से निकल गए थे। रास्ता सही नहीं था, सड़कें उखड़ी गयीं थीं। उस राह पर पैदल चलना भी मुश्किल था, यद्यपि वह मुख्य मार्ग था। हमने कुछ आगे जाकर एक खड़ंजे वाले मार्ग को पकड़ लिया। अब पहले से कहीं आराम था। सुनसान सड़क पर हम लोग चले जा रहे थे। कुछ आगे जाने पर हमें जो दिखाई पड़ा, उसे देख कर हम रुक गए। खड़ंजे से होकर एक पगडंडी बगीचे में जाती थी। बगीचा बहुत बड़ा था। बहुत से लोग एकत्रित थे। भीड़ कुछ नहीं तो पाँच सौ रही होगी। जैसे गुरुत्वाकर्षण का प्रभाव पड़े, सारे लोग उसी भीड़ की तरफ खिंचे चले जा रहे थे।

हमने भी गाड़ी को पगडण्डी पर उतार लिया और बगीचे के एक तरफ गाड़ी खड़ी कर दी।

लोग बैठे थे, शांत तालाब की तरह। जैसे छोटी मछलियाँ भारी मात्रा में उतरातीं हैं, उसी तरह की कानाफूसी चालू थी। बगीचे के बीच से थोड़ा हटकर एक बड़ा सा वर्गाकार क्षेत्रफल गोबर से लिपा हुआ था। उसमें कई छोटी-बड़ी मूर्तियाँ स्थापित की गयी थीं। मिट्टी की बेदियाँ वहाँ बनाई गयी थीं।

देखकर यह समझ में आ रहा था, कि कोई पूजा होने वाली है। लेकिन कैसी पूजा? यह हमारे लिए कौतूहल का विषय था। मैंने एक बुजुर्ग से पूछ ही लिया कि "बाबा। ये कैसी पूजा होने वाली है? इतनी भीड़ क्यों इकट्ठा हुई है?"

बूढ़े दादा ने कहानी बतानी शुरू की तो हम सुनने में मग्न हो गए।

"बेटा, जो गाँव दिखाई दे रहा है," दक्षिण की तरफ हाथ से इशारा करते हुए कहा, "' उसके पीछे एक विशाल बरगद का पेड़ है; उसी पर एक भूत रहता है। रात को वह बरगद को कभी-कभी बहुत जोर से झकझोरता है; आने-जाने वालों को पहले वह बहुत परेशान करता था, परन्तु अब वह परेशान नहीं करता।" दादा ने अंतिम बात जोर देकर कही ।

“फिर बाबा?” मैंने उत्सुकतावश पूछा। उन्होंने आगे बात बतानी शुरू की।

“बेटा, पिछले महीने बरगद के किनारे वाले पोखरे में एक लड़की को उसने पकड़कर डुबो दिया। लोग देखते ही रह गए। लड़की उसमें डूबकर मर गयी। मछली पकड़ने वाले सभी लड़के वहाँ से भाग गए। देखने वाले बताते हैं कि पानी में बड़ा-बड़ा बुलबुला निकलता था। पानी अचानक शांत हो जाता, अचानक घेरदार लहरें पैदा हो जातीं।

“आगे बाबा? मेरी तरह सुनने वालों में से एक अन्य लड़के ने कौतूहल वश पूछा।

“बेटा, लड़कों को हमने बहुत रोका था, बहुत मना किया था, मत जाना मछलियाँ पकड़ने, लेकिन वे न माने थे; आखिर चली ही गयी एक जान।”

“पर बाबा, लड़की को किसी ने बचाने का प्रयास नहीं किया?” मैंने सशंकित होकर पूछा।

“तुम नहीं समझोगे बेटा; कौन जाएगा अपनी जान देने? यह भूत भी इसी तालाब में डूबकर मरा था; लोगों ने ये भी सुना है कि रात को ये जान माँगता था।”

“बाबा, लड़की तो चली गयी, जान तो उसे मिल गयी, फिर ये पूजा क्यों?”

“बेटा, उसके मरने के दूसरे ही दिन, परधान जी की बहू और बेटी सुबह खेत से आ रही थीं। बिल्कुल अँधेरा था। उसी समय एकाएक बहू को वह दिखाई दी। उसे पकड़ ली, अब छोड़ती ही नहीं है, बहू तभी से बीमार है, कभी हँसती है तो कभी दहाड़ें मारकर रोने लगती है; कभी-कभी तो नाचने भी लगती है... कभी कहती है, मैं बिना जान लिए नहीं जाने वाली। कहीं कुछ अशुभ न हो जाय, फिर से किसी कि जान न चली जाय, इसलिए सोखा जी आ रहे हैं।

मैंने चाचा से कहा कि आज देख ही लिया जाय कि कैसे पूजा होगी, और वो भी सहमत हो गए। जनता, सोखा जी के आने इन्तजार कर रही थी। मैं भी बहुत खुश था। नामी-गिरामी सोखा हैं। बूढ़े बाबा ने हमें बताया कि बहुत बड़े-बड़े भूतों को इन्होंने बाँधकर रखा है... और भी अनेक बातें।

लगभग एक बजे बजे एक चमचमाती कार आई। कार को बगीचे में आने के लिए विशेष रूप से खेत में ही लीक बनायी गयी थी। उसमें से एक हृष्ट-पुष्ट अधेड़ उम्र का व्यक्ति, धवल धोती में; शरीर पर धोती के अलावा केवल एक खादी की चादर डाले हुए निकला। चेहरे पर भयानकता, आँखें लाल-लाल, बड़ी-बड़ी घनी भौंहें माथे पर चौड़ा तिलक था, जो संभवतः राख और चन्दन मिश्रित था। पैरों में खड़ाऊँ थे।

"यही सोखा जी।" बूढ़े बाबा ने हमसे कहा।

सोखा जी कार से उतरते ही खूब जोर की साँस खींचे और चौके में आ गिरे।

सारी जनता चुप थी। लोग केवल सोखा जी के क्रियाकलापों को उत्सुकता भरी नज़रों से देख रहे थे। सोखा जी कैसे आँख बंद करते, कैसे धीरे-धीरे खोलते, फिर हाथ को भींचते हुए जमीन पर प्रहार करते। पूजा सामग्री पेश होने लगी थी। बहू भी चौके में आकर यथास्थान बैठ गयी थी। सोखा जी ने मंत्र जाप शुरू किया, और चौके के बायीं तरफ बैठी महिलाओं ने देवी गीत।

सब कुछ बहुत रोचक लग रहा था। बहू धीरे-धीरे झुमने लगी, तरह-तरह की अजीब-ओ-गरीब हरकतें करने लगी। मैंने ऐसा सुना तो बहुत था, पर साक्षात् दर्शन का लाभ पहली बार उठा रहा था। मेरी उत्सुकता बढ़ती ही जाती थी। करीब आधे घंटे तक वह झूमती रही। कुछ न बोली। इधर पूजा शुरू थी। कुछ समय बाद सोखा जी के इशारे पर देवी गीत बंद हो गया। सोखा जी मंडप में इधर से उधर पैंतरे बदल रहे थे, कभी इस मूर्ति के पास तो कभी उस मूर्ति के पास। विशाल जनसमूह शांत सागर की तरह था। कोई आदमी कुछ न बोलता था। इससे अधिक आवाज तो रात के घनघोर सन्नाटे की होती है... कभी-कभी सोखा जी की गरज सुनाई पड़ती थी।

आगे क्या होगा? कैसे भागेगा भूत? अभी कौन-सी प्रक्रियाएँ होंगी? मैं यही सोच रहा था, और मंडप में चल रही गतिविधियों को देख रहा था। अचानक एक और घटना घटी। मैंने क्या, सबने देखा। सोखा जी ने एक बकरे को मंडप में लाने का आदेश दिया। धोती में, बलिष्ट काया वाले दो लोग, जिनकी रौबदार मूँछें भी थीं, बकरे को मंडप में ले आये। शराब की बोतलें भी मंडप में लायी गयीं।

सोखा जी ने बहु से कहना शुरू किया, "तुने आज तक इस गाँव को बहुत संकट में डाले रखा है; मै तुझसे कहता हूँ कि छोड़ दे सबको; तुझे जीव चाहिए तो ले ले बलि, सबको मुक्त कर संकट से। वरना अच्छा नहीं होगा। अगर तूने गाँव नहीं छोड़ा तो मैं तुझे नहीं बख्शूँगा।" सोखा जी का व्याखान शुरू था। मैं, निरीह प्राणी, बकरे को देख रहा था। वो क्या कर रहे थे, मेरा ध्यान हट गया था। एक बड़ा-सा स्वस्थ बकरा जिसको टीका लगा था। वो मासूम प्राणी, बेचारा क्या जानता था कि मुझे बहुत जल्दी ही दुनिया छोड़ देनी है। वो तो चना खाने में ही मशगूल था।

मेरी नज़र इन्द्रदेव चाचा की तरफ फिरी। उनकी नज़र केवल बकरे पर ही टिकी थी। मैं भी यही सोच रहा था कि यदि भूत या चुड़ैल को जीव चाहिए, तो क्या वो केवल एक बकरे की बलि से संतुष्ट हो जायेंगे। यदि हाँ, तो वे पहले ही क्यों नहीं बकरे को ही पकड़ लेते हैं, उसे ही मार डालते हैं; या ये मनुष्य ही स्वार्थी है, जो निज रक्षा के लिए एक बेजुबान को मार देता है। क्या एक बकरे की बलि से पूरा गाँव चुड़ैल से मुक्त हो जाएगा? मुझे इसके बारे में तो ज्यादा पता नहीं था... मैंने सोचा कि ऐसा करने से गाँव बच सकता है तो फिर ठीक ही है।

अचानक सोखा जी की एक हरकत ने हमारा ध्यान अपनी तरफ खींचा। वो बोतल खोलकर बहू को जबरदस्ती पिलाने की चेष्टा करने लगे। बहू ने पीने से इनकार कर दिया। सोखा ने लोगों को समझाते हुए कहा, "देख रहे हैं आप लोग, ये चुड़ैल बड़ी जिद्दी है।" पूरी जनता चुप होकर तमाशा देख रही थी। पूजा शुरू थी। सोखा जी ने सबको संकेत दिया, "मैं ज्यों ही शराब को इस नीच के मुँह से लगाऊँगा, आप लोग आँखें बंद कर लीजियेगा।" बलि देने वाले आदमियों से बोले, "बहू ज्यों ही बोतल मुँह से छुएगी, तुम बलि दे देना।"

सोखा जी ने महिलाओं की तरफ देवी गीत गाने का संकेत किया। देवी गीत शुरू हो गया था। सोखा जी पूजा करने लगे। दशांग इत्यादि का धुआँ पूरे मंडप में फैल गया था। हर तरफ धुआँ ही धुआँ सोखा जी की हरकतें चालू थीं। वो मन्त्र पढ़े जा रहे थे; कभी मंडप के इस कोने तो कभी मंडप के उसकोने; कभी इस मूर्ति के पास तो कभी दूसरी के पास। अचानक उन्होंने शराब की बोतल उठाई। बहू लगातार झूम रही थी। सोखा जी बहू की तरफ बढ़े। बलि देने वाले मनुष्यों की तरफ देखा, फिर जनता की तरफ। लोगों ने अपनी आँखें बंद कर लीं। मैंने

भी अपनी आँखें बंद की।

एक बहुत जोर की थप की आवाज सुनाई दी, फिर धम्म की। सबने अपनी आँखें खोल लीं। सब हैरान थे। सब अचरज भरी नजर से वो नजारा देख रहे थे। मेरी बगल से चाचा गायब थे। वे मंडप में थे। उनके हाथ में गँड़ासा था। उनके जोरदार थप्पड़ से सोखा जी जमीन पर थे।

चाचा, सोखा जी की तरफ गंड़ासा ताने कह रहे थे, "' बोल, जब तू जानता कि ये मामला बहुत बड़ा है, तेरे बस की बात नहीं है, तो तूने रुपयों के चक्कर में इसे अपने हाथ में क्यों ले लिया? मैं तेरी बलि दूँगा तब चुड़ैल भागेगी।"

मुझ सहित सारी जनता हैरत में थी। चाचा ये क्या कह रहे थे? क्या वे जानते हैं कि ये कैसा मामला है? क्या उन्हें भी सोखैती आती है? सोखा जी हाथ जोड़ लिए, और पाँव पकड़कर गिड़गिड़ाते हुए कहा, "सरकार मुझे माफ़ कर दीजिये, आज से मैं ये काम नहीं करूँगा।"

"चल, तू अब अपनी और चुड़ैलों की हकीकत बता, तभी ये जनता चाहे तो तुझे माफ़ कर सकती है।"

और मंडप से बाहर आते ही मुझे कहा कि मैं पुलिस को फोन करूँ। मैंने वैसा तुरंत कर दिया।

सोखा ने जब हकीकत बतानी शुरू की, तो लोग हैरान रह गए, क्या ऐसा भी होता है।

"हमारा एक समूह है; हम में से कुछ लोग रातों को घूमते हैं, और लोगों को डरातें है; हम अधिकतर महिलाओं को अपना निशाना बनाते हैं। पता करते हैं की किस गाँव में किससे लोग डरते है; हमारे आदमी वैसा ही भेष बना लेते हैं। महिलाएँ अक्सर डर जाती हैं, और मानसिक रूप से बीमार हो जाती हैं, दिमाग सही ढंग से काम नहीं करता है। कभी-कभी हमारे आदमी पेड़ों पर चढ़कर हिलाते हैं, लोग उन्हें भूत समझ जाते हैं, डर जाते हैं। हम लोग ही भूतों का गलत ढंग से प्रचार करते हैं। डरा हुआ मनुष्य जैसे भूत की बात सुनता है, उसके दिमाग में वैसी ही तस्वीर बनती है।"

सोखा इससे आगे अपनी बात बढ़ा पाता, जनता के सब्र का बाँध टूट

गया। जनता उसके ऊपर टूट पड़ी, पीटना शुरू कर दिया। उनमें से कुछ लोग भागना चाहे। ग्रामीणों नें उनको भी पकड़ लिया। सोखा और उनके लोग लोग बुरी तरह मार खा रहे थे। जो लोग कुछ नहीं कर पाए, उन्होंने कार को ही अपना निशाना बनाया। सोखा और उसके साथी मार से अधमरे हो गए थे। सबसे बुरी दशा कार की थी। अब तक पुलिस भी आ गयी थी।

चुड़ैल, सोखा के गिरफ्त में तो नहीं आई, लेकिन सोखा जी पुलिस की गिरफ्त में आ गए थे। बहू पूरी तरह ठीक हो गयी थी। कुछ समय पहले शांत समंदर की तरह प्रतीत हो रही जनता, अचानक तूफ़ान मचा गयी थी।

हम लोग फिर वहाँ से चल दिए। शाम हो चुकी थी। बारात आने का समय हो चुका था।

उपासना सियाग

मोबाइल : 8264901089
ईमेल : upasnasiag@gmail.com
पता : उपासना सियाग, नई सूरज नगरी, गली नंबर-7
9वाँ चौक, अबोहर (पंजाब), पिन -152116

संपादकीय टिप्पणी

स्त्री सशक्तिकरण और उसके अधिकार की वकालत करने वाले समाज में आज भी ऐसे लोग हैं, जो स्त्री को केवल आधी स्वतंत्रता देते हैं। वह अपनी मर्जी से पढ़-लिख सकती है, नौकरी कर सकती है, खा-पी सकती है, और पहन-ओढ़ सकती है; लेकिन अपनी मर्जी से अपना जीवनसाथी नहीं चुन सकती। ऐसे रूढ़िवादी समाज में अपनी झूठी मान-मर्यादा, परिवार की साख जैसी बेमानी इच्छाओं के लिए लोग अपने ही कलेजे के टुकड़े का जीवन भी ले लेते हैं, भले ही उसके बाद उन्हें कितना अपराध बोध होता रहे, किन्तु झूठी शान और मर्यादा बचाने के लिए वह सच्चे प्रेम का गला घोंट देते हैं। सुश्री उपासना सियाग की कहानी ऐसी ही एक घटना की मनोविश्लेषणात्मक अभिव्यक्ति है। सरल और भावनापूर्ण भाषा में अपराध बोध से ग्रसित पिता के मन का सुन्दर विश्लेषण करती एक उत्कृष्ट कहानी है- 'उसके बाद'?

उसके बाद...?

गाँव की गलियों के सन्नाटे को चीरती एक जीप, एक बड़ी-सी हवेली के आगे रुकी। हवेली की ओर बढ़ते हुए चौधरी रणवीर सिंह की आँखें अंगारे उगल रही हैं, चेहरा तमतमाया हुआ है; चाल में तेज़ी है, जैसे बहुत आक्रोशित हों। विजयी भाव तो फिर भी नहीं थे चेहरे पर। चेहरे पर एक हार ही नज़र आ रही थी।

अचानक, सामने उनकी पत्नी सुमित्रा आ खड़ी हुई, और सवालिया नज़रों

से ताकने लगी। सुमित्रा को जवाब मिल तो गया था, लेकिन उनके मुँह से ही सुनना चाह रही थी। जवाब क्या देते वह... एक हाथ से झटक दिया उसे, और आगे बढ़कर बरामदे में रखी कुर्सी पर बैठ गए।

सुमित्रा जाने कब से रुदन रोके हुए थी। घुटने जमीन पर टिकाकर जोर से रो पड़ी, "मार दिया रे... अरे जालिम मेरी बच्ची को मार डाला रे ...।"

रणवीर सिंह ने उसे बाजू से पकड़कर उठाने की भी जरूरत नहीं समझी, बल्कि लगभग घसीटते हुए कमरे में ले जाकर धकेल दिया और बोला, "जुबान बंद रख; रोने की, मातम मनाने की जरूरत नहीं है, तुमने कोई हीरा नहीं जना था, अरे कलंक थी वो परिवार के लिए, मार दिया; पाप मिटा दिया कई जन्मों का ...पीढ़ियाँ तर गयीं।"

बाहर आकर घर की दूसरी औरतों को सख्त ताकीद की, कि कोई मातम नहीं मनाया जायेगा यहाँ; जैसा रोज़ चलता है वैसे ही चलेगा। सभी स्तब्ध थीं, लेकिन हिम्मत नहीं थी, जो कोई आवाज़ भी मुँह से निकाले।

घर की बेटी सायरा, जो कभी इन्हीं चौधरी रणवीर सिंह की आँखों का तारा थी, आज अपने ही हाथों उसे मार डाला।

मार डाला... लेकिन किस कुसूर की सजा मिली है उसे?

प्यार करने की सज़ा मिली है उसे।

एक बड़े घर की बेटी, जिसे पढ़ाया लिखाया, लाड-प्यार जताया; उसे क्या हक़ है किसी दूसरी जात के लड़के को प्यार करने का? क्या उसे खानदान की इज़्ज़त का ख्याल नहीं रखना चाहिए था? चार अक्षर क्या पढ़ लिए, बस हो गयी खुद मुख्तियार।

चौधरी रणवीर सिंह चुप बैठा ऐसा ही कुछ सोच रहा है। अचानक दिल को चीर देने वाली आवाज़ सुनाई दी। सायरा चीख रही थी" बाबा, मत मारो। मैं तुम्हारी तो लाड़ली हूँ ... इतनी बड़ी सज़ा मत दो अपने आपको, मेरे मरने से तुम्हें ही सबसे ज्यादा दुःख होगा, तुम भी चैन नहीं पाओगे।"

सुनकर अचानक खड़ा हो गया रणवीर सिंह, और ताकने लगा कि यह आवाज़ कहाँ से आई? फिर कटे वृक्ष की भाँति कुर्सी पर बैठ गया, क्यूँकि यह आवाज़ तो उसके भीतर से ही आ रही थी। पेट से जैसे मरोड़ की तरह रुलाई ने

फूटना चाहा।

लेकिन वह क्यूँ रोये? क्या गलत किया उसने? अब बेटी थी तो क्या हुआ, कलंक तो थी ही न। कुर्सी से खड़े होकर बैचेन से चहलकदमी करने लगा।

अपने मन को कैसे समझाऊँ कि इसे चैन मिले? किया तो तूने गलत ही है आखिर रणवीर... कलेजे के टुकड़े को तूने अपने हाथों से; किसी का क्या गया, तेरी बेटी गयी; तुझे कन्या की हत्या का पाप भी तो लगा है... क्या तू उसे और समय नहीं दे सकता था? रणवीर सिंह सोचते-सोचते दोनों हाथों से मुँह ढाँपकर रोने को ही था कि बाहर से आहट हुई। किसी ने उसे पुकारा था। संयत होकर फिर से चौधराहट का गंभीर आवरण पहन बाहर को चला।

आँखें छलकने को हो आईं, जब सामने बड़े भाई को देखा। एक बार मन किया कि लिपटकर जोर से रो पड़े। माँ-बापू के बाद बड़ा भाई रामशरण ही सब कुछ था उसका। मन किया फिर से बच्चा बनकर लिपट जाये भाई से और सारा दुःख हल्का कर दे। वह रो कैसे सकता था? उसने ऐसा क्या किया जो दुःख होता उसको। सामने भाई की आँखों में देखा तो उसकी आँखों में भी एक मलाल था। न जाने कन्या की हत्या का या खानदान की इज़्ज़त जाने का। चाहे लड़की को मार डाला हो, कलंक तो लग ही गया था।

दोनों भाई निःशब्द- स्तब्ध से बैठे रहे, मानो शब्द ही ख़त्म हो गए सायरा के साथ-साथ। लेकिन रणवीर को भाई का मौन भी एक सांत्वना ही दे रहा था। थोड़ी देर बाद रामशरण, उसके कंधे थपथपाकर चल दिया।

चुप रणबीर का गला भर आता था रह-रह कर, लेकिन गला सूख रहा था। आँखे बंद किये, होंठ भींचे कुर्सी पर बैठा था।

"बापू पानी।" अचानक किसी ने पुकारा तो आँखें खोली।

"अरे सायरा ।"

यह तो सायरा ही थी सामने हाथ में गिलास लिए। उसे देख चौंककर उठ खड़ा हुआ रणवीर। बड़े प्यार से हमेशा की तरह उसने एक हाथ पानी के गिलास की तरफ, और दूसरा बेटी के सर पर रखने को बढ़ा दिया... लेकिन यह क्या... दोनों हाथ तो हवा में लहराकर ही रह गए। अब सायरा कहाँ थी? उसे तो उसने

इन्ही दोनों हाथों से गला दबाकर मार दिया था। हृदय से एक हूक सी निकली, और कटे वृक्ष की भाँति कुर्सी पर गिर पड़ा।

रणबीर की सबसे छोटी बेटी सायरा, जो तीन भाइयों की इकलौती बहन भी थी, घर भर में सबकी लाड़ली थी। जन्म हुआ तो दादी नाखुश हुईं कि बेटी हो गयी। कहाँ तो वह चार पोतों को देखने को तरस रही थीं, और कहाँ सायरा का जन्म हो गया। तीन ही पोते हुए अब उसके, जोड़ी तो न बन पाई।

रणबीर सिंह तो फूला ही नहीं समा रहा था, घर में लक्ष्मी जो आयी थी। बहुत लाड़-प्यार से पल रही थी सायरा। जिस चीज़ की माँग की, या जिस वस्तु पर हाथ रखा, वही उसे मिली।

तो क्या उसे जीवन साथी चुनने का अधिकार नहीं था?

यही सवाल लिए, सायरा से बड़ा और रणबीर का छोटा बेटा, यानि तीसरे नंबर का पुत्र राजबीर सामने खड़ा था। तीनों भाइयों में राजबीर ही सायरा के पक्ष में बोल रहा था, कि वह सोमेश से शादी कर सकती है। जब लड़का हर तरह से लायक है, सायरा को खुश रख सकता है, तो जाति कहीं भी मायने नहीं रखती; आखिर बात तो सायरा की ख़ुशी की है, लोगों का क्या, वह चार दिन बात बना कर रह जायेंगे... सारी उम्र का संताप-दुःख तो सायरा को नहीं भोगना पड़ेगा।

रणवीर सिंह के दूसरे दोनों बेटे अपने पिता जैसी ही सोच रखते थे, लेकिन रणवीर ने अपने तीनों बेटों को ही किसी बहाने से शहर भेज दिया, क्योंकि वह नहीं चाहता था कि जो कुछ भी वह करने जा रहा था, उसके लिए उसके बेटे और उनके परिवार किसी मुसीबत में आयें।

अब राजबीर सामने खड़ा था, अपनी आँखों में लिए क्रोध, दर्द और विक्षुब्ध सा बेबस -लाचार। पिता ने उसे धकेलकर आँगन में आवाज़ लगाई कि खाना क्यूँ नहीं बना आज?

लेकिन क्या रणवीर सिंह को भूख थी भी, या ऐसे ही सामान्य दिखने का ढोंग कर रहा था, यह तो वह भी नहीं जानता था। बेचैन-सा था, जैसे कलेजा फट ही जायेगा उसका।

कालू राम, जो कि घरेलू काम-काज के लिए रखा हुआ था, खाने की थाली सामने रख गया। रणबीर सिंह, खाना तो दूर, देखना भी नहीं चाह रहा था।

रह-रहकर सुमित्रा की सिसकियाँ गूँज रही थीं घर में फैले सन्नाटे में। सिसकियाँ कभी करुण क्रन्दन में बदलना चाहतीं तो उनको मुँह पर अपनी ओढ़नी रख कर वापस अंदर ही धकेल दिया जा रहा था।

ऐसे माहौल में कोई इन्सान कैसे सामान्य रहकर खाना खा सकता था? लेकिन रणबीर ने फिर भी जी कड़ा करके रोटी का एक कौर तोड़ा। सहसा उसे लगा कि उसके हाथों से खून बह रहा है। रोटी का कौर उसके हाथों से गिर गया।

हाँ, वह तो खूनी है, अपनी ही बेटी का खूनी; ऐसे खून भरे हाथों से खाना कैसे खा सकता था रणवीर सिंह ?

तभी एक छोटा-सा हाथ उसके सामने आया, और रोटी का कौर उसके मुँह में डाल दिया। यह नन्हीं सायरा ही थी। बचपन में जब उसको बापू पर लाड़ आता, तो वह अपने हाथों से ऐसे ही खाना खिलाया करती थी। रणवीर सिंह पर जैसे जूनून-सा छा गया। वह नन्हें हाथों से खाना खाता रहा और उसके हाथों से खून रिसता रहा। आँसुओं को रोकते -रोकते आँखों में खून उतर आया था।

"वाह बापू। भोजन कर रहा है, अभी पेट नहीं भरा क्या?" राजबीर ने थाली उठा ली उसके आगे से, और चेहरे पर लानत-धिक्कार लाकर बोल पड़ा।

रणबीर उसे धकेलते हुए अपने कमरे की तरफ गया। सावित्री की हालत बुरी थी। गश खा रही थी बार-बार। रणबीर को देख जोर-जोर से दहाड़ें मार रो पड़ी। दौड़कर उसके कुर्ते को पकड़कर जोर से झँझोड़ने लगी। एक बार तो उसका मन भी हुआ कि वह सावित्री को गले लगाकर जोर से रो पड़े।

लेकिन वह क्यूँ रोये? उसने तो कलंक ही मिटाया है खानदान का।

सावित्री को धकेलकर वह घर की छत पर चला गया। वहाँ पड़ी चारपाई पर बेजान-सा गिर गया। आँखें मूँदकर कुछ देर लेटा रहा। आँखें खोलीं तो सामने खुला आसमान था। काली अमावस सी रात थी। कुछ मन के अँधेरे ने रात का अँधेरा और गहरा दिया था। तारे टिमटिमा रहे थे, या जाने रणवीर सिंह को देख सहम रहे थे।

अचानक उसे लगा, नन्हीं सी सायरा उसके पास आकर उसकी गोद में बैठ गयी हो। जब वह छोटी थी तो ऐसे ही उसकी गोद में बैठकर आसमान में तारे देखा करती थी। रणबीर को याद आ रहा था कि कैसे एक रात को बाप-बेटी ऐसे ही तारे देख रहे थे। सायरा बोल पड़ी, "बापू। ये तारे कितने सारे हैं, मुझे गिन के

बताओ न।'' और दोनों बाप-बेटी तारे गिनने में व्यस्त हो गए। अचानक रणवीर ने रुक कर कहा, ''अरे बिटिया, मुझे तो दो ही तारे नज़र आते हैं, तेरी दोनों आँखों में बस।'' कहकर अपने गले लगा लिया था।

जब उसकी माँ का देहांत हुआ था, तब भी उसने सायरा को यह कहकर बहलाया था कि उसकी दादी उससे दूर नहीं गयी है बल्कि आसमान में तारा बन गयी है। सायरा भोलेपन से पूछ बैठी, ''बापू, एक दिन मैं भी ऐसे ही तारा बन जाऊँगी क्या? फिर आप भी मुझे देखा करोगे यहाँ से...।''

सुनकर रणबीर काँप उठा था। उसके मुँह पर हाथ रख दिया था और बोला, ''न बिटिया न, ऐसे नहीं बोलते।'' आँखों में आँसू भर कर सीने से लगा लिया था।

और आज सच में ही वह आसमान को ताक रहा था, कि कहीं शायद सायरा दिख जाये किसी तारे के रूप में। दिल में एक हूक सी, कलेजा फटने को हो रहा था। अब वह केवल पिता बनकर सोच रहा था। एक हारा हुआ पिता, जिसने अपने कलेजे के टुकड़े को अपने ही हाथों गला दबा कर मार डाला था वहीं चिता बनाकर अंतिम संस्कार भी कर दिया। आँखें भरती ही जा रही थीं अब रणबीर की।

तभी छत पर बने कमरे में रोशनी नज़र आयी। यह कमरा सायरा का था। उठकर कमरे के पास गया तो उसे लगा जैसे सायरा अन्दर ही है। दरवाज़ा धकेला तो आसानी से खुल गया... लेकिन रोशनी कहाँ थी वहाँ। एक सूना सा अँधेरा भरा सन्नाटा ही फैला था। हाथ बढ़ाकर लाइट जला दी रणबीर ने।

सजा-सँवरा कमरा, लेकिन उदास हो जैसे... जैसे उसे उम्मीद हो सायरा के आ जाने की।

रणबीर की नजर सामने की अलमारी पर पड़ी तो उसे खोल लिया। अलमारी में सायरा की गुड़िया रखी हुई थीं। उसे गुड़िया खेलने का बहुत शौक था। जब भी बाज़ार जाना होता, तो एक न एक खिलौना तो होता ही था साथ में, लेकिन एक गुडिया भी जरूर होती थी। रणबीर सिंह गुड़िया देखता-देखता जैसे रो ही पड़ा, जब उसकी नज़र अपने हाथों पर पड़ी। हूक-सी उठी, तड़प उठा; उसने अपनी ही गुड़िया का गला दबा दिया। जोर से रुलाई फूटने वाली ही थी कि सामने गुड्डा रखा नज़र आया।

ओह यह गुड्डा... यह गुड्डा कितनी जिद करके लाई थी सायरा।''

उसे याद आया। एक बार वह सायरा को शहर लेकर गया था, तो बहुत सारे खिलौने दिलवाए थे; जिस पर हाथ रख दिया वही खिलौना उसका हो गया। दोनों हाथों में खिलौनों के थैले अभी जीप में रखे ही थे कि सायरा ठुनक गई। छोटा-सा, प्यारा-सा मुँह और नाक सिकोड़कर बोली, ''बापू, आपने मुझे गुड्डा तो दिलाया ही नहीं।''

रणबीर ने हँसकर उसे गोद में उठाकर कहा, ''बिटिया, अगली बार जब हम आएँगे तो ले दूँगा, अब तो देर हो गयी, रात होने को है।''

''नहीं बापू, मुझे तो अभी ही लेना है, नहीं तो मैं घर ही नहीं जाऊँगी...।'' सायरा ने रूठते हुए कहा।

इतनी प्यारी बेटी, और रणबीर के कलेजे का टुकड़ा; उसकी बात को वह कैसे नहीं मानता... आखिरकार कई दुकानों पर ढूँढ़ते-ढूँढ़ते सायरा का मन पसंद गुड्डा मिल ही गया था। घर आकर दादी और माँ की डाँट पड़ी तो थी, लेकिन गुड्डा मिलने की खुशी ज्यादा थी। डाँट एक कान से सुनकर दूसरे से निकाल दी गई।

आज वही गुड्डा हाथ में लिए सोच रहा था रणबीर, कि बेटी के इस बेजान गुड्डे को लेने की जिद तो पूरी की, लेकिन एक जीते-जागते गुड्डे की माँग पर उसने बेटी की जान ही ले ली। सायरा ने अपना मन पसंद गुड्डा ही तो माँगा था, जो उसे खुश रखता; और उसने क्या किया, बेटी की ही जान ले ली।

हाय। मेरी बच्ची, यह क्या किया मैंने? हाथ में गुड्डा लेकर भरे हृदय और सजल आँखों से सोच रहा था वह। सामने की दीवार पर सायरा की तस्वीरें थीं, छोटी-सी गुड़िया से लेकर कॉलेज जाने तक की। हर तस्वीर में हँसती हुई सायरा बहुत प्यारी दिख रही थी। मेज़ पर भी एक तस्वीर थी। रणबीर ने उसे उठा लिया। तस्वीर जैसे चीख पड़ी हो। सायरा, जीवन की भीख माँगती जैसे चीख रही थी, वैसे ही चीख रही थी तस्वीर।

रणबीर ने तस्वीर को सीने से लगा लिया और जोर से रो पड़ा, ''न मेरी बच्ची न रो, मैं तेरा बापू नहीं हूँ, अरे पापी हूँ, कसाई हूँ मैं।''

रोते-रोते कमरे के बाहर आ गया। गुड्डे और सायरा की तस्वीर को सीने से

लगा रखा था। छत पर ही एक कोने में सिकुड़कर बैठ गया और रोता रहा... न जाने कितनी देर तक। कितनी ही देर बाद उसने गर्दन उठाई और आसमान की तरफ ताकने लगा, जैसे सायरा को खोज रहा हो। सामने भोर का तारा जगमगा रहा था। रणबीर को लगा कि उसमें सायरा है। तारे को देख वह फिर रोने लगा।

अचानक भोर के तारे के पास एक तारा और जगमगाने लगा। कुछ देर में ही सवेरा हो गया। सवेरा होने के साथ-साथ गाँव दीनसर में एक चर्चा सरे आम थी। एक तो भोर के तारे के पास एक तारे के दिखने की, और दूसरी चौधरी रणबीर सिंह के मौत की।

# ओमप्रकाश क्षत्रिय 'प्रकाश'

मोबाइल : 9424079675
ईमेल : opkshatriya@gmail.com
पता : अध्यापक, पोस्ट ऑफिस के पास
रतनगढ़ - 485226 जिला - नीमच (मप्र)

संपादकीय टिप्पणी

सरकारी विभागों में कोई कार्य कराने का मतलब घूस, भ्रष्टाचार, कमीशन, चढ़ावा जैसे अनेक शब्दों से होना आज पूरे समाज में व्याप्त है। सरकारी विभाग और भ्रष्टाचार एक दूसरे के पूरक माने जाते हैं। सरकारी विभागों में से शायद ही ऐसा कोई विभाग हो, जहाँ रिश्वत न चलती हो। रिश्वत देकर जहाँ बड़े-बड़े अपराधी भी बच निकलते हैं, तो वहीं रिश्वत लेकर अफसर भी अपनी जेब गरम करके भ्रष्टाचार और अपराध को बढ़ावा देते हैं। ऐसी ही एक कहानी शराबी पटवारी में श्री ओमप्रकाश क्षत्रिय ने एक शराबी व भ्रष्ट पटवारी और तहसीलदार की कलई खोली है।

शराबी पटवारी

मुरारी का सौदा नहीं बैठ रहा था. उस ने कहा, "पटवारी साहब। मैं 12000 रुपए दिलवा सकता हूँ , जिस में मेरा हिस्सा 4000 रुपए रहेगा।" मगर, राजू पटवारी नहीं मान रहा था, वह नशे में झूमते हुए कह रहा था, "रुपए तो 20000 लगेंगे, साहब को भी देने पड़ते हैं।" उसने अपना फरमान सुनाया था कि उसके पैर लड़खड़ा पड़े।

तभी चौकीदार ने उसे सहारा दिया. एक ओर ले जाकर बिठा दिया, तभी तय कार्यक्रम के मुताबिक कलेक्टर साहब आ गए। मुरारी गुस्से से भरा हुआ था। सीधे कलेक्टर साहब के पास पहुँचा, राजू पटवारी की शिकायत कर दी, "साहब। इस दारुड़िये पटवारी को हटाइए, यह बिना पैसे लिए काम नहीं करता

है; कह रहा है कि कलेक्टर साहब को भी हिस्सा देना पड़ता है।'' उस ने बिना लागलपेट के अपनी बात कह दी।

यह सुनकर पास खड़े तहसीलदार साहब की भौंहे तन गईं, ''अरे मुरारी। यह क्या मनगढ़ंत आरोप लगाता है, शर्म नहीं आती; साहब पैसे लेते हैं, यह तुमसे किसने कहा है?''

''उस राजू पटवारी से पूछ लीजिए.'' मुरारी ने एक ओर इशारा किया।

इस पर कलेक्टर साहब ने तहसीलदार साहब को टोककर कहा, ''अरे रामसिंह, इन्हें बोलने दीजिए, इन का हक है अपनी बात रखने का.''

''जी साहब।''तहसीलदार साहब ने कहा तो मुरारी का हौसला बढ़ गया। वह बोला, ''साहबजी। मैं यही कह रहा था कि,'' मुरारी ने अपनी बात रखी, वह राजू पटवारी, नामांतरण के 20000 हजार रुपए माँग रहा था। नहीं देने पर नामांतरण नहीं करने की धौंस दे रहा था; कह रहा था कि सभी को बाँटना पड़ता है।

''अच्छा, ऐसा कहा था उसने?'' कलेक्टर साहब ने तहसीलदार की ओर देखकर कहा, ''उस पटवारी को बुलवाइए, यदि इस व्यक्ति की बात सही निकली तो अभी निलंबित कीजिए।''

सुनकर मुरारी की बाँछें खिल गईं। आज उसकी मेहनत रंग ला सकती थी। यह जानकर वह खुश हो रहा था. फिर आने साथ आए अन्य लोगों की तरफ देख कर मुस्काया। मानो कह रहा हो कि हिम्मत हो तो सभी काम आसान हो जाते हैं।

तभी कलेक्टर साहब ने कहा, ''आप के पास कोई गवाह हो तो बुलवाइए, तब तक पटवारी भी आता ही होगा, अभी उसको मजा चखाता हूँ ; रिश्वत लेता है और झूठ बोलता है।''

कलेक्टर साहब का फरमान सुनते ही मुरारी खुशी हो गया। आज उसकी नेतागिरी चमकने वाली थी। इस खुशी में वह चिल्लाकर बोला, ''अरे हरिया। जा, किसना को बुला ला, उसी के सामने पटवारी ने 20000 रुपये माँगे थे, उसी से गवाही दिलवा देते हैं.''

मगर हरिया वहाँ से टस से मस नहीं हुआ।

''क्या हुआ हरिया? जाता क्यों नहीं है?'' मुरारी ने पूछा।

"अरे मुरारी, वो तो दारू के नशे में धुत्त होगा। साहब के सामने कैसे आएगा..." हरिया अपनी बात अधूरी ही बोला था कि मुरारी चिल्ला पड़ा, अरे जा बुला ला। दारू पिए है तो क्या हुआ, पटवारी भी तो दारू के नशे में झूम रहा है; दारूखोर की शिकायत का गवाह भी दारूखोर होना चाहिए. "

"हाँ भाई, दारू के नशे में व्यक्ति सही-सही बात बोल देता है।" पास खड़े हुए एक अन्य नेता ने यह जुमला उछाला.

मुरारी की यह बात तहसीलदार साहब सुन रहे थे। उन्होंने दूसरे पटवारी को इशारा कर दिया, "अरे रामकरण, राजू पटवारी को बुलाकर लाना, कहना साहब बुला रहे हैं।"

राजू पटवारी वहीं सामने ही था. वह नषे में झूम रहा था। उसे देखकर मुरारी चहका, "तहसीलदार साहब, आपका राजू पटवारी वह झूम रहा है।"

उसकी हालत देखकर तहसीलदार साहब सहम गए। वाकई वह पूरे नशे में था, ठीक से चल नहीं पा रहा था। उसकी हालत देखकर वे सन्न रह गए। यदि वह इस अवस्था में कलेक्टर साहब के पास आ गया तो वे उसकी डॉक्टरी करवा देंगे, फिर यह नशाखोर पटवारी निलंबित हो जाएगा। ये वह अच्छी तरह जानते थे।

मुरारी भी खुश था। आज उसकी इच्छा पूरी होने वाली थी। वह नशाखोर पटवारी उसके सामने था। कलेक्टर साहब यहीं थे। हाथ कंगन को आरसी क्या, पढ़े लिखे को फारसी क्या। वह राजू पटवारी को लेने के लिए दौड़ा। तब तक रामकरण उसे लेकर एक ओर चला गया।

मुरारी, उस तक पहुँचता, तब तक वह गायब हो चुका था। सामने से रामकरण पटवारी आता हुआ दिखाई दिया। उसे देखकर मुरारी ने पूछा, "पटवारी साहब, अभी-अभी राजू पटवारी यहाँ था, कहाँ चला गया?"

"मुझे क्या मालुम... मैं उसे बुलाने गया था, वह मुझे मिला ही नहीं।" यह कहते हुए रामकरण तहसीलदार साहब की ओर चल दिया, "मुझे साहब बुला रहे हैं, कलेक्टर साहब के चाय नाश्ते का इंतजाम करना है।" कहते हुए वह पटवारी भी खिसक लिया।

इधर मुरारी दौड़ा-दौड़ा तहसील के पीछे गया। वहाँ कोई नहीं था। उसने इधर-उधर निगाहें दौड़ाईं। राजू पटवारी कहीं नहीं था। वह गधे के सिर से सींग

की तरह गायब हो गया था। उसे नहीं मिलना था, वह नहीं मिला। गुस्साया हुआ मुरारी, कलेक्टर साहब के पास पहुँच गया। तब किसना भी आ चुका था। उसकी आँखें लाललाल हो रही थीं।

''साहब, मेरा गवाह।''

''ये गवाह है? ''कलेक्टर साहब बोले, ''यह तो नशे में है।''

''हाँ साहब। आप के सामने बोलने के लिए हिम्मत चाहिए। इसलिए नशा करके आया हूँ , नशे में आदमी सही बोलता है.'' कहते हुए किसना लहराया तो मुरारी ने उसे सँहाल लिया।

''देखो देखो। इसे सँम्हालो, ऐसा न हो कि ये यहीं गिर जाए।'' तहसीलदार साहब ने कहा।

''हाँ तो कहो, क्या कहना चाहते हो? ''कलेक्टर साहब बोले तो किसना ने कहा, ''साहब, वह राजू पटवारी है न, उसने मुझसे जमीन के नामांतरण के 20000 रुपए माँगे थे, कह रहा था कि बड़े साहब को देना है।'' वह लड़खड़ाकर कह रहा था।

साहब को यह सुनकर गुस्सा आ गया। वे तहसीलदार साहब से गुस्से में बोले, ''ये सब क्या है? एक ओर शराबी गवाह और दूसरी और शराबी पटवारी; कहाँ है वह? बुलावाइए उसे।'' साहब ने आँखे तरेरकर कहा।

''साहब, वह अभी यहीं था, मिल नहीं रहा है, कहाँ चला गया, अभी बुलाता हूँ ।''

''तब कहां गया ? ''

''जी सर, हमें नहीं पता वह कहाँ गया; उसके आते ही आपके पास तलब करता हूँ साहब।'' कहते हुए तहसीलदार साहब ने चौकीदारों को इधर-उधर दौड़ा दिया, मगर, राजू पटवारी को नहीं मिलना था, वह नहीं मिला, लगता था जैसे उसे जमीन निगल गई थी। कई बार मुरारी ने कोशिश की, मगर वह कामयाब नहीं हुआ।

साहब, तहसीलदार को हिदायत देकर चले गए, ''दोबारा ऐसी शिकायत नहीं अपनी चाहिए।''

''जी सर।'' तहसीलदार साहब ने तुरंत कहा और कलेक्टर साहब के जाते

ही रामकरण से पूछा, "हाँ रामकरण, उस शराबी का क्या किया ? वह नजर नहीं आया... कहाँ छुपा दिया था उसे?"

"जी, उसे बाथरूम में बंद कर दिया था; वह चिल्लाए नहीं, इसके लिए उसके हाथ बाँधकर मुँह पर टेप चिपका दिया था।" कहते हुए रामकरण ने चौकीदार को भेजकर राजू पटवारी को बुलवा लिया, फिर उसके हाथ खोलकर मुँह से टेप निकालकर कहा, "इतना क्यों पीता है कि सँभल नहीं पाता?"

"जी साहब, आदत पड़ गई है।"

"आज तो तू गया था; वह तो अच्छा हो इस रामकरण का, जिसने तुझे बचा लिया।"

साहब के कहते ही राजू पटवारी ने रामकरण का हाथ चूम लिया, "आखिर यह साथी किसका है; मेरा दोस्त है"

मगर, साहब मुरारी पर बहुत नाराज थी। चिल्लाकर बोले, "राजू, तू उस मुरारी को मत छोड़ना; उसकी जमीन पर तीसरे का अतिक्रमण दर्शा देना।"

यह सुनते ही राजू पटवारी हँसा, "जी साहब, ऐसा ही होगा।" कहते हुए वह दारू के नशे में वहीं धड़ाम से बैठ गया, और तहसीलदार साहब अपने रुपये का हिसाब राजू को बताने लगे। वह शराब के नशे में जेब से रुपए निकाल-निकालकर साहब को दे रहा था।

कमलानाथ

ई-मेल : Er.Kamlanath@gmail.com
पुस्तकें : व्यंग्य तथा कहानी विधा की तीन पुस्तकें प्रकाशित
पता : बी-401, रिविएरा टॉवर, लोखंडवाला,
कांदिवली (पूर्व), मुम्बई-400101 (महाराष्ट्र)

संपादकीय टिप्पणी

जीवन की कुछ घटनाएँ हमें सदैव गुदगुदाती रहती हैं; समय-असमय हमें उनकी याद आती है, और हम अपने बीते दिनों में पहुँच जाते हैं। ऐसे ही एक पहाड़ी पर घूमते हुए दो मित्रों में से एक, अपना और एक पहाड़ी लड़की की प्रेमकहानी को अपने मित्र को सुनाता है। मित्र को उसका यह अनुभव और प्रेम अजीबोगरीब लगता है। सारतः, कमलानाथ जी की कहानी 'हुक्का' रोचक ढंग से रची गई एक ऐसी कहानी है, जिसमें समकालीन कहानी के गुण विद्यमान हैं, और संवादों के माध्यम से पाठकों से बात करती है।

हुक्का

अनायास ही मेरा मित्र बोल उठा- "यही वह पहाड़ी है, जिस पर चलते-चलते तुम अचानक ही मुझे छोड़कर गणेशजी के दर्शन करने चल दिए थे, और तब झुँझलाकर मैंने बकरी का आधा सेर दूध खरीद कर पिया था।"

मुझे याद आ गया। हम दोनों उसकी प्रेमिका को देखने जा रहे थे। प्रेमिका गड़रिये की लड़की थी, और पिंडलियों तक घाघरा पहनती थी। पर मुझे उसकी प्रेमिका में कोई रुचि नहीं थी, जबकि उसने एक बार कहा था कि वह दिन में कम-से-कम तीन बार इस पहाड़ी पर चढ़कर उसके हाथ से पानी पीता था, और इस बहाने उसका हाथ छूता था।

वह बोला – "फिर वह नाराज़ हो गई थी, और अपने गड़रिए बाप को यह पेशा छोड़ने पर मजबूर करने लगी थी। पर वह मन-ही-मन मुझसे प्यार करती

थी, यह उसका बाप भी जानता था और मुझे सेब लाकर देता था। वह दाँत से काट-काटकर सेब मुझे देती थी, जिसे खाने के बजाय मैं चतुराई से झील में डाल दिया करता था, वहाँ की मछलियाँ उछल-उछलकर खाती होंगी।''

मैंने उसकी बात में कोई रुचि नहीं दिखाई, और चिनार के पेड़ों की तरफ़ देखने लगा। मुझे इस तरह देखते हुए मित्र ने बात बदली। वह बोला – ''चिनार को कोई जानवर तो खाता ही होगा; कई पेड़ों के पत्ते इतने कड़वे होते हैं, पर कोई कोई जानवर तो उन्हें इस स्वाद से खाते हैं, जैसे उनके लिए हलुआ हो... लेकिन लंबे पेड़ों के पत्ते तो काफ़ी ऊँचे होते हैं, जानवरों को खाने में बड़ी दिक्कत होती होगी।''

झुँझलाकर मैंने वापस उसकी प्रेमिका का ज़िक्र ही छेड़ दिया – ''तुम तो उसे प्यार करते थे; फिर कैसे वह केसर की खेती करने वाले उस तिलचट्टे के साथ भाग गई?''

वह अपने आप को सँभालता हुआ बोला- ''दरअसल उसे हुक्का पीना अच्छा नहीं लगता था, और एक दिन नाराज़ होकर वह केसर की खेती करने वाले के साथ भाग गई।''

''तुम हुक्का क्यों पीते थे?''

''मैं नहीं, उसका बाप पीता था।''

मैं खिलखिला उठा। उसने ग़ुस्से से मेरी ओर देखा, और जेब से माचिस की तीली निकालकर जलाई, फिर बुझाकर लापरवाही से फेंक दी। मैं सोचता हूँ, जब वह नाराज़ होता होगा, तो इसी तरह करता होगा, या फिर शायद ऐसा नहीं करता, तब हो सकता है... मैं नहीं जानता। पर मैं यह ज़रूर जानता हूँ जब-जब भी वह खच्चरों पर बैठे लोगों को इधर-उधर गिरने से बचने के लिए सँभलता हुआ देखता, उसे बेहद मज़ा आता।

कल उसने सेब के कुछ बीज मुझे दिखाए थे, जो उसकी प्रेमिका ने निकाले थे। पास ही झील थी और तिकोनी पत्तियों वाले पेड़; पर उसकी प्रेमिका वहाँ कहीं नहीं थी। उसका बाप भी नहीं था, लेकिन फिर भी मेरा मित्र कहता था, यहीं कहीं आसपास उसकी प्रेमिका की सुगंध बिखरी पड़ी है, जिसे बहुत जल्दी वह ढूँढ़ निकालेगा।

दूर कहीं मँजीरों की आवाज़ आ रही थी, और औरतों का गाता हुआ

सम्मिलित स्वर बीच-बीच में हवा में लहरा रहा था। मैंने सोचा, अगर मेरा मित्र इस समय नहीं होता तो मैं वहाँ जाकर यह सब देखता। पर मजबूरी में एक बार मैंने अपने दोनों हाथ पतलून की जेब में डालकर निकाले और मित्र को इस तरह देखा जैसे वह मुझे बेकार ही परेशान कर रहा था। तभी कहीं घुँघरू बजने की आवाज़ आई। हम दोनों ने एक दूसरे से नज़रें बचाते हुए इधर-उधर किसी को ढूँढ़ने की कोशिश की। एक चिड़िया वैसी ही आवाज़ निकालते हुए हम दोनों के बीच से उड़ गई। हम दोनों ने अनायास ही खीसें निपोर दीं और फिर समेट लीं। वह फिर माचिस निकालने का उपक्रम करने लगा, पर मैंने तुरंत बात शुरू करते हुए पूछा – "तुम केसर की खेती करने वाले को नहीं जानते क्या?'

"उससे क्या होगा?"

"कुछ नहीं, वैसे ही पूछा था।"

"तुम जानते हो?'

'नहीं।'

हम दोनों ही बड़ी गंभीरता से बात कर रहे थे। उसे यह अच्छा लग रहा था कि मैं उसकी प्रेमिका के बारे में चिंतित हूँ ।

वह बोला - "अगर हम उसे पहचान लें तो अच्छा हो।"

उसने मुझे अपनी जेब से निकालकर एक च्युइंगम खाने को दी। तब उसने पूछा– "क्या तुम कहीं से एक हुक्का ला सकते हो?'

मैंने कहा– "पर उससे क्या होगा?"

"मैं उसे केसर की खेती करने वाले को दे दूँगा, और तब वह शायद खुशी-खुशी हुक्का पीने लग जाएगा।"

मैं यह काम नहीं करना चाहता था, इसलिए जूता खोलकर एक कील निकालने लगा, और मित्र को बताने लगा कि यह कील काफ़ी देर से चुभ रही है। मेरे मित्र ने अच्छी तरह धँसी हुई उसकील को निकलवाने में मदद की, और हम दोनों धीरे-धीरे उतरते हुए अपनी कॉटेज में आ पहुँचे।

मित्र सोया नहीं। वह बोला – "अगर घुँघरू की आवाज़ सचमुच होती तो?'

"तो वह तुम्हारी प्रेमिका होती।"

वह बेहद खुश हुआ और लिहाफ़ में घुस पड़ा। फिर बोला – "आज बकरी वाला दूध नहीं दे गया; क्या तुम दावे के साथ कह सकते हो कि गाँधीजी बकरी का दूध पीते थे?'

मैंने कोई जवाब नहीं दिया, और अपने गिलाफ़ को इधर-उधर हिलाकर ठीक करने लगा। दूर से कहीं हुक्का गुड़गुड़ाने की आवाज़ आने लगी।

वह बोला – "ज़रूर उसका बाप होगा।"

"..............।"

"सो गए क्या?'

"नहीं, सोच रहा था कैमरा ले आता तो अच्छा रहता।"

"खैर कोई बात नहीं; पर कुछ दिन पहले ही उसने झील में अपना सिर धोया था, और अपने लंबे-लंबे बालों को पीठ पर बिखराकर वह धूप में सुखाने के लिए मेरी ओर मुँह करके बैठ गयी थी।"

मैंने पूछा – "तब उसका बाप क्या कर रहा था?'

"वह एक गड़रिया है।"

"पर वह चतुर है; वह साफ़ समझ गया कि तुम उसको प्यार करते हो, तभी वह तुमको सेब देता था।"

मुझे भूख लगने लगी थी।

"हाँ, ठीक कहते हो... मालूम है उसने अपना सिर कैसे धोया?'

"बाप ने?'

"नहीं, उसने।" – वह गुस्से से बोला।

"कैसे धोया?'

"उसने बाल खोलकर अपना पूरा सिर ठंढी झील में डुबा लिया था।"

मैंने कम्बल थोड़ा ऊपर कर लिया।

वह बोलता रहा – "फिर झटककर उसने अपने बाल खींच लिए। पानी की कुछ बूँदें मेरे चेहरे पर उछलकर पड़ी थीं। मैंने उन्हें तब तक नहीं पोंछा, जब तक वे खुद-ब-खुद नहीं उड़ गईं। तभी उसका बाप पता नहीं कहाँ से टपक पड़ा। पर

वह मुझे कुछ सेब दे गया, और खुद हुक्का गुड़गुड़ाता हुआ कहीं दूर निकल गया।''

उसने कहना जारी रखा – ''जब वह बैठती थी तो उसका पिंडलियों तक लंबा लहँगा उसके पूरे पैरों को ढँक लेता था। वह अपनी ओढ़नी पेड़ पर रख देती थी। वह कहती थी ,ऐसा नहीं करने पर यह गीली हो जाती है और सर्दी लग सकती है। जब वह ऐसा करती थी, तब उसका गदराया बदन और साफ़ उभरकर दिखाई देने लगता था, और उसकी छातियों का काफ़ी खुला हिस्सा मेरी नस-नस में झनझनाहट पैदा करने लगता था। मुझे उसे बिना ओढ़नी में देखना अच्छा लगता था, और शायद वह ये बात जानती थी।''

मुझे कुछ-कुछ अच्छा लगने लगा था। मैंने पूछा – ''क्या तुम बैठे-बैठे उसे सिर्फ़ देखते ही थे?'

उसने कहा - ''सच कहूँ तो उससे बात करते वक़्त लापरवाही से कहीं और देखते हुए मैंने कई बार उसकी छातियाँ छुई भी थीं; हालाँकि वह समझ गई थी कि मैं यह दिखाने की कोशिश कर रहा था, जैसे सचमुच अनजाने में ही मेरा हाथ लगा हो। शायद उसे भी यह अच्छा लगता था। फिर बाल सूखने पर वह ओढ़नी उतारकर फिर लपेट लेती थी, और खड़े होने के बाद उसका लहँगा वापस उसकी पिंडलियों तक ऊपर उठ जाता था। कई बार जब वह एक झटके के साथ खड़ी होती थी, तब तो और ज़्यादा ऊपर तक। तब मैंने कुछ सोचकर उससे पेड़ पर चढ़ने की कोशिश करने को कहा था। वह समझ गई थी, और मुझे आँख दिखाकर भाग गई थी, शर्माती हुई।''

मैंने उत्सुकता से पूछा – ''क्या वह पेड़ पर कभी नहीं चढ़ी?'

''नहीं; एक बार उसका बाप चढ़ा था, तब भी वह नाराज़ हो गई थी, और उसके जाने के बाद खिलखिलाकर हँसी थी।''

'फिर?'

''फिर एक दिन उसने शर्माते हुए मुझे भी पेड़ पर चढ़ने को कहा था, पर मैं साहस नहीं कर सका... तुम पेड़ पर चढ़े हो?'

''नहीं, किसी के सामने तो नहीं, पर एक बार मैंने एक औरत को पेड़ पर चढ़े हुए देखा है।''

वह आश्चर्य से लगभग उछल पड़ा अपने बिस्तर पर।

“सच? कैसा लगा तुम्हें?” – उसने पूछा।

“बड़ा अजीब सा, पर अच्छा।”

फिर वह कुछ सोचता रहा काफ़ी देर तक; ऊपर देखता हुआ। शायद वह अपनी प्रेमिका को किसी अदृश्य पेड़ पर चढ़ी हुई होने की कल्पना कर रहा था। उसे एक चिड़िया, लकड़ी के ट्रस पर बैठी दिखाई दी। उसने सीटी बजाई और कम्बल हटाकर ज़ोर-ज़ोर से अपना हाथ हिलाया। थोड़ी देर बाद अनमनी सी चिड़िया उड़ी, पर घुँघरू नहीं बजे। वह निराशा से वापस कम्बल ओढ़ने लगा। मैंने टेबल लैम्प बुझा दिया।

वह कहने लगा– “एक बार कहीं से वह हाँफ़ती हुई आई थी। दो आदमियों ने उसे गुसल करते वक़्त पेड़ पर चढ़ा हुआ देख लिया था। उसने सेब फेंककर उन्हें मारा था, और दौड़ती हुई मेरे पास आ पहुँची थी; उनमें से एक शायद केसर की खेती करने वाला होगा।”

आगे मुझे कुछ खास याद नहीं आ रहा। मैं उनींदा-सा हो रहा था, और वह बोलता रहा था। बीच-बीच में पेड़ पर चढ़ने का ज़िक्र आता था... बाप ने सेब लाना बंद कर दिया था... यहाँ की बकरियाँ ज़्यादा दूध नहीं देतीं... भेड़ का दूध गाढ़ा और भारी होता है... कई बार तो भेड़ की ऊन काटते वक़्त भेड़ों की खाल भी कट जाती होगी... कहते हैं, मेरठ की कैंची अच्छी होती है... चेनाब में कई लड़कियाँ काग़ज़ की नाव चलाने की नाकाम कोशिश करती हैं... किसी को पेड़ पर चढ़ा देख लो तो आँख फेर लेनी चाहिए... खुजली को खुजाने में और छींक से ठीक पहले एक-सा मज़ा आता है, वैसा ही जैसा... वह एक दिन वापस... केसर की खेती... मुझे हुक्का... केसर... हुक् का...

वह बोलता रहा था।

थोड़ी देर बाद मुझे लगा, बाहर से हुक्का गुड़गुड़ाने जैसी आवाज़ आई थी। अँधेरे में ही उसने अपनी प्रेमिका के बाप को दरवाज़ा खोलकर देखने की कोशिश की थी। उसे शायद बाप के साथ केसर की खेती करने वाला तिलचट्टा भी हुक्का पीते हुए जाता दिखाई दिया था। हुक्के की आवाज़ फिर सुनाई नहीं दी।

दरवाज़ा बंद करके उसने खुशी से कम्बल के अंदर अपने आपको समेट लिया था।

कल्पना रामानी

मोबाइल नंबर : 07498842072
ईमेल : kalpanasramani@gmail.com
पुस्तकें : ग़ज़ल तथा नवगीत की तीन पुस्तकें प्रकाशित
पता (अस्थायी) : कल्पना रामानी, c/o अजय रामानी, 1601/6
हेक्स ब्लॉक्स, सेक्टर-10 खारघर, नवी मुंबई -410210

संपादकीय टिप्पणी

इक्कीसवीं शताब्दी के आरंभ की सबसे बड़ी बात यह है, कि इसमें नारी के महत्त्व और भूमिका को भी सहर्ष स्वीकारा गया है। उसे पुरुष के साथ कदम-से-कदम मिलाकर चलने का पूरा अवसर प्रदान किया गया है। फिर भी समाज में ऐसे लोगों की कमी नहीं है, जो बेटे के जन्म होने को अच्छा समझते हैं, भले ही वे बेटे वृद्धावस्था में अपने माता-पिता को वृद्धाश्रम में रहने पर मजबूर कर दें। ऐसी ही भावनाओं से रची सुश्री कल्पना रमानी की कहानी 'काश। बेटियाँ होतीं।' मातापिता के बेटों की संवेदनहींनता और बेटियों के प्रति श्रद्धा को उजागर करती है।

काश बेटियाँ होतीं

अरे छाया। तुम यहाँ?

"हाँ ज्योति, मेरा विवाह इसी शहर में हुआ है, लेकिन तुम...?

"मेरा भी छाया।" ज्योति हँसकर बोली।

बचपन की सहेलियाँ, छाया और ज्योति इस समय शहर के मॉल में अपने-अपने पति के साथ खरीदारी करने आई हुई थीं, और एक ही स्टॉल पर खरीददारी करते हुए ज्योति की नज़र छाया पर पड़ गई। खड़े-खड़े ही खूब बातें हुईं, फिर दोनों ने अपने-अपने पतियों का परिचय भी अपनी-अपनी सहेली से

करवाया और एक दूसरे को अपने घर का पता देकर आने का निमंत्रण भी दे डाला।

यह शायद इत्तफाक ही था कि एक ही शहर के स्कूल, कॉलेज में एक साथ पढ़ने वाली इन दो सहेलियों का विवाह भी निकट के एक ही शहर में हुआ था; फर्क केवल इतना था कि वे मायके में एक दूसरे के पड़ोस में रहती थीं और यहाँ ससुराल कुछ दूर-दूर थे। लेकिन यह दूरी उनकी मित्रता में बाधा नहीं बनी, और उनका एक-दूसरे के घर आना-जाना शुरू हो गया। छाया के पति सुनील, प्राइवेट नौकरी में थे, तो ज्योति के पति जयेश की सरकारी नौकरी थी। दोनों के दफ्तर अलग-अलग इलाकों में थे, फिर भी अपनी बीवियों की गाढ़ी मित्रता के कारण वे भी आपस में अच्छे मित्र बन गए।

हर सप्ताहांत में उनका मिलना तय होता, फिर घूमना खरीदारी करना और खाना-पीना सब एक साथ ही होता। दिन गुजरते गए, और दो साल बाद ही छाया की गोद में बेटा और ज्योति की गोद में बेटी आ गई। अब उनका मिलना-जुलना दिनों के बजाय महीनों में होने लगा। दो साल और गुजरे तो छाया ने पुनः बेटे और ज्योति ने दूसरी बेटी को जन्म दिया। पर इस बार मिलने पर छाया ने गर्व से बताया कि दूसरी बार गर्भ में कन्या होने से उसने अबॉर्शन करवा लिया था और अब दूसरा बेटा होते ही अपना परिवार नियोजित कर लिया है। लेकिन जब ज्योति ने बताया कि बेटे हों या बेटियाँ, उसने सिर्फ दो संतानों के बाद परिवार नियोजित करने का निर्णय लिया था, और उसने भी परिवार नियोजित कर लिया है तो छाया आश्चर्य से बोली-

"लेकिन ज्योति, बेटे के बिना परिवार का वंश-वर्धन कैसे होगा? बेटियाँ तो एक दिन अपने घर चली जाएँगी; तुम्हें अभी ऑपरेशन नहीं करवाना था।"

"छाया, इस आधुनिक युग में भी तुम्हारी रूढ़िवादी सोच जानकार मैं चकित हूँ । वंश-वर्धन क्या केवल बेटों से होता है? बेटियाँ विवाह के बाद जिस परिवार में जाएँगी, उनका भी तो वंश बढ़ाएँगी न। सिर्फ अपने स्वार्थ के लिए सृष्टि-चक्र के साथ खिलवाड़ करना क्या उचित है? आगे क्या होना है यह कौन जानता है सखी, अभी तो हमें अपनी बेटियों की परवरिश सही ढंग से करनी है... और पति के साथ ही मेरे सास-ससुर भी परिष्कृत विचारों के हैं, वे हमारे निर्णय से पूर्णतः सहमत और संतुष्ट हैं।"

दो-दो बच्चों के बाद उनकी व्यस्तता बढ़ती गई, और मुलाक़ातों के बीच

लंबा फासला होने लगा।

जिम्मेदारियों का निर्वाह करते-करते लंबा अरसा बीत गया। छाया का घर दो बहुओं से गुलज़ार हो गया, और ज्योति की बेटियाँ ससुराल चली गईं। दोनों सहेलियों के सास-ससुर तो नहीं रहे, लेकिन साल-दर-साल पोते पोतियों के आगमन से छाया के परिवार में वृद्धि होने से उसका ज्योति के यहाँ आना-जाना कम हो गया। ज्योति को तो अब सूनापन काटने दौड़ता था। वो एक तरफा ही अपना मन हल्का करने छाया के पास जयेश के साथ आ जाती थी। छाया को न आने का उलाहना देती तो वो अपने बढ़ते परिवार का हवाला देकर कहती-

"भई हमारा समय तो मूलधन-ब्याजधन ने ही आपस में बाँट लिया है... मुझे ये बच्चे नहीं छोड़ते, तो सुनील को बाजार के कार्य निपटाने पड़ते हैं। बेटों की नई और प्राइवेट कंपनियों में नौकरी होने से उन्हें छोटे-मोटे कार्यों के लिए समय ही नहीं मिलता; तुम लोग आ जाते हो तो बहुत अच्छा लगता है।

लेकिन ज्योति भी कब तक आना-जाना करती। मुलाकातों में फासला बढ़ता ही गया। फिर अचानक जयेश का तबादला दूसरे शहर में हो गया और सखियों के मिलने-जुलने का सिलसिला सिमटकर मोबाइल पर बातचीत तक रह गया।

नई जगह पर ज्योति का मन बिलकुल नहीं लगता था। यहाँ पड़ोस मुहल्ले में भी आना-जाना कम ही था, तो ज्योति ने समय काटने के लिए कंप्यूटर से नाता जोड़ लिया।

इस विस्तृत दुनिया में उसका मन खूब रम गया। कहानियाँ पढ़ने और बच्चों को सुनाने का उसे बचपन से ही शौक था; अब उसका यह शौक पुनर्जीवित हो गया। पढ़ते-पढ़ते कब कलम हाथ में आई और कागज़ काले होने लगे, उसे पता ही न चला। समय तो जैसे हवा से होड़ लेने लगा था। धीरे-धीरे कहानियों पर उसकी पकड़ अच्छी जम गई।

छाया से बातचीत होती रहती, लेकिन मिलना फिर नहीं हो पाया। कभी-कभी अपने हालचाल एक दूसरे को अवश्य साझा करतीं। इस तरह एक लम्बा अरसा गुज़र गया। फिर उनकी बातों का सिलसिला भी अचानक बंद हो गया। छाया का मोबाइल हमेशा स्विच ऑफ़ बताता। ज्योति सोचती कि बड़े परिवार की बड़ी परेशानियाँ भी हैं, दस कारण होते हैं। अब वो उसके फोन आने का इंतजार

करने के अलावा कर भी क्या सकती थी। घर के कार्यों और साहित्य-साधना में ही उसकी दुनिया सिमट गई।

आखिर वो समय भी आ गया, जब जयेश सरकारी नौकरी से सेवामुक्त हो गए। अब वे अपना समय समाजसेवा में काटने लगे। ज्योति को भी अब शारीरिक ऊर्जा में कमी महसूस होने लगी थी, लेकिन कलम को इससे क्या लेना देना, उसे तो अपनी खुराक चाहिए ही; तो उसने घर के कार्यों के लिए एक गरीब अधेड़ महिला सुमित्रा को रख लिया। वो दिन भर काम के साथ ही उसका घर भी व्यवस्थित रखती और रात में अपने घर चली जाती थी। अब वो निश्चिंत होकर अपना समय लेखन को दे सकती थी। उसने दिन भर घूम-घूमकर कलम की उदरपूर्ति के लिए अपने आसपास बिखरी कहानियों को सहेजना शुरू कर दिया। झूलाघर, नारी-निकेतन, अनाथालय, आरोग्य-केंद्र, आदिवासी बस्तियाँ आदि स्थानों से नित्य नई कहानी का किरदार खोज लाती और उसे पन्नों पर साकार करती रहती।

कभी-कभी बेटियाँ अपने बच्चों के साथ मिलने आ जातीं, तो कभी पति-पत्नी लम्बे भ्रमण पर निकल जाते। वहाँ भी उसे पहाड़ों और वादियों में कहानियों के किरदार मिल जाते। इस बार होली निकट थी, तो उन्होंने वृन्दावन-मथुरा जाकर देवदर्शन के साथ ही श्रीकृष्ण की लीला-स्थली ब्रज भूमि पर बरसाने की लठमार होली देखने का कार्यक्रम बनाया और एक पर्यटन-गाड़ी में अपना आरक्षण करवा लिया। फिर घर की देखरेख की जवाबदारी सुमित्रा को सौंपकर वे निश्चित दिन मथुरा पहुँच गए। होली में अभी 8 दिन बाकी थे। प्रतिदिन वे बारी-बारी वहाँ के प्रसिद्ध पौराणिक स्थल घूम-घूमकर देखते और आनंदित होते रहते। कभी यमुना नदी तट पर पहुँच जाते तो कभी प्राकृतिक दृश्यावली को निहारने एकांत स्थलों पर समय बिताते। ज्योति, हर स्थान के अपने अनुभव कलमबद्ध करती रहती। अब केवल वृद्धाश्रम रह गये थे, जो ज्योति की नई कहानी का केंद्र बिंदु थे। उसने यहाँ के आश्रय-स्थलों में अपना अंतिम समय व्यतीत करने वाली महिलाओं के बारे में सुना तो खूब था, अब रूबरू होने के लिए होटल से पूरी जानकारी लेकर एक दिन वो सुबह जल्दी ही पति के साथ चल पड़ी, और वे सबसे पहले वहाँ के पुराने वृद्धाश्रम पहुँचे।

यहाँ वृद्ध-जन पूरा दिन भजन कीर्तन करने और नाचने गाने में बिताते थे। कुछ वृद्ध वहाँ स्थायी निवास कर रहे थे, तो कुछ संपन्न वृद्ध दम्पति अपने अलग

घर बनाकर भी रहने लगे थे जो पूरा दिन वहीं बिताकर रात में घर जाते थे। सबकी अपनी कहानी थी। लेकिन एक बात समान थी कि सब अपनों से ही चोट खाए हुए थे। ज्योति ने महसूस किया कि जैसे एक मोर जब प्रसन्न होता है तो नाचने लगता है, लेकिन जब उसकी नज़र अपने भद्दे पैरों पर पड़ती है तो नाचना भूलकर रोने की आवाज़ निकालने लगता है। उसी तरह ये बुज़ुर्ग मन को समझाने बहलाने के लिए कितने भी यत्न करें, नाचें गाएँ; एकांत पाते ही परिजनों द्वारा दिए हुए ज़ख्मों को याद करके उनका हृदय चीत्कार करने लगता है।

ज्योति का मन भी सबकी गाथाएँ सुन-सुनकर चीत्कार करने लगा था। बुजुर्गों का ऐसा दर्द भरा जीवन, उसने इन वृद्धाश्रमों के अलावा और कहीं नहीं देखा था। आधुनिक आश्रय-स्थल तो और भी डराने वाले थे, जहाँ सब स्वयं से ही अजनबी थे; लगता था, जैसे अपने अज्ञातवास के दिन काट रहे हों। अंत में वे एक पुराने महिला आश्रय-स्थल पर पहुँचे, जहाँ विधवा और परित्यक्ता वृद्ध महिलाएँ अपने अंतिम समय में देश के हर कोने से आकर शरण लेती थीं। ज्योति और जयेश, संचालकों से अन्दर जाने की अनुमति लेकर आगे बढ़े तो देखा, कुछ बुजुर्ग महिलाएँ झुण्ड बनाकर कहीं जाने को तैयार थीं। गेरुए वस्त्र, माथे पर गेरुआ तिलक और गले में रुद्राक्ष की माला डाले सबकी वेशभूषा एक जैसी थी; लगता था जैसे किसी विशेष अभियान पर जा रही हों।

तभी अचानक एक महिला पर उसकी नज़रें स्थिर हो गईं। ज्योति को उसकी सूरत पहचानी सी लगी। गौर से देखा तो आश्चर्य से आँखें खुली रह गईं, पलकें झपकना भूल गईं। वो छाया थी। लगभग बरसों बाद उसे इस हाल में यहाँ देखकर ज्योति सकते में आ गई। चार सालों से उसका मोबाइल स्विच-ऑफ़ मिलने का सारा रहस्य भी उसे समझ में आ गया। तेज़ी से चलकर उसके सामने पहुँची तो छाया भी विस्मित होकर उसे देखती रह गई, और एकाएक उसकी आँखों से जैसे रुका हुआ झरना फूट पड़ा।

उसने अपनी साथिनों से क्षमा माँगी और ज्योति-जयेश को अपने कमरे में ले आई।

"यह तुमने क्या हाल बना रखा है छाया? तुम्हारा परिवार, सुनील भाई साहब, सब कहाँ हैं?" ज्योति ने छाया को गले लगाते हुए पूछा। उसे रोते देखकर उसकी आँखें भी नम हो चली थीं।

"मैं तुम्हें अपने इन गुमनाम गलियों में गुम हो जाने की पूरी दास्तान

सुनाऊँगी ज्योति, तुम दोनों आराम से बैठो;'' कहते हुए उसने टेबल पर ही रखे हुए कुछ ताजे फल उन्हें खाने को दिए, फिर हिचकियों को रोककर अपनी कहानी शुरू की-

''तुम विश्वास नहीं करोगी ज्योति, कि कभी-कभी हमारे साथ ऐसी घटनाएँ घटित हो जाती हैं कि दिमाग चक्करघिन्नी बनकर रह जाता है; नियति हमारे आसपास परिस्थितियों का ऐसा ताना-बाना बुनती है कि हम, न जाने क्यों उसमें सहर्ष फँसते चले जाते हैं, और हमें पता ही नहीं चलता कि कब हमारी सुखद सपनों सी ज़िन्दगी दुखद दास्तान बन चुकी है; हमारे साथ भी ऐसा ही हुआ।

ज़िन्दगी अपनी निर्बाध गति से अच्छी तरह गुज़र रही थी कि एक रात अचानक ही नींद में सुनील की चीख सुनकर मैं जाग गई। देखा तो डर के मारे उनके हाथ पैर काँप रहे थे; यह सुबह के लगभग 5 बजे का समय था। मैंने घबराकर पूछा-

''क्या हुआ सुनील? कोई डरावना सपना देखा क्या'?

''हाँ छाया; सफ़ेद कपड़ों में कुछ लोग एक अर्थी लेकर 'राम नाम सत्य है।' कहते हुए जा रहे थे, फिर एक बड़े नामपट्ट पर बड़े-बड़े लाल अक्षरों में 'वृन्दावन' लिखा हुआ देखा। फिर देखा तो वो अर्थी मेरी थी और तुम...तुम भिक्षुणी के भेष में एक घर के द्वार पर भीख माँग रही थीं। मेरा दिल तो किसी अनिष्ट की आशंका से बैठा जा रहा है।''

सुनकर मैं भी सकते में आ गई थी, लेकिन हिम्मत करके उनको हौसला देते हुए कहा-

''सपने भी कभी सच हुए हैं क्या सुनील? कभी-कभी स्वास्थ्य की गड़बड़ी की वजह से भी हम बुरे सपने देखते हैं; चलो उठ जाओ, सुबह हो चुकी है, मैं बढ़िया सी चाय बनाती हूँ।''

''लेकिन छाया, यह सपना बिलकुल अलग था, जो उन्हीं रंगों के साथ मेरे मन-पटल पर अंकित हो गया है, कहते हैं इस तरह के सपनों में कुछ न कुछ सच्चाई अवश्य होती है।''

''अरे, कहा न, यह केवल वहम है; भूल जाओ कि तुमने कोई सपना देखा है।''

बात उस समय आई गई हो गई और धीरे-धीरे सुनील सपने की बात भूल गए। दो तीन वर्ष आराम से गुज़र गए। फिर सुनील के रिटायर होते ही घरेलू परिस्थितियों में बदलाव आने लगा। बच्चे बड़े हो चले थे, तो सास-ससुर का दो कमरे और हॉल वाला पुश्तैनी मकान छोटा पड़ने लगा था। बेटों की शादी के बाद हम एक-एक कमरा उनको सौंपकर हॉल में किसी तरह गुजर कर रहे थे, लेकिन अब बेटों को बढ़ते हुए दो-दो बच्चों के साथ एक-एक कमरे में परेशानी होने लगी थी, और हमें भी इस थकी उम्र में एक अलग सुविधाजनक कमरे की आवश्यकता महसूस होने लगी थी।

बेटों की आमदनी, बच्चों की पढ़ाई लिखाई और घर खर्च में ही पूरी हो जाती थी; तो हमने बेटों के साथ मशविरा करके रिटायरमेंट के बाद मिली रकम से मकान की छत पर कमरे बनाने का विचार किया। लेकिन काम शुरू करने से हमें ही परेशानी होती, क्योंकि ऊपर जाने वाली सीढ़ियाँ हॉल के अन्दर से ही जाती थीं, सो बड़े बेटे संजय ने सुझाया कि हर साल सरकार की तरफ से एक विशेष सुविधा संपन्न ट्रेन, वरिष्ठ नागरिकों के लिए देश के प्रमुख धार्मिक स्थलों के भ्रमण हेतु चलाई जाती है; एक महीने की समय सीमा में अनेक स्थानों पर देवदर्शन के साथ ही दर्शनीय स्थलों का भी आनंद लिया जा सकता है; अगर हम चाहें तो उस गाड़ी में हमारा आरक्षण क़रवा दिया जाए, मकान का काम एक बार शुरू हो जाए तो आसपास किसी किराए के मकान में कुछ समय के लिए शिफ्ट हो जाएँगे।

बात सही थी, और हम भी एकरसता की ज़िन्दगी से ऊब गए थे; भ्रमण की बात सुनते ही बदलाव के विचार से हम सहर्ष तैयार हो गए, और नियत तिथि पर उत्साहपूर्वक लम्बी यात्रा के लिए निकल पड़े।

गाड़ी हर पड़ाव पर दो दिन रुकती, और हम आराम से घूम-फिरकर गाड़ी में ही सोकर रात गुजारते। गाड़ी का अंतिम पड़ाव यही वृन्दावन था। बेटों से प्रतिदिन मोबाइल पर बातचीत होती रहती थी। काम शुरू हो चुका था, लेकिन किराए का मकान सुविधाजनक न होने से बड़े बेटे संजय ने हमें कुछ समय यहीं विश्राम करने की बात कही , और कहा कि यहाँ हम किसी होटल में ठहर जाएँ; वो कल ही यात्री बस से वहाँ पहुँच जाएगा, फिर हमारे रहने की व्यवस्था पर विचार करेंगे। बात ठीक ही थी, तो हमने कुछ समय की बात सोचकर सहमति दे

दी। अगले दिन देर रात को वो हमारे पास पहुँचा। सुबह होते ही वो होटल से निकल गया, और हमारे रहने के लिए एक सरकारी वृद्धाश्रम में फॉर्म भरकर आया। उसके कथनानुसार रहने के अन्य आवास कुछ सुविधाजनक नहीं थे, तो कुछ बहुत महँगे थे; प्राइवेट वृद्धाश्रम में भी लाखों रुपए अग्रिम देने के बाद ही प्रवेश मिलता था। हमारे पास और कोई चारा भी नहीं था। सब्र के साथ मन पर पत्थर रखकर हम वहाँ पहुँच गए और बेटा हमें अपना ध्यान रखने को कहकर वापस चला गया।

कुछ दिनों के बाद ही वहाँ की अव्यवस्थाओं से परिचित होते गए। वृद्धाश्रम के कठोर अनुशासन में हमारा दम घुटने लगा था। सुनील कुछ अस्वस्थ महसूस करने लगे थे; घर और बच्चों की याद अलग से सता रही थी, लेकिन पूछने पर बेटों को अपनी तकलीफ कभी नहीं बताई, हमेशा यहाँ सब अच्छा होने की ही बात कही । हमें खर्च के लिए पेंशन का पैसा मिलता ही था, इसलिए हम समय काटने के लिए भोजन के बाद दिन भर घूमने निकल जाते फिर शाम तक लौट आते। दिन गुज़रते रहे, और इस तरह 6 महीने निकल गए। बेटों से फोन पर बात होती रहती थी। संजय ने बताया कि मकान का काम पूरा हो चुका है, बस रंग रोगन होते ही वो हमें लेने आ जाएगा। हम बेसब्री से इंतजार करने लगे। तभी अचानक एक दिन सुनील सुबह उठे तो उनके चेहरे का रंग उड़ा हुआ था। डर की छाया स्पष्ट झलक रही थी। पूछने पर उसने वही मनहूस सपना पुनः देखने की बात बताई और कहा ज़रूर कुछ अशुभ होने वाला है।

सुनकर मेरा मन भी कुशंकाओं के भँवर में डूबने-उतराने लगा था, लेकिन सुनील को मैं कमज़ोर होते नहीं देखना चाहती थी, अतः मैंने हँसते हुए उनको यह वहम मन से निकाल देने के लिये कहा और बताया कि रात में ही संजय का फोन आया था कि वो कल यहाँ पहुँच रहा है। फिर भी सुनील का मन किसी अनहोनी की आशंका से किसी बात में नहीं लग रहा था। जैसे-तैसे वो दिन गुज़रा, और दूसरे दिन संजय यहाँ पहुँच गया। उसे देखकर मेरी भी जान में जान आई। उसने हमारा हालचाल पूछा और यह भी कि हमें यहाँ कोई परेशानी तो नहीं? लेकिन लम्बी-चौड़ी चर्चा के दौरान उसने हमारी वापसी की बात ही नहीं छेड़ी। मुझे लग रहा था कि वो कुछ ऐसा कहना चाहता है जो कह नहीं पा रहा; आखिर मैंने ही पूछा-

"बेटा, वापसी के लिए कौन सी गाड़ी का आरक्षण है, और यहाँ से कब

निकलना है?''

सुनते ही उसका मुँह लटक गया और सिर झुकाकर मरी सी आवाज़ में बोलना शुरू किया-

''बात दरअसल यह है माँ, कि आपकी दोनों बहुएँ आपस में लड़-झगड़कर अलग हो गई हैं, और छोटे ने ऊपर वाले मकान में अपनी गृहस्थी जमा ली है; अब हमारे हाथ में कुछ पैसा भी नहीं बचा कि एक कमरा और बाँध सकें। ऊपर नीचे तो दो-दो कमरे ही हैं, समझ में नहीं आता कि आपकी व्यवस्था कहाँ की जाए? अगर आप यहीं रहें तो हम आपको कोई परेशानी नहीं होने देंगे और मिलने के लिए आते रहेंगे।''

मैं कुछ बोलती उससे पहले ही सुनील उसका आशय समझकर चीख पड़े–

''चले जाओ यहाँ से; तुम्हें हमारे लिए चिंतित होने की कोई आवश्यकता नहीं है, और फिर कभी अपनी मनहूस शक्ल हमें मत दिखाना।''

मुझे तो जैसे काठ मार गया था, जुबान ही साथ नहीं दे रही थी, कि कुछ कह सकूँ। और संजय सिर झुकाकर तुरंत वहाँ से उठकर चला गया।

उसी रात सुनील को दिल का दौरा पड़ा। मेरी चीख पुकार सुनकर वृद्धाश्रम के सब लोग एकत्र हो गए और उन्हें तुरंत चिकित्सालय ले जाया गया। गहन चिकित्सा कक्ष में इलाज शुरू हुआ और दो दिन बाद उन्होंने आँखें खोलीं.'

कहते-कहते छाया का कंठ अवरुद्ध होने लगा था, आँखों से अविरल धार बहने लगी थी। ज्योति ने उसे पानी पिलाकर सहारा देकर पलँग पर लिटा दिया और आराम करने की बात कही । कुछ देर बाद सामान्य होकर उसने फिर कहना शुरू किया-

''अब मैं सब कुछ भूलकर दिन-रात उनकी सेवा में जुट गई थी। उन्हें अधिक बोलना मना था। उनका देखा हुआ सपना अब मुझे भी विचलित करने लगा था, फिर भी डर को अपने ऊपर हावी होने न देकर मैं हिम्मत से परिस्थिति का सामना कर रही थी।

धीरे-धीरे सुनील कुछ स्वस्थ हुए तो एक दिन मुझे पास बिठाकर बोले-

''छाया, मुझे लगता है, मेरा अन्तकाल निकट है; एक बात तुमसे कहना

चाहता हूँ , मेरे बाद तुम खुद को कभी कमज़ोर न होने देना; मेरी मृत्यु की खबर बेटों तक न पहुँचे; मेरा क्रियाकर्म भी इसी देव-भूमि पर हो, और तुम भी कभी किसी भी विपरीत स्थिति में वहाँ वापस जाने की बात न सोचना, स्वयं को मजबूत रखते हुए यहीं पर अपने जीवन के शेष दिन बिता देना... तुम्हें वादा करना होगा कि मेरी यह अंतिम इच्छा अवश्य पूरी करोगी; मेरी पेंशन तुम्हें मिलती रहे, इसकी व्यवस्था मैं पहले ही कर चुका हूँ ।''

कहते हुए वे बच्चों जैसे फफककर रो पड़े। मेरा दिल स्वयं हाहाकार कर रहा था, पर सुनील की ज़िन्दगी के लिए अपने मन के भाव चेहरे पर नहीं आने देकर उनको आश्वस्त कर रही थी कि वे शीघ्र ठीक हो जाएँगे, हम दोनों मिलकर यहाँ ज़िन्दगी गुज़ार लेंगे।

शीघ्र ही उन्होंने वृद्धाश्रम के संचालकों की सहायता से हम दोनों के मोबाइल नंबर भी बदलवाकर बेटों से हमेशा के लिए संपर्क काट दिया।

उसके लगभग दो माह बाद ही उन्हें दूसरा दौरा पड़ा, और सब कुछ ख़त्म हो गया। मुझे उनकी अंतिम इच्छा पूरी करनी ही थी, तो सबके समझाने के बावजूद बेटों को खबर नहीं की। पर मेरा मन अब उनके बिना उस आश्रम में नहीं लगा। तुम्हीं बताओ सखी, वहाँ रहना अब कैसे संभव होता? मैंने संचालकों से किसी अन्य आश्रय-स्थल पर भेजने की विनती की। इस तरह मैं इस निराश्रित और विधवा महिलाओं के आश्रम में पहुँच गई। मैं तुम्हें कभी नहीं भूली ज्योति; बीते दिनों की बातें और यादें पल-पल सताती रहतीं। सोचा करती कि शायद बेटी को गर्भ-मृत्यु देने का ही दंड हमको मिला है; मूलधन-ब्याजधन के गणित में उलझकर हमने अपना जीवन धन ही दाँव पर लगा दिया।

सुनील का वो खौफनाक सपना आश्चर्यजनक रूप से सच हो गया था। जब तुम यहाँ आईं, तो मैं अपनी साथिनों के साथ भिक्षाटन के लिए ही जा रही थी। हम सब आर्थिक अभाव न होते हुए भी शरीर के अंगों को सक्रिय रखने के लिए प्रतिदिन घर-घर जाकर भिक्षा माँगती हैं, और मिले हुए पैसों से अभावग्रस्त महिलाओं की सहायता करती हैं।

बस ज्योति, यही मेरी कहानी है। मैं अपनी कथा सुनाने के चक्कर में तुमसे पूछना ही भूल गई कि तुम लोग कैसे अपना समय काट रहे हो।''

''हमारी कथा सीधी सी है सखी; बेटियों के ससुराल जाने के बाद मैंने

कलम का, और जयेश ने समाजसेवा का सहारा लिया। यहाँ भी मैं कहानी की खोज में ही आई थी तो तुमसे मुलाकात हो गई; अब इतना दर्द मेरी कलम किस तरह कागज़ पर उतारेगी? क्या लिखते हुए ये हाथ नहीं काँपेंगे?'

"तो तुम अब लेखिका बन गई हो ज्योति... एक रहस्य आज सिर्फ तुम्हारे सामने खोल रही हूँ , कि पहली बार मेरे गर्भ में बेटी थी, तो मैंने पुत्र मोहवश अबॉर्शन करवा लिया था; लगता है, उसी का ही दंड शायद मैं अब भुगत रही हूँ। काश। हमारी भी बेटियाँ होतीं तो हम इस तरह बेघर न हुए होते। मेरी कहानी तुम ज़रूर लिखना, साथ ही मेरा यह सन्देश भी समस्त माँ-बहनों को पहुँचाना, कि वंश बढ़ाने की चाह में बेटों के मोह में पड़कर बेटियों, यानी अपने ही अंश को गर्भ में ख़त्म करके कुदरत को कुपित करने की भूल कभी न करें।"

गोपेश आर शुक्ला

मोबाइल : 7387962625
ईमेल : kumargopesh7@gmail.com
पता : ग्राम व पोस्ट-बिलारी, इलाहाबाद, उत्तर प्रदेश-221502

संपादकीय टिप्पणी

एकाकी जीवन जीते हुए कभी-कभी मन ऊबने लगता है, ऐसे में किसी का साथ चाहना एक स्वाभाविक इच्छा है। इस साथ की चाहत में व्यक्ति के पैर कभी-कभी गलत रास्ते पर भी पड़ जाते हैं; ऐसे में अपने परिवार और मातापिता से मिले संस्कार ही हमें बचाते हैं। प्रस्तुत कहानी में पिता और पुत्री के अकेले रहने और पुत्री के बहकते-बहकते सही मार्ग पर आ जाने की सुन्दर कथा है। यह ऐसी कहानी है जो प्रेरणाप्रद तो है ही, साथ ही पिता-पुत्री के असीम स्नेह का प्रतीक है। ऐसे लोगों का पर्दाफाश भी करती है जो एकाकी जीवन जी रहे लोगों को उनके अकेलेपन से दूर करने के लिए अपनी कुत्सित योजनाएँ बनाते हैं। साधारण भाषा में लिखी, गोपेश आर शुक्ला की कहानी 'मिस्डकाल' एक अच्छी कहानी है।

मिस्डकॉल

सुबह उठते ही दीवार पर लटकी भगवान की तस्वीरों को प्रणाम करना अजय की बचपन की आदत है। भगवान की तस्वीरों के आखिर में उसकी स्वर्गवासी पत्नी उमा की तस्वीर है। लगभग 20 साल पहले सुमन के जन्म को जन्म देते समय उसकी मौत हो गई थी; तब से अजय, रोज दिन की शुरूआत उमा की तस्वीर से बातें करते हुए ही करता है। उमा के जाने के बाद अजय का जीवनमोह भंग हो चुका था, उसके पास जीने की वजह नहीं बची थी। वह एक अनाथ था, और उमा को पाकर उसने दुनिया पाई थी; लेकिन तकदीर ने उसे फिर से अनाथ ही बना दिया था। उस नन्हीं-सी बच्ची का चेहरा देखकर उसे यह वचन लेना ही पड़ा कि उसे अपने लिये न सही, पर उसके लिए तो जीना होगा।

तब से सुमन ही उसका सब कुछ थी।

पिछले 20 सालों से वह आज के दिन हमेशा उलझन में पड़ जाता है, कि आज के दिन वह खुश होकर अपनी बेटी सुमन का जन्म दिन मनाये या पत्नी उमा को खो देने का गम। और इसमें ही उमा की सहमति और खुशी को आत्मशान्ति मानकर वह सुमन का जन्म दिन मनाता था। आज वह उमा की तस्वीर को 20 सालों का लेखा-जोखा बता रहा था, साथ-साथ उसकी तस्वीर को यह एहसास दिलाता था कि तुम होतीं तो कितना खुश होतीं, तुम्हारे न रहने से मुझे कितना गम हुआ; अब मैं बूढा हो रहा हूँ , तुम्हारी बेटी अब शादी के लायक हो गई है। वह भी मुझे छोड़कर अपने घर चली जायेगी। मन-ही-मन उमा से कहते-कहते उसकी आँखों में देर से भरा पानी छलक गया, और चश्मा पोंछते हुए वह पीछे मुड़ा तो सुमन, माला-फूल लेकर खड़ी थी, और उसकी आँखें भी नम थीं। स्वयं को सामान्य दिखाते हुए सुमन कहती है, 'क्या पापा, आप भी रोज मम्मी को दुखी कर देते हैं; आपको रोता देखकर वह भी नहीं रो रही होंगी?'

अजय, उमा की तस्वीर पर माला चढ़ाते हुए कहता है, 'बेटा' जब जिन्दगी का लाइलाज दर्द बढ़ जाए तो सिर्फ रोने से ही आराम मिलता है...।'' बात बीच में काटते हुए सुमन अपनी आँखें पोंछते हुए कहती है, ''और आँखें भी तो साफ हो जाती हैं।'' और दोनों रोते हुए हँस पड़ते हैं। अजय रूमाल से आँखें पोंछता हुआ हँसकर कहता है, ''बेटी, एक बाप है, उसकी दो बेटियाँ हैं; वह रोज उनकी खुशी के लिए कुछ पुतले लाकर देता है। बडी बेटी जिसका नाम ज़िन्दगी है, पिता के दिये उपहारों को संजोती है और छोटी बेटी मौत है जो रूठकर सब तोड़ देती है, बस इतनी सी कहानी है हम पुतलों की।''

फिर दोनों साथ बैठते है अजय पूछता हैं। ''अच्छा बताओ, आज तुम्हें क्या गिफ्ट चाहिये? सुमन पैर छूते हुए कहती है, ''कुछ नहीं, बस आपका प्यार और आशीर्वाद।'' तभी मोबाइल की घण्टी बजती है। सुमन असहज हो जाती है, और फोन उठाकर किचन कि तरफ दौड़ती है, लेकिन पहुँचने तक फोन कट जाता है और स्क्रीन पर आता है 'मिस्डकाल'। अजय आवाज देता है, ''किसका फोन है?''

''अननोन नम्बर है पापा।'' कहते हुए वह चाय-नाश्ता लेकर आती है। अजय उससे उस अननोन नम्बर पर फोन करने को कहता है। सुमन नम्बर डायल करती है, पर 'उपभोक्ता व्यस्त है' का जवाब आता है।

"आज मै ऑफिस जाना तो नहीं चाहता पर जरूरी काम है, लेकिन प्रॉमिस करता हूँ कि हाफ डे में आ जाऊँगा, और तुम्हारे हाथों का बना आलू का पराठा खाऊँगा, और शाम को धूमधाम से तुम्हारा जन्मदिन मनायेंगे; तुमने अपनी सहेलियों को तो बुला लिया है न? सुमन हाँ में सर हिलाती है। अजय ऑफिस चला जाता है। सुमन वापस मोबाइल उठाती है और एक बार फिर से डायल करती है। लेकिन वही जवाब "आपने जिस नम्बर पर डायल किया है, वह अभी दूसरी काल पर व्यस्त हैं, कृपया लाइन पर बने रहे या थोड़ी देर बाद पुनः प्रयास करें।"

सुमन, मोबाइल हाथ मे लेकर नम्बर को ध्यान से देखती है, और परेशान हो जाती है। दरअसल यह अननोन नम्बर, अननोन होकर भी सुमन के दिमाग मे नोन की सी छाप बना चुका था। हफ्ते भर पहले यह सिलसिला शुरू हुआ था। दिन में एक दो बार इस नम्बर से रोजाना ही मिस्डकॉल आती है, और पलटकर फोन करने पर कोई जवाब नहीं। कल से तो दो-चार प्यार भरी शायरियाँ भी आ चुकी हैं। सुमन वापस काल करती है, पर इस बार काल रिसीव हो जाती है। सुमन बिना कुछ पूछे जाने उससे कह देती है कि शायद आप गलत नम्बर पर काल करते जा रहे हैं; अपना नम्बर चेक करिये ओर कभी दुबारा मेरे नम्बर पर काल मत करना। उधर से कोई उत्तर या आवाज़ नहीं आती, और फिर फोन कट जाता है।

सुमन, शाम की तैयारी मे लग जाती है। थोड़ी देर मे ही अजय कुछ गिफ्ट के पैकेट, कपड़े, केक वगैरह लेकर वापस आ जाता है। "बहुत गर्मी है भाई, ज़रा पानी तो पिलाओ।" कहकर सोफे पर बैठ जाता है। अन्दर से सुमन पानी लेकर आती है। अजय पानी लेते हुए कहता हैं, "यह सब तुम्हारे लिये है।" सुमन कुछ कपड़े निकालकर देखती है। अजय पूछता है "पसन्द है न?"

"आपकी च्वाइस ग्रेट है पापा' और सारा समान सोफे से समेटकर आलमारी में रखती है, फिर दोनों साथ-साथ तैयारी मे लग जाते हैं। तय समय पर पड़ोसी, दोस्त, रिश्तेदार इकट्ठा हुए। पहले शान्ति हवन और फिर जन्मदिन मनाया गया। लोगों ने सुमन को बधाई दी, और अजय के समर्पण की सराहना की, कि कैसे उसने माँ-बाप बनकर छोटी-सी बच्ची को इतना बड़ा कर लिया। भोजन के बाद लोगों ने विदा ली। घर की चहल-पहल फिर शान्ति में तब्दील हो गई। ज़िन्दगी फिर अपनी रफ्तार से दौड़ने लगी। हमेशा की तरह अजय,

ऑफिस चला जाता, और अकेली सुमन, घर के कामों को निपटाकर कॉलेज चली जाती। आज भी रोज की तरह ही अपने समय पर मिस्डकाल आया। अब सुमन को जैसे उसकी आदत हो गई थी। कॉल न आने पर वह सोच में पड़ जाती थी। साथ में दोस्ती के उम्दा आदर्श वाले एक से बढ़कर एक मैसेज भी तो आ रहे थे। भाव और विचार एक तरंग की तरह होते हैं; मानव मन पर इनकी बार-बार आवृत्ति होने से मन प्रभावित होकर उसी विचार के अनुरूप ढलने भी लगता है। अच्छे सम्मोहनकर्ता यह बात जानते है। और सुमन के मन पर उस अज्ञात व्यक्ति की दोस्ती और प्यार मुहब्बत की मीठी-मीठी और आदर्श वाली बातों का असर पड़ गया। न-न में कब हाँ हुई, दोस्ती हुई, और मुलाकातों का भी दौर आया। डरते-डरते ही सुमन के कदम यहाँ तक बढ़ गये, और अजय इस सब से अन्जान था। इधर मुलाकात में उस व्यक्ति यानी अनिल को बिल्कुल सरल और सादगी की मूरत पाया। वह आदमी कैसा भी हो, पर उसकी लच्छेदार बातें किसी भी व्यक्ति को अपने पाश में बाँध लेने मे पूर्णतया समर्थ थीं।

उसके व्यक्तित्व कि खूबियाँ सुमन को भाने लगीं। उसके एकाकी जीवन में कहीं -न-कहीं एक दोस्त की कमी तो थी, जिससे उसका मन इस रास्ते पर कुछ ज्यादा ही तेजी से बढ़ रहा था। अनिल क्या है? कौन है? जानने की जरूरत कभी उसके मन मे नहीं आई, और वह गलत भी हो सकता है, ऐसा उसकी नजर में संभव नहीं था। पर जब चार-पाँच महीने बीत गये, तब सुमन की नज़र रिश्ते के अंजाम पर पड़ी, जिसकी शक्ल बड़ी डरावनी थी। वह अपने सिद्धान्तवादी पिता को अच्छी तरह जानती थी। इन बातों का उनके शब्दकोष मे कोई मायने नहीं है।वह अनिल के बारे मे इतना जरूर जानती थी कि वह कोई काम नहीं करता है। पापा किसी राह चलते को मेरे लिये कभी स्वीकार नहीं करेंगे। इधर वह अब अनिल की कुछ जाँच-पड़ताल में लग गई। उसके माँ-बाप, घर-बार, पढ़ाई-लिखाई पर वह सबके जवाब इस तरह से काट देता था कि सुमन क़यासों के झूले मे पड़ी रह जाती थी, और अपने मन का एक निष्कर्ष चुनकर खुश हो जाती थी। इसे दुनियावाले प्यार का अन्धापन और शायर लोग इश्क की सादगी फ़रमाते हैं। खैर जो भी हो, पर हकीकत दोनों बातो से कोई हमदर्दी नहीं रखती, और वक्त ने सुमन को ऐसी दहलीज़ पर खडा कर दिया था, जहाँ एक तरफ उसके पिता की 20 साल की तपस्या, बलिदान, प्रेम, आदर्श, समाज और सम्मान था, दूसरी और उसका अपना प्रेम। लगभग 10 दिन से वह इसी दहलीज पर बैठकर इस सवाल का जवाब ढूँढ़ रही थी। ईमानदारी का रास्ता

उसके प्रेम की कुर्बानी माँगता था, सो उससे तो सुमन ने मुँह फेर लिया। जबसे इन्सान बना तबसे उसकी यही आदत रही है, कि वह अपने ब्यक्तिगत स्वार्थो कि पूर्ति के लिए, अपनी खुशी के लिये किसी का भी गला घोंटने से नहीं चूकता है। पापा ने जो किया वह उनका फर्ज था, उन्हें जो मिला, वह उनकी जिन्दगी थी, और अपने प्यार की कुर्बानी देकर भी तो मैं उनके एहसानों का कर्ज तो नहीं चुका सकती।

अनिल काफी दिनों से उसे भागकर शादी करने और अपनी दुनिया बसाने के रंगीन सपने दिखाता चला आ रहा था, और सुमन को भी अब लगने लगा कि अपने सपनों में रंग भरने का यही स्वर्णिम समय है। दोनों मिलकर प्लान बना लेते है। इन दिनों अजय, सुमन की शादी के सिलसिले में रिश्तेदारों से मिलने-मिलाने में भी व्यस्त था, तो घर से उसका ध्यान बँट गया था, जिसका एक कारण यह भी था कि सुमन सब सँभाल ही लेती है। और जब एक दिन अजय ऑफिस चला गया, तब सुमन ने एक पत्र माफीनामे लिखा, और सामान समेटकर वह निकल पड़ी। पर जब उसका एक पाँव घर की दहलीज के अन्दर और एक बाहर था, तब उसकी रूह काँप उठी कि पापा आयेंगे पानी माँगेगे तो कौन देगा? यह विचार बिजली की तरह कौंधकर उसे अतीत के अंचल मे खिंच ले गया। और जब वह अतीत के अंचल से घर की दहलीज पर लौटी, वह पानी-पानी हो रही थी। उसका फैसला कमजोर पड़ गया। उसमें अपने पैरों को एक भी कदम और आगे बढ़ाने की शक्ति नहीं रह गई। तभी मोबाइल की घण्टी बजती है, जो सुमन को उलझनों के उस मकड़जाल से बाहर खींच लेती है। अनिल का फोन था। उसने समझाया "तुम घबराना मत, मुझे थोड़ी देर भी हो सकती है; तुम पुल के पास वाले कैफे में इन्तजार करना।" तीन बजे तक का समय अनिल ने कहा था, चार बज गये। अनिल का फोन आया "बस आधे घण्टे और; मैं बहुत ज़रूरी काम में फँस गया हूँ ।" सुमन को धीरज बँधाकर वह फोन काट देता है। सुमन का ध्यान घड़ी पर गया। साढ़े चार बज गए। यह पापा के लौटने का समय है। वह घबराकर खड़ी हो जाती है, पर फिर बैठ जाती है। पाँच बजने को आ गये। अनिल का फोन, "बस दस मिनट और।" पापा ढूँढ़ रहे होंगे। यह ख्याल आया और वह कैफे से बाहर आ गई, और सामने का नजारा देखकर उसके पैरों तल से जमीन। सर से आसमाँ गुम हो गया। उसने आँखें मलकर दो-तीन बार देखा। सामने अनिल दूसरी किसी लड़की के हाथों में हाथ डालकर उतरता है। रिक्शेवाले को पैसा देता है। दूसरी लड़की को भी वह बहुत ज़रूरी काम बताकर

कल मिलने का वादा करता है और कैफे की तरफ बढ़ता है। बदहवास सुमन, दूसरे रास्ते से बिजली की चाल से अपने घर की ओर बढ़ने लगी। थोड़ी देर में फोन बजा। सुमन ने फोन को जमीन पर पटक कर तोड़ डाला। इधर परेशान अजय, सुमन की सहेलियों और आस-पास पता करके आ चुका था, और सोफे के सिरहाने पर रखा वह माफीनामा उसे मिल जाता है। वह वहीं बेहोश होकर गिर जाता है। होश देने वाले होश छीन गये, तब किसी और से उम्मीद की जाये ऐसा दूसरा कोई उस सूने घर मे न था। बेहोश अजय, चिट्ठी लिये सोफे के पास पड़ा था। सुमन दरवाजा खोलती है। अन्दर का दृश्य उसकी जान लेने के लिये काफी था, पर वह सँभलकर अजय को जगाती है; अजय जागता है और उसे लगता है कि वह कोई बुरा ख्वाब देख रहा था, पर हाथ का काग़ज़ हकीकत की गवाही दे रहा था। एक गहरे सन्नाटे के बाद दोनों की चुप्पी अजय के "आखिर क्यों?" से टूटी। जवाब में सुमन के पास आँसुओं के सिवा कुछ न था वह अजय के पैर पकड़कर माफी माँगती है, सारी दास्तान सुनाती है। बाप होने के नाते माफ करना उसका फर्ज है और, वह फर्ज पूरा करता है, फिर से अपनी बेटी को गले लगाकर; क्योंकि किसी के 20 दिन के झूठे प्यार से उसका 20 साल पुराना प्यार जीत गया था... किसी की खोखली बातों और वादों से, उसकी परवरिश जीत गई थी।

जसवंत सिंह घारू

मोबाइल : 99968-95308
पता : VPO मसीताँ, तहसील - डबवाली
जिला - सिरसा (हरियाणा) - 125104

संपादकीय टिप्पणी

पुरुष प्रधान समाज में बेटों के जन्म और महत्त्व को इतना बढ़ावा दिया गया कि बेटी का पैदा होना कलंक माना जाने लगा। बेटों के साथ वंशवृद्धि, सम्पत्ति का स्वामी, बुढ़ापे का सहारा आदि-आदि मान्यताओं के साथ एक मान्यता यह भी प्रचलित है कि पिता को मुखाग्नि केवल बेटा ही दे सकता है। ऐसे ही मिथक को तोड़ती जसवंत सिंह घारू की सीधी-सादी भाषा और कथन में यह छोटी सी कहानी, बेटियों के महत्त्व को स्थापित करती है।

बे-औलाद

कृपाल की चिता सजा दी गई है।

"भई शाम ढलने को है, जल्दी से जल्दी चिता को अग्नि दी जाए, भाई देर काहे की है?'

रामू दादा ने सूरज की ओर देखते हुए कहा।

लोगों में से एक बुजुर्ग आगे आकर बोला, "भाई अग्नि तो इसका बेटा ही देगा, इंतजार कर लेते हैं; इनके चारों बेटों को संदेश भेज दिया है, बस वह आते ही होंगे।"

वहाँ श्मशान भूमि में सभी उपस्थित लोग कृपाल के बेटों का इंतजार करने लगे। कभी समय था, यही कृपाल अपने पुत्रों के घमंड में छाती फुलाकर चला करता था, लोगों से लड़ाई-झगड़ा तो इसका रोज का काम था। एक बार तो वह पड़ोसी सुरजन से झगड़ा करके उसे ताने देने लगा, "अरे जा- जा, तू चार बेटों

के बाप से क्या लड़ेगा, ऐसे मुफ्त में मारा जाएगा, तुझे तो कोई अग्नि देने वाला नहीं है।''

कृपाल के तानों से सुरजन सिंह को ऐसे लगा, जैसे उसकी किसी ने जान ही ले ली हो। सुरजन बिना कुछ कहे, घर आकर जोर जोर से रोने लगा, ''हे भगवान। मेरे साथ ही ऐसा क्यों किया?'

पिता को इस तरह रोते देख सुरजन की सबसे बड़ी बेटी पारो ने परेशानी का कारण उससे पूछा। सुरजन ने कृपाल के तानों वाली सारी बात बता दी। बात सुनकर पहले तो पारो उदास हो गई, फिर उसी वक्त पारो ने छाती पर हाथ रखकर, पिता को हौसला देते हुए कहा - ''पिताजी, क्या हुआ, अगर उसके चार बेटे हैं, हम भी तो किसी के बेटों से कम नहीं; हम बनेंगे आपके बुढ़ापे का सहारा; रही कृपाल की कहीं बात, कि अग्नि कौन देगा? अग्नि देने का हक संतान का होता है, हम भी तो आपकी संतान हैं, हम देंगी आपको अग्नि।''

अपनी बेटी की बात सुनकर, सुरजन अपने आँसू पोंछते हुए बोला - ''बेटी, कब तक बनोगी तुम मेरा सहारा, तुम्हें तो शादी के बाद अपने घर जाना ही होगा; तुम्हारे जाने के बाद कौन बनेगा मेरे बुढ़ापे का सहारा?''

पिता की बात सुनकर पारो कहती है - ''हम कहीं नहीं जाएँगे पिताजी, हम आपके पास ही रहेंगे।''

सुरजन की तीन बेटियाँ हैं। पारो सबसे बड़ी बेटी है, बीच की बेटी जसो है, तथा पम्मी सबसे छोटी है। पम्मी को जन्म देते ही सुरजन की घरवाली का देहांत हो गया था। रिश्तेदारों के बहुत कहने पर भी सुरजन ने दूसरा विवाह नहीं किया। समय बीतता गया, लड़कियाँ जवान हो गईं। एक के बाद एक की शादी कर दी गई। पारो ने शादी से पहले ससुराल वालों से शर्त रखी थी, कि वह शादी के बाद मायके में ही रहेगी, और उसके पति को भी उसके साथ ही रहना पड़ेगा। पारो के ससुराल वालों ने पारो की शर्त मान ली थी। अब पारो अपने पति जगसीर के साथ अपने पिता के पास ही रहती है। सुरजन की आयु काफी हो जाने पर भी उसको बुढ़ापा नहीं आया था। पारो अपने पिता की अच्छी देखभाल करती थी। अच्छे स्वभाव का जगसीर, सुरजन को अपने पिता के समान समझता था। सुरजन को भी कभी बेटों की कमी नहीं खलती थी। उधर सुरजन के पड़ोसी कृपाल के चारों बेटे अच्छे पढ़-लिख गए दो तो विदेश चले गए, तथा दो बेटे शहर जाकर रहने लगे। जमीन का बँटवारा उन्होंने कर लिया था। पिता के लिए

2 एकड़ जमीन छोड़कर सभी ने अपने अपने हिस्से की जमीन बेच दी थी। इसी 2 एकड़ जमीन से कृपाल अपना गुजारा चला रहा था। एक बार उसने बेटों के पास शहर जाने का निर्णय भी लिया, लेकिन वह वहाँ एक माह से अधिक नहीं रुक पाया। उसके बेटों और बहुओं को उसका वहाँ आना अच्छा नहीं लगता था। हताश होकर वह वापस लौट आया। गाँव लौटते ही उसने चारपाई पकड़ ली। उसकी देखभाल का जिम्मा उसके पड़ोसी सुरजन ने ही उठाया। कृपाल ने सुरजन को कई बार कहा कि वह तो भाग्यशाली है, जिसकी बेटियाँ हैं; मेरी तरफ देख, मैं कितना बदनसीब हूँ ; चार-चार बेटे होते हुए भी, बिना पंखों के पक्षी की भाँति असहाय बैठा हूँ । लोग तो यूँ ही कहते हैं कि बेटे ही माँ-बाप के बुढ़ापे का सहारा होते हैं... अगर तुम मेरी देखभाल नहीं करते तो, देखो आज मेरी क्या दशा होनी थी।

इस बार कृपाल की तबीयत पहले से ज्यादा खराब हो गई। उसके बेटों को कई बार संदेशा भेजा गया, लेकिन कोई मिलने तक नहीं आया। सुरजन, रोज की तरह आज भी कृपाल का पता लेने आया, लेकिन कृपाल आधा चारपाई के ऊपर और आधा नीचे पड़ा था। सुरजन ने कृपाल को उठाया। लेकिन कृपाल ने सुरजन कहते हुए आखिरी साँस ली।

शमशान भूमि में एक बुजुर्ग ने कहा - "भाई अब तो समय भी बहुत अधिक हो गया है, अब हमें किसी का इंतजार नहीं करना चाहिए "। सभी लोगों ने अपनी सहमति जताई। सुरजन ने कृपाल की चिता को अग्नि दी। चार-चार बेटों वाले बेऔलाद बाप को आग ने चारों तरफ से जकड़ लिया था।

ज्योत्स्ना सिंह

मोबाइल : 9412291372
ईमेल : jyotysingh.js@gmail.com
पता : 18 ए, विक्रमादित्यपुरी, स्टेट बैंक कालोनी
बरेली-243005 (उ. प्र.)

संपादकीय टिप्पणी

प्यार में मिलन और वियोग तो होता ही है, लेकिन कभी-कभी ऐसा भी होता है कि यह प्यार दिखावटी होता है। इस दिखावटी प्यार की सच्चाई जब सामने आती है, तो कभी पुरुष और कभी स्त्री स्वयं को ठगा सा महसूस करते हैं। वर्तमान समय में ऐसा प्यार ही अधिक दिखाई पड़ता है, जिसमें दैहिक सरोकार अधिक होते हैं; ऐसे प्यार का आत्मा से कोई सम्बन्ध नहीं होता, क्योंकि यह केवल भौतिक प्रेम है। ज्योत्स्ना सिंह की प्रस्तुत कहानी 'ख्वाहिशों का खण्डहर' इसी विषय को अपने में समेटे हुए है। साधारण आम बोलचाल की भाषा में रची यह कहानी दो सखियों के जीवन में घटी प्रेम की दो अलग-अलग घटनाओं को बहुत रोचकता से व्यक्त करती है।

ख्वाहिशों का खण्डहर

सूर्य अस्त होने वाला था। आसमान में फैली लालिमा, उस युवती के चेहरे पर उतर आयी थी। उल्लास के भाव उसकी आँखों में थे। वर्ण साँवला, मध्यम कद-काठी की उस युवती के जिस्म पर बन्धेज का पीले रंग का सूट, माथे पर छोटी सी पीली बिंदी और बाल एक क्लिप से बँधे थे। कुल मिलाकर वह एक औसत चेहरे मोहरे वाली युवती थी, जिसकी सुंदर आँखें बरबस किसी का भी ध्यान अपनी ओर आकर्षित कर सकती थीं।

ऑटो का किराया देकर वह सफेद नीले पेंट से चमकते उस घर की ओर बढ़ गई जिसकी नाम पट्टिका पर सुनहरे अक्षरों से 'ब्लिस' लिखा हुआ था।

आहिस्ता से गेट खोलकर अंदर कदम रखा तो मखमली घास की हरीतिमा और रंग-बिरंगे फूलों ने उसका मन मोह लिया। उस लॉन को बहुत सुंदरता से सँवारा गया था। एक ओर लगा रॉट आइरन का झूला तथा बीच में गार्डन अम्ब्रेला के नीचे पड़ी बेंत की कुर्सियाँ और एक गोल मेज। दाहिनी ओर एक नारी प्रतिमा अपनी क्षीण कटि पर गागर रखे खड़ी हुई थी, जिसमें से अनवरत जल प्रवाह हो रहा था।

प्रशंसा भरे भाव से वह लॉन को देख ही रही थी, कि एक गौर वर्ण की तीखे नाक नक्श वाली युवती उसकी ओर बढ़ी। लांग स्कर्ट टॉप में वह बहुत सुंदर लग रही थी।

"हाय नीहार। इतने लंबे टाइम बाद तुम्हें देखकर बहुत अच्छा लगा।"कहते हुए वह उसके गले लग गई।

"मुझे भी; कभी सोचा भी न था कि इस तरह तुमसे मुलाकात होगी, कैसी हो दिया?"

"बढ़िया, तुम सुनाओ; घर ढूँढ़ने में कोई दिक्कत तो नहीं हुई?'

"बिलकुल नहीं, तुमने लोकेशन इतने अच्छे से समझा दी थी, कि कोई परेशानी नहीं हुई।"

"भला हो सोशल साइट का, जिसने इतने समय बाद हमें मिलवा दिया, वरना पता नहीं हम कभी जान भी पाते या नहीं, कि हम दोनों एक ही शहर में रह रहे हैं।

बात तब की है, जब नीहार और दिया लखनऊ में रहती थीं। वह दोनों स्कूल के ज़माने की सखियाँ थीं। दोनों की आपस में बहुत बनती थी। आठवीं तक दोनों साथ पढ़ीं। फिर नीहार के पिता का तबादला आगरा हो गया, और नीहार आगरा आ गई। बी कॉम करने के बाद उसने बीएड किया। एम कॉम में अच्छे अंक लेकर उत्तीर्ण हुई और कुछ समय निजी स्कूलों में शिक्षण कार्य किया, और फिर केंद्रीय विद्यालय दिल्ली में उसकी नियुक्ति हो गई।

कुछ दिन उसकी माँ उसके साथ आकर दिल्ली रहीं, फिर उसके व्यवस्थित हो जाने के उपरांत आगरा वापस लौट गईं। नीहार की जान-पहचान का दायरा धीरे-धीरे आगे बढ़ रहा था। अकेलेपन को भरने के लिये अब वह सोशल साइट पर भी सक्रिय हो गई थी। तभी एक दिन उसे सुखद आश्चर्य हुआ, जब उसके

इनबॉक्स में बचपन की सखी दिया का संदेश आया। उसने स्वयं का परिचय देते हुए उसका फोन नम्बर माँगा था। नीहार ने तुरन्त अपना फोन नम्बर दिया तो यह जानकर वे दोनों हैरान रह गईं, कि दोनों सखियाँ फिर से एक ही शहर में थीं। ईश्वर की इस लीला को देखकर दोनों की प्रसन्नता का पारावार न रहा।

दिया, विवाह के पश्चात दिल्ली आ गई थी। पाँच वर्ष हो गए थे उसे दिल्ली रहते हुए। उसने अपने घर का पता देते हुए उसे शीघ्रतिशीघ्र मिलने को कहा। एक अन्जान शहर में किसी आत्मीय का यूँ मिल जाना नीहार के लिए भी एक वरदान से कम न था। वह भी साथ छूटने के पश्चात आये हुए रीतेपन को पुनः भर लेने को व्याकुल हो उठी। कुछ दिन गुज़रते ही समय निकालकर वह दिया के घर चल दी थी

दिया उसका हाथ पकड़े हुए बैठक में ले आयी, जो कि सुंदर कलाकृतियों से सजा हुआ था।

'बैठो।'

"घर बड़ी खूबसूरती से मेंटेन किया है तुमने।"

"ये तो मेरे पतिदेव का शौक है; उन्हें हर तरफ खूबसूरती चाहिए।

"फिर तो पहले उनके आने का टाइम बता, ताकि मैं फूट लूँ यहाँ से।" वह मुस्कुराई।

"हट, कैसी बात कर रही है तू, और फिर तू कौन सी कम है।"

"मैं कहाँ की खूबसूरत हूँ , बिल्कुल एवरेज; चल छोड़, मज़ाक़ कर रही थी, और सुना अपने बारे में, कैसी है तू, और कैसे हैं तेरे पतिदेव, मिजाज कैसा है उनका?'

"बहुत अच्छे, बहुत लविंग एन केयरिंग, हैंडसम, बढ़िया जॉब; उन्हें पाकर मैं बहुत खुश हूँ , अपनी किस्मत पर नाज है मुझे।"

"वाह, यानि शादी बहुत रास आयी तुम्हें?"

"हाँ नीहार, वो जान देते हैं मुझपर, उनकी ज़िंदगी में मुझसे ज़रूरी कुछ भी नहीं; सचमुच प्यार बड़ी खूबसूरत चीज़ है।"

"लव मैरिज है तुम्हारी? "

"हाँ, मेरे बड़े भाई के सबसे अच्छे दोस्त थे श्री; अक्सर घर आते थे। मैंने कभी उन्हें इस नज़रिये से नहीं देखा था। हाई स्कूल में गणित में दिक्कत हो रही थी। मैंने मम्मी से ट्यूशन लगवाने को कहा। इन्हें पता लगा तो मुझे पढ़ाने लगे। बड़ा मन लगाकर पढ़ाते थे। उस वर्ष बढ़िया नम्बर लेकर पास हो गई। ग्यारहवीं में भी पढ़ाते रहे। फिर एक दिन श्री ने मुझसे अपने प्यार का इज़हार किया। मैं पहले तो हैरान रह गई, मुझे कुछ अजीब सा लगा। बड़े भाई के मित्र थे, तो मैं उन्हें भी उसी दृष्टि से देखती थी। फिर धीरे- धीरे इनकी दीवानगी देखकर मेरे मन मे भी प्रेम के अंकुर फूट पड़े। मेरे इंटर के रिज़ल्ट के पहले ही एक मल्टीनेशनल कम्पनी में इनकी जॉब लग गई। पहले तो ये मेरी वजह से जाना ही नहीं चाहते थे, कि मुझे देख नहीं पाएँगे, पर फिर मेरे ज़ोर देने पर आगरा चले गए। हर वीकेंड पर लखनऊ आते। हमारा प्यार परवान चढ़ रहा था। तभी घर में सबको हमारे प्यार के बारे में पता लग गया। मम्मी-पापा और भैया को बहुत बुरा लगा। सबको महसूस हुआ जैसे घर में घुसकर इन्होंने उनकी इज्जत पर हाथ डाला है। भैया ने बहुत बुरा भला कहा उन्हें, पर जब मैं विद्रोह पर उतर आयी तो फिर धीरे-धीरे सबको स्वीकार करना पड़ा। कमी कोई इनमें थी नहीं; बढ़िया जॉब, देखने में हैंडसम। तब तक मैं बी ए कर चुकी थी। फिर हम दोनों के ज़िद करने पर हमारी शादी हो गई और हम यहाँ आ गए।" बताते हुए वह कुछ पल को रुकी। प्रेम की सुर्खी उसके चेहरे पर दौड़ रही थी।

"बस इतनी सी कहानी है मेरी। जानती हो नीहार, प्रेम बड़ी खूबसूरत चीज़ है; जिसे प्रेम मिल जाए उसका जीवन सँवार देता है। इतना खूबसूरत अहसास है कि लफ़्ज़ों में बयान नहीं कर सकती।"

"हाँ, पर अगर न मिले तो सबसे बड़ी सज़ा; ज़िन्दगी बोझ बन जाती है।" कहते हुए एक पीड़ा उभर आई उसके चेहरे पर।

"मुझे इस बात का भी गर्व है कि उनके लिए दुनिया सिर्फ मुझसे ही शुरू होती है, और मुझपर ही खत्म। बहुत लड़कियाँ मरती थीं उन पर, एक तो बहुत बुरी तरह से पीछे पड़ गई थी, बड़ी मुश्किल से पीछा छुड़ाया उससे। कहती थी जान दे देगी उनके लिए; उसे समझाते थे कि उन्हें वो पसन्द नहीं।"

'अरे।'

"हाँ कैसी लड़कियाँ होती हैं न, जो लड़कों के आगे खुद को फेंकती हैं।"

“हाँ यार, हर तरह के लोग हैं दुनिया में; फिर क्या हुआ उस लड़की का?”

“फिर इन्होंने कह सुनकर अपना ट्रांसफर दिल्ली करवाया, तब जाकर पीछा छूटा उससे... बड़े परेशान रहने लगे थे उन दिनों; मेरा तो जी चाहता था कि जाकर दो चार तमाचे लगा दूँ उस लड़की के।”

“हद है।”

“हाँ, अजब दुनिया और गज़ब लोग; खैर छोड़ उस किस्से को, अब तू सुना अपने बारे में।”

“मैं क्या बताऊँ; बी एड करने के बाद इंटरव्यू देती रही, फिर सेंट्रल स्कूल में जॉब लग गई। कुछ माह पहले ट्रांसफर होकर यहाँ आ गई। परिवार से दूर होकर वक़्त काटना मुश्किल लगता था, तो सोशल मीडिया पर आ गई। वहीं तू टकरा गई, जब पहली बार तेरा मैसेज आया तो हैरान रह गई। इतने वर्षों बाद किसी परिचित का यूँ मिलना, बहुत अच्छा लगा।”

“तूने शादी क्यों नहीं अब तक? कोई अपने लायक नहीं मिला या किसी को दिल दे बैठी?’

“लंबी कहानी है दिया।” उसने निःश्वास छोड़ी।

“तो सुना न, मुझे कौन सी जल्दी है, पूरी फुर्सत में हूँ ।”

उसके चेहरे पर कश्मकश के भाव देखकर दिया ने पुनः कहा।

“बता न, मैं तेरी कहानी जानने को बेकरार हूँ ।”

नीहार की नज़रों के सामने ज़िन्दगी की किताब के पन्ने फड़फड़ाने लगे, और वह उनमे गुम होती चली गई। कुछ समय से वह महसूस कर रही थी कि कोई निग़ाह अब हर वक़्त उसका पीछा करती रहती है। कुछ ही समय पहले सामने वाले घर में आये उस किराएदार के सामने पड़ते ही वह असहज हो उठती। ऊँचा, तगड़ा, उजला और अति आकर्षक वह युवक अक्सर दिलचस्पी भरी निगाहों से उसे देखता रहता था। उसे हैरानी होती कि उस जैसी साधारण शक्ल-ओ- सूरत की लड़की में उस जैसे आकर्षक युवक को क्या दिलचस्पी थी।

कुछ दिन गुज़रे थे कि एक दिन अचानक उसकी बाइक नीहार के पास

आकर रुकी

“एक्सक्यूज़ मी, आपका कॉलेज मेरे ऑफिस के रास्ते में ही पड़ता है, आपको मैं ड्रॉप कर देता हूँ ।”

“नो थैंक्स, मैं चली जाऊँगी।”

“आइये न, सच मुझे कोई दिक्कत नहीं होगी।”

“मुझे अन्जान लोगों से लिफ्ट लेने की आदत नहीं।”

“अन्जान कहाँ, आपके घर के सामने ही तो रहता हूँ , एस के उर्फ़ शिरीष नाम है मेरा।”

“नो थैंक्स।” कहकर वह आगे बढ़ गई। इसके बाद वह प्रतिदिन उसके कॉलेज जाते समय बाइक लेकर उसके पास चला आता, और उम्मीद भरी निगाहों के साथ उसे देखता रहता, हालाँकि फिर उसने कहा कुछ भी नहीं।

कई दिन जब गुज़र गए तो एक दिन नीहार को तरस आ गया और वह बैठ गई।

‘थैंक्स।’ शिरीष मुस्कुराया और बाइक आगे बढ़ा दी। इसके बाद रोजाना ही वह नियत समय पर हाजिर हो जाता। कभी नीहार उसके पीछे बैठ जाती, तो कभी अनदेखा करके आगे बढ़ जाती।

“क्या आप मेरे साथ एक कॉफी पियेंगी?’

“नहीं, मेरी क्लास है।”

“तो क्लास के बाद?’

‘नहीं।’

‘प्लीज़।’

“नो मीन्स नो।”

“ऐसा क्या माँग लिया, जो आपने झट से मना कर दिया; एक कॉफी के लिए ही तो कह रहा हूँ ।”

“अरे। अजीब जिद है।”

‘हाँ’ वह मुस्कुराया “ड्रॉप करने का मेहनताना ही तो माँग रहा हूँ , इतना तो

हक़ बनता है मेरा?''

"ओहो, चलिये फिर।'' कुछ पल सोचने के उपरांत उसने हथियार डाल दिए। थोड़ी देर बाद दोनों एक रेस्तराँ में थे। शिरीष ने कॉफी और कटलेट्स ऑर्डर कर दिए। फिर बताने लगा कि वह एक मल्टीनेशनल कम्पनी में काम करता है; जब पहली बार उसने नीहार को देखा तो वह उसे बहुत अच्छी लगी थी। तभी वह उससे मित्रता करने का संकल्प कर चुका था। आज आखिर उसका संकल्प पूरा हो ही गया था।

मुलाकातों का सिलसिला शुरू हो गया। हालाँकि शुरू में नीहार को यह आशंका थी कि एक इतना आकर्षक युवक उस जैसी मामूली लड़की में रुचि क्यों ले रहा है, परन्तु फिर ये आशंका दूर होती चली गई। जब भी वह बात करता, नीहार मुग्ध होकर उसे सुनती रहती। उसके उच्च विचारों के सम्मुख नतमस्तक हो चुकी थी। वह अक्सर कहता रहता था, कि प्रेम कुछ नहीं देखता, रंग रूप, जात पाँत और उम्र। गुज़रते वक़्त के साथ उनके बीच का प्रेम गहराता जा रहा था। मुलाकातें कभी रेस्तराँ तो कभी सिनेमा हॉल में होती रहीं। इस बीच शिरीष के मकान मालिक ने कमरा छोड़ने को कहा तो उसने कॉलेज के पास ही एक कमरा ले लिया।

वेलेंटाइन डे था और नीहार बेताबी से उसका इंतज़ार कर रही थी, कि शिरीष का फोन आया और उसने बताया कि उसकी तबीयत खराब है, अतः वह नहीं आ सकेगा। नीहार घबरा गई और उसकी खैरियत जानने के लिये उसके कमरे की ओर चल दी। द्वार खटखटाया तो उसे महसूस हुआ कि दरवाजा अंदर से बन्द नहीं है। धीरे से खोला तो देखा कि एक चादर ओढ़े वह चुपचाप बिस्तर पर पड़ा हुआ है। उतरा हुआ चेहरा, सूनी निगाहें। मस्तक पर हाथ रखा तो हल्की सी हरारत महसूस हुई। उसे देखकर शिरीष चौंक उठा।

"अरे तुम। यहाँ?''

"हाँ, मुझे तो आना ही था, तुम्हारी तबियत खराब होने की बात सुनकर कैसे रह सकती थी।''

"मैं सचमुच बहुत शिद्दत से याद कर रहा था तुम्हें; कल्पना ही कर रहा था कि काश तुम मेरे पास होती।''

"मेरा वेलेंटाइन ठीक न हो तो मैं आये बिना कैसे रह सकती थी? "

"ओह, सो स्वीट आफ यू।"

"हैप्पी वैलेंटाइन्स डे।" कहते हुए उसने एक खूबसूरत सुनहरी घड़ी उसकी कलाई में बाँध दी।

"ब्यूटीफुल। अब देखो न, मैं तुम्हारे लिए कुछ नहीं ले पाया।"

"मुझे तुम्हारा प्यार मिला, यही बहुत है मेरे लिए।"

"तुम बहुत अच्छी हो नीहार, तुम सा कोई नहीं; इतना चाहती हो मुझे, मैं भी अपना सारा प्यार तुम पर लुटा देना चाहता हूँ ।" शिरीष ने उसे आलिंगन में बाँधकर पलकों पर चुम्बन अंकित कर दिया। एक सिहरन सी उसकी देह में दौड़ गई, और उसने आँखे मूँद लीं। भावुकता के पल हावी हो रहे रहे थे। उपलब्ध एकांत, ह्रदय में उमड़ता असीमित प्रेम और रूमानी माहौल। नीहार पिघलती चली गई, और शिरीष तो उन्मादी हो ही चुका था।

भावनाओं का आवेग थमा तो एक अपराधी भाव ने उसे घेर लिया। पलकें भीग आयीं।

"कुछ गलत नहीं हुआ नीहार, फ़िक्र मत करो; मैं सदैव तुम्हारा हूँ , हमें दुनिया की कोई ताकत एक दूसरे से जुदा नहीं कर सकती।" अश्रुओं का आवेग बह चला तो शिरीष ने मनुहार करते हुए आँसू पोंछ दिए।

इसके बाद फिर से मुलाकातें होने लगीं। एक दो बार शिरीष ने उसे अपने कमरे में आने को कहा तो उसने साफ़ इनकार कर दिया। वह बार बार उस भूल को दोहराने को तैयार न थी।

कुछ दिन गुज़रे ही थे कि एक दिन क्लास अटेंड करके बाहर निकली तो देखा शिरीष खड़ा है, उसके चेहरे पर हवाइयाँ उडी हुई थीं। "तुम। यहाँ कैसे?"

"नीहार, अभी घर से फोन आया है कि पापा की तबियत काफी खराब है, मैं घर जा रहा हूँ ; तुम्हें इन्फॉर्म करने ही आया था, जैसे ही सब कुछ ठीक होता है मिलता हूँ ।"

"ओके, अपना ख्याल रखना, और खबर देते रहना।"

'हाँ।' कहकर वह तेजी से चला गया।

कई दिन गुज़र गए पर शिरीष की कोई खबर न थी। फोन करो तो उसका

फ़ोन बन्द आ रहा था। वह परेशान थी, पर उसके पास कोई ज़रिया न था उसके बारे में जानने का। एक-एक पल गुज़ारना उसे भारी पड़ रहा था, पर वह निर्मोही शांत था।

करीब एक माह गुज़रने के बाद एक दिन कॉलेज जाते हुए शिरीष ने उसे रोक लिया,

"तुम। कहाँ गायब थे इतने दिनों से? पता है मैं कितनी परेशान हूँ , कोई ऐसा ज़रिया नहीं कि मैं तुम्हारे बारे में पता लगा सकूँ; तुमने मुझे एक फोन तक नहीं किया, पापा कैसे हैं?'

"चलो पहले कहीं चलकर बैठते हैं, फिर बात करेंगे।" वह बाइक में पीछे बैठ गई। और वे एक रेस्तराँ में पहुँच गए।

"अब बताओ।"

"अरे बाबा, पहले कहीं बैठ तो जाएँ।" कहते हुए वह एक टेबल की ओर बढ़ा। बैठने के बाद कुछ पल उसे देखता रहा। चेहरे पर असमंजस के भाव थे

"अब बोलो भी, पापा ...'

"हाँ वो अब ठीक हैं ... "' वह झिझका।

"हाँ बोलो न, क्या कहने में इतना संकोच कर रहे हो?'

"नीहार, बात कुछ ऐसी है कि..." उसने उसके हाथ पर अपना हाथ रख दिया।

"जब मै यहाँ से गया तो पापा की हालत बहुत खराब थी; उस वक़्त लग रहा था कि पता नहीं बचेंगे या नहीं; उन्हें मेरी शादी देखने की बहुत तमन्ना थी, तो जल्दबाजी में उनकी पसंद की एक लड़की से मंदिर में मेरी शादी करवा दी गई, मैं चाहकर भी कुछ नहीं कह पाया। तुम सोच नहीं सकतीं कि मुझ पर क्या गुज़री, मैं ..." आगे उसका कंठ अवरुद्ध हो गया। उधर नीहार पर जैसे बिजली सी गिरी। वह आँखें फाड़े उसे देखती ही रह गई।

"बताओ ऐसी हालत में मैं क्या करता?'

वह मूक बैठी रही। नेत्रों से आँसुओं की धार बह निकली।

"खुद को सँभालो नीहार, बताओ मैं क्या करूँ? कभी-कभी मन करता है

कि अपनी जान दे दूँ।''

''एक बात और है।'' वह चौंक गई।

''अब क्या बचा है कहने को?''

''मेरा ट्रांसफर दिल्ली हो गया है, मुझे कल ज्वाइन करना है।''

''मतलब अब तुम्हें देखने से भी महरूम होना पड़ेगा?'' वह खुद को सँभाल नहीं पा रही थी। काफी देर तक शिरीष उसे समझाता रहा, फिर बोला कि अब उनका सम्पर्क न रखना ही श्रेयस्कर होगा।

'फिर?' दिया का परेशान स्वर उभरा।

''फिर क्या, वो दिन है और आज का दिन, हम कभी नहीं मिले; कोई खबर नहीं उसकी।''

''नीहार, एक बात कहूँ , अगर तू बुरा न माने तो?'

''हाँ बोल न।''

''कहीं एस के ने तुझे मूर्ख तो नहीं बनाया?'

''तुझे ऐसा क्यों लग रहा है?'

''न जाने क्यों मुझे ऐसा लग रहा है कि तू छली गई है।''

'वजह?'

''तूने ही बताया कि उस दिन जब उसके अस्वस्थ होने की खबर आयी और तूने उसे छूकर देखा तो तुझे हरारत सी लगी, मतलब वह अधिक बीमार नहीं था। ज़रा सोचो, क्या कोई सच्चा प्रेम करने वाला थोड़ी सी हरारत होने पर मिलने का वादा करके भी अपनी प्रेमिका से मिलने नहीं जाएगा?'

''तू ये कहना चाह रही है कि ... ''

''हाँ, मुझे ये कहते हुए बहुत अफ़सोस हो रहा है कि ये उसने जाल बुना था तुझे फँसाने के लिये; इसके बाद भी उसने तुझे बुलाया, पर तू गई नहीं, बस, उसने फिर बड़ी खूबसूरती से तुझसे पीछा छुड़ा लिया।''

''नहीं दिया, ऐसा नहीं हो सकता।'' नीहार के चेहरे पर असमंजस के भाव नज़र आये। उसका दिल सहमत नहीं था,पर दिमाग कह रहा था कि दिया की

आशंका सच हो सकती है।

"हाँ नीहार, पुरुष के लिये किसी भी स्त्री की कीमत सिर्फ तब तक ही रहती है जब तक कि वह उसे हासिल न कर ले।"

नीहार के चेहरे पर अंतर्द्वन्द्व के चिन्ह साफ नजर आ रहे थे। ठीक ही तो कह रही है दिया, जब दोबारा मैं उसके रूम पर नहीं गई तो उसे मुझसे कोई सरोकार न रहा। उसने आराम से जाकर शादी की और अपना ट्रांसफर करवा लिया, उसके बाद कोई वास्ता नहीं रखा... अगर मुझसे सच्चा प्यार करता तो क्या ऐसे जा सकता था मुझे छोड़कर? उसे याद आया कि अंतिम मुलाकात में उसके चेहरे पर गहरी पीड़ा के कोई भाव नहीं थे।

"तुमने शादी क्यों नहीं की?"

"उसे दिल की गहराइयों से चाहा था मैंने, किसी और को अपनाने के लिये मन को फिर तैयार ही न कर पाई।"

"सो सैड।"

"होता है दिया, हर एक की किस्मत में प्यार नहीं होता; तू खुशकिस्मत है जो तेरा प्यार तेरे साथ है।"

"हाँ ये तो है, मैं सचमुच बहुत लकी हूँ ; श्री ने मुझे बेपनाह प्यार दिया है, आज के ज़माने के होते हुए भी वो वन वुमैन मैन हैं।"

"तेरी बातों ने तो मेरी दिलचस्पी बढ़ा दी है; उनसे मिलने को बेकरार हो गई हूँ , कितनी देर में आएँगे तेरे मियाँ?'

"बस आते ही होंगे, ले आ गए" वह चहकी "इनसे मिल, माई डियर डार्लिंग हसबैंड श्री, और श्री, ये है मेरी पुरानी सखी नीहार" पति की बाँहों में बाँह डालते हुए दिया ने कहा।

नीहार ने उत्सुकता से दृष्टि उठाई तो लगा किसी ने पैरों तले की जमीन खींच ली हो। सामने शिरीष खड़ा था; भौंचक्का सा।

दिलबाग सिंह विर्क

मोबाइल : 095415-21947
ईमेल : dilbagvirk23@gmail.com
पुस्तक : महाभारत जारी है (कविता संग्रह)
पता : गाँव व पो.-मसीताँ, डबवाली, सिरसा, हरियाणा -125104

संपादकीय टिप्पणी

आज का समय सोशल नेटवर्क का समय है। जिसे देखो वही सोशल मीडिया पर सक्रिय दिखाई देता है। जहाँ इस नेटवर्क ने देश-विदेश के बीच की दूरियों को मिटा दिया है, वहीं इसके चलते आपसी सम्बन्धों में दूरी भी देखने को मिलती है। आज की पीढ़ी को फेसबुक, व्हाट्सअप, ट्विटर आदि पर अपना समय बिताना पसन्द है,न कि अपने माता-पिता, दादा-दादी आदि के साथ। कामकाजी लोग भी फुर्सत पाकर अपना समय सोशल मीडिया पर बिताते हैं। इनमें बहुत से लोग ऐसे भी हैं जो विपरीत लिंगियों से मित्रता करते हैं, उनसे अपने सम्बन्ध बढ़ाने की चेष्टा करते हैं। श्री दिलबाग सिंह की कहानी 'खूँटों से बँधे लोग' भी एक ऐसी ही एक कहानी है।

खूँटों से बँधे लोग

घर में घुसते ही रमेश ने मोबाइल पर वाई-फाई ऑन किया। व्हाट्स-अप के नोटिफिकेशन्स देखे। सबसे ज्यादा मधु के मैसेज थे। शुरूआत हेल्लो, हाय के साथ थी, फिर स्माइलीज थीं, नीली, लाल... फिर कानों में से धुआँ निकालती गुस्से से भरे चेहरे वाली औरत की तस्वीर थी, और आखिर वाला मैसेज था – *किसके साथ आवारागर्दी कर रहे हो?*

रमेश पिछले चार दिनों से ऑफिशियल टूर पर था। कार्यक्रम अचानक बना था। रमेश के दफ्तर में नेट चलाने पर रोक थी। ऐसा नहीं कि सभी इस आदेश का अक्षरशः पालन करते थे, लेकिन रमेश थोड़ा भावुक था, और वह नहीं चाहता था कि इस बात के लिए कोई उसे टोके, इसलिए उसने ऑफिस

ऑवर में नेट न चलाने की आदत बना ली थी, इसीलिए वह नैट पैक भी नहीं डलवाता था। ऑफिस का टाइम 10 से 4 बजे तक था। सुबह वह घर से 9 बजे के बाद ही निकलता था और पाँच बजे वापस आ जाता था। जाने से पहले और आने के बाद उसके पास फुर्सत-ही-फुर्सत थी। टूर पर जाने की सूचना उसे ऑफिस पहुँचने के बाद मिली। वह तुरंत घर लौटा और जरूरी सामान लेकर मुम्बई चला गया। जाते समय मधु को मैसेज नहीं कर पाया। फोन करने की उसने सोची थी, मगर वह झिझक गया। मधु उसकी व्हाट्सप फ्रेंड थी।

"सॉरी, ऑफिस के कार्य से मुंबई जाना पड़ा। जाते समय बता नहीं पाया। अभी वापस लौटा हूँ ; नहाया भी नहीं, सबसे पहले तुम्हें मैसेज किया है।" – रमेश ने मधु को मैसेज किया।

जब कुछ समय तक मैसेज सीन नहीं हुआ तो उसने दोबारा मैसेज किया– *"अच्छा, डिनर करके बात करते हैं।"*

रमेश नहाने चला गया। मधु से उसका परिचय फेसबुक पर हुआ था। फेसबुक पर वह कब से उसकी फ्रेंड लिस्ट में थी? फ्रेंड रिक्वेस्ट उसने भेजी थी या आई थी, उसे कुछ याद नहीं। मधु से उसकी सीधी बात अढाई-तीन साल पहले फेसबुक पर उसके व्हाट्स-अप के बारे में डाले गए स्टेट्स से हुई थी। उसने उसी दिन व्हाट्स-अप इंस्टाल किया था। उसके कुछ दोस्त इस स्टेटस पर कमेन्ट कर रहे थे। मधु ने भी कमेन्ट किया था, लेकिन वह उसे संबोधित न होकर उसके दोस्त अखिल को संबोधित था। इसी स्टेटस पर अखिल और मधु की कमेन्ट के माध्यम से बातचीत चल पड़ी तो रमेश भी बीच में कूद पड़ा। रमेश से मधु का एक कमेन्ट समझने में चूक हुई। उसे लगा कि मधु उसे व्हाट्स-अप पर ऐड करने के लिए कह रही है, तो उसने मधु का मोबाइल नम्बर पूछ लिया जिस पर मधु ने कहा कि वह अपना नम्बर किसी को नहीं देती। 'सॉरी' कहकर रमेश ने बात समाप्त कर दी मगर उसे बड़ा गिल्ट फील हो रहा था। उसे लग रहा था कि एक शरीफ आदमी को एक शरीफ औरत से बिना जान-पहचान के नम्बर नहीं माँगना चाहिए था। रमेश अब दिल्ली में रहता है मगर वह एक छोटे से कस्बे में पला बढ़ा था। नौकरी मिलने के बाद ही वह दिल्ली आया था, और कस्बे के संस्कार उसे आगे से ऐसी भूल न करने के लिए सचेत कर रहे थे।

इस घटना के बाद मधु और रमेश अक्सर फेसबुक पर टकराने लगे थे, एक-दूसरे की फोटो और स्टेटस को लाइक करते, कमेन्ट करते। धीरे-धीरे चैट-

बॉक्स में भी हाय-हेल्लो होने लगी; लेकिन रमेश अब पुरानी गलती दोहराना नहीं चाहता था। एक दिन बातचीत के दौरान ही मधु ने उससे पूछा था कि कहीं तुम्हें यह तो नहीं लगता कि मेरी आई.डी. फर्जी है।

नहीं नहीं, मैं ऐसा नहीं सोचता।

"ओ.के., वैसे फर्जी आई.डी. बहुत हैं।"

"हाँ, मगर क्या फर्क पड़ता है" – रमेश ने बात से किनारा करते हुए कहा।

हाँ, ये तो है, फिर भी अगर तुम्हें लगे तो मेरे साथ फोन पर बात कर सकते हो; मैं आपको नम्बर बता दूँगी, लेकिन इसे मैं रूटीन में यूज नहीं करती।"

नहीं, मुझे कोई शक नहीं और न ही मुझे कोई परीक्षा लेनी है– रमेश ने शराफत दिखाते हुए कहा।

इसके बाद समय फिर आहिस्ता-आहिस्ता बीतता रहा। दोनों उसी तरह से चैटिंग करते थे, कि एक दिन मधु ने ख़ुद उसका व्हाट्स-अप नम्बर पूछा, और फिर दोनों फेसबुक फ्रेंड से व्हाट्स-अप फ्रेंड हो गए।

नहाकर आने के बाद वह सीधा डाइनिंग टेबल पर पहुँचा। यहाँ उसकी पत्नी सुनीता और बेटा रिशु उसका इन्तजार कर रहे थे। सुनीता और रिशु ही उसे एयरपोर्ट से लेकर आए थे। आते ही सुनीता किचन में चली गई थी, और रिशु टी.वी. देखने लगा था। अब तीनों फिर इकट्ठे थे। खाने के साथ-साथ सामान्य बातचीत हो रही थी, लेकिन रमेश का ध्यान मधु पर अटका हुआ था। साल भर से वे व्हाट्स-अप पर चैट करते आ रहे थे। चैट में जोक्स, वीडियोज, चुटीली बातें सबकुछ चलता था। मधु जानती थी कि रमेश शादीशुदा है और उसके एक बेटा भी है। मधु ख़ुद भी तो शादीशुदा थी। उसकी बेटी 8 साल की और बेटा 6 साल का था। दोनों का शादीशुदा होना कोई समस्या नहीं था, आखिर वे दोस्त ही तो थे।

दोस्त। – रमेश कभी-कभी परेशान हो जाता था। उसका छोटे कस्बे में पैदा होना शायद इसका एक कारण था, तभी तो गुलाब के फूल, आँख मारते स्टीकर, गर्मागर्म जोक्स उसे हैरान करते थे। फेसबुक पर जब वह किसी महिला की फोटो लाइक करता या उस पर कमेन्ट करता, तो मधु तुरंत उसे मैसेज करते थी कि किधर हाथ मार रहे हो। वह अक्सर यह जताती थी कि उसे रमेश का

किसी और औरत से बात करना अच्छा नहीं लगेगा, इसलिए वह कभी-कभी पूछती भी थी कि तुम्हारी और कितनी महिला दोस्त हैं। रमेश समझ नहीं पाता था कि मधु एक प्रेमिका-सी इर्ष्या क्यों दिखाती है।

खाना खाकर रमेश वापस अपने बेडरूम में आ गया। मधु को हेल्लो का मैसेज भेजा। न जाने क्यों उसका दिल धड़क रहा था। रमेश को दो महीने पहले घटी घटना याद आ गई। फेसबुक पर मोबाइल नम्बर पूछने के बाद उसने दूसरी गलती की थी। मधु उस दिन भी वैसी ही बातें कर रही थी, जिससे यह झलकता था कि वह सिर्फ़ उसी से बात करे। रमेश ने उत्साहित होकर 'किस' का स्टीकर भेज दिया।

मधु ने पूछा – *ये क्या है?*

बस मन में जज्बात आए तो भेज दिया, क्या इसका अर्थ तुम नहीं समझती? – रमेश पर उसके कस्बाई संस्कार फिर हावी हो गए थे और उसने बड़े गोल-मोल ढंग से प्रेम निवेदन किया था।

मधु ने सिर्फ़ इतना कहा कि हम अच्छे दोस्त हैं। फिर वह बताने लगी कि वह अपने पति को कितना प्यार करती है। वैसे पति की बातें वह पहले भी करती थी, और कभी भी उसनें ऐसा जाहिर नहीं किया था कि वह पति से नाराज हो या उससे उकता गई हो। रमेश ने तब अपनी स्थिति भी देखी। वह भी सुनीता से प्रेम करता है, और सुनीता को छोडकर किसी दूसरी औरत से जुड़ने के खयाल उसके मन में कैसे आए, इससे वह अचंभित था। रमेश सुस्त पड़ गया था लेकिन मधु उसे बार-बार जता रही थी कि उसने बुरा नहीं माना और हम अच्छे दोस्त बने रहेंगे।

कुछ भी हो, रमेश को झटका-सा लग चुका था। इसके बाद भी उनकी चैट नियमित रूप से चल रही थी। रमेश के मन के किसी कोने में कोई डर बैठा था, तभी उसने इस घटना के बाद कभी मधु को कॉल नहीं किया था, हालाँकि इस घटना से पूर्व वे आपस में कॉल कर लेते थे। इसी कारण उसने मुंबई जाने की सूचना उसे कॉल करके नहीं दी थी।

मधु अब ऑनलाइन थी। मैसेज सीन हो चुके थे, मगर न रिप्लाई आया था और न ही टाइपिंग का ऑप्शन आ रहा था। रमेश अधीर हो उठा। आखिर में उसने फिर एक गलती करने का फैसला लिया, हालाँकि दिल की धड़कनें तेज हो गई थीं। उसने कान पकड़े हुए एक सेल्फी ली और मधु को सेंड कर दी।

फोटो सीन हुई

रिप्लाई में स्टीकर था – आँसू बहाता हुआ

"नाराज हो?"

"हम्म्म्म...."

"अचानक जाना पड़ गया, तुम जानती तो हो कि मैं नेट पैक नहीं डलवाता।"

"कॉल तो कर सकते थे।"

"सॉरी, काम में इतना बिज़ी था कि ध्यान ही नहीं रहा।"

"ध्यान नहीं रहा या..."

"सच कहता हूँ ध्यान नहीं रहा।"

"तुम्हें बहुत मिस किया, कुछ करने को दिल ही नहीं कर रहा था। पहले सोचा कि मैं कॉल कर लूँ, फिर मुझे गुस्सा आ गया।"

"घर पर तो सब ठीक हैं?"

"हाँ, मगर..."

"मगर क्या?"

"तुमसे बात किए बिना चैन नहीं मिलता... आगे से ऐसा किया तो..."

"तो..." – धडकते दिल के साथ रमेश ने पूछा।

"तभी बताऊँगी।" – साथ ही उसने एंगर दर्शाता स्टीकर भेज दिया।

"ओ. के. बाबा, आगे से कोई गलती नहीं होगी।" – रमेश ने ख़ुद को नियंत्रित किया और बात का रुख बदलते हुए पूछा – "पतिदेव?"

"लैपटॉप पर काम कर रहे हैं।"

"डिनर हो गया?"

"हाँ, अब मैं फ्री हूँ तुम्हारे लिए।" उसने 'हा हा हा' के साथ मैसेज का अंत किया।

रमेश का ध्यान पत्नी पर गया, जो अब टी.वी. देख रही थी। उसका फोन रमेश के सामने ही था। कस्बाई संस्कार सोच रहे थे कि दिन भर उसकी पत्नी भी

फ्री होती है। वह दिल्ली की ही है और शुरू से इस माहौल में पली है। व्हाट्स-अप और फेसबुक का प्रयोग करती है। मैसेज की टन-टन से उसे लगा कि कहीं उसका कोई पुरुष मित्र ही उसे संदेश न भेज रहा हो। एक बार उसने पत्नी के फोन को चेक करने की सोची, मगर अब वह बड़े शहर में बड़े पद पर काम करता है, ये दकियानूसी खयाल अब अच्छे नहीं लगते। जब तक वह इस सोच के चक्कर से बाहर निकला, तब तक मधु के तीन मैसेज आ चुके थे। वह पूछ रही थी कि कहाँ खो गए।

"कहीं नहीं।"

"फिर रिप्लाई नहीं किया।"

"बस यूँ ही..."

"मुंबई में कोई नई सहेली तो नहीं बना ली।"

"नहीं, नहीं, हम खूँटों से बँधे लोग क्या सहेली बनाएँगे।"

"खूँटे.....?"

"घर-गृहस्थी खूँटे ही तो हैं।" हा हा हा कहकर रमेश ने अपनी इस गंभीर बात को मजाक का रंग देने की कोशिश की।

"हम्म, कभी-कभी छूट तो मिल ही जाती होगी।" - उसने आँख मारती स्माइली के साथ मैसेज भेजा।

"छूट तो कहाँ मिलती है, बस खूँटे पर बँधे उछल-कूद कर लेते हैं।" – रमेश ने भी उसी स्माइली के साथ रिप्लाई किया।

"थोड़ा-बहुत उछलते रहा करो, ठीक रहता है।" – जीभ निकालती स्माइली के साथ मधु का रिप्लाई आया।

उसने हम्म के साथ जवाब दिया, मगर वह सोच रहा था कि क्या यह उछल-कूद जायज़ है, और जायज़ है तो कहाँ तक? इतने में पत्नी के फोन पर फिर मैसेज टोन खनखनाई। न चाहते हुए भी वह पत्नी के किसी पुरुष दोस्त की कल्पना करने लगा। उसके मन में उथल-पुथल सी मच गई। उसने तुरंत मधु को पत्नी के आने की बात कहकर 'शुभ रात्रि' का संदेश दिया, और बिना उत्तर का इन्तजार किए वाई-फाई ऑफ़ कर दिया। खूँटे को बचाए रखने के अनजाने भय को दिलो-दिमाग पर उठाए हुए, वह अपने खूँटे पर लौट आया था।

डॉ. दिवाकर दत्त त्रिपाठी

मोबाइल : 9616012904
ईमेल : diwakarnirala16191@gmail.com
पुस्तक : तनहाई (कविता संग्रह)
पता : ग्राम -हेमनापुर मरवट, पोस्ट -जैतापुर बाजार
जनपद -बहराइच(उ.प्र.) पिन : 271902

संपादकीय टिप्पणी

हमारे समाज में कुछ लोग ऐसे होते हैं जो निःस्वार्थ भाव से सबकी सेवा करते हैं। अपनी सेवा में उनके लिए जाति-बिरादरी कोई महत्त्व नहीं रखती। किसी के भी घर सुख-दुःख में वे सदैव आगे बढ़कर हिस्सा लेते हैं। दुःख की बात है कि ऐसे निःस्वार्थ लोगों को भी नियति अपार दुःख और परेशानियाँ देती है। विडम्बना यह है कि समाज भी ऐसे लोगों को उपेक्षित करती है। दिवाकरदत्त त्रिपाठी की प्रस्तुत कहानी 'पंडित' ऐसी ही संस्मरणात्मक कहानी है।

पंडित

मैंने जबसे होश सँभाला, तबसे गाँव के हर घर में शादी ब्याह में, पानी भरने का काम, आटा गूँथने का काम, चारपाइयाँ ढोने का काम, बड़ी तन्मयता से वह करता था। विदाई किसी की लड़की की हो, अपने मुँह पर अपना फटा गमझा लगा के वह खूब रोता था। गाँव के किसी घर में आग लगे, तो बाल्टी लेकर सबसे पहले वह पहुँचता था, और सबसे बाद में जाता था। सरलता इतनी कि कभी किसी को न नहीं कहता था; कोई भी काम हो, सबके काम पे खड़ा रहता था।

वह जाति का कहार था, मगर लोग उसे शायद सीधेपन के कारण पंडित कहते थे, या फिर अन्य कोई कारण रहा होगा जो मुझे नहीं पता। उसके घर में सिर्फ तीन प्राणी थे- पंडित और उसके दो लड़के। पत्नी बहुत पहले ही मर गयी

थी। पंडित खुद खाना बनाता था। कभी-कभी सुबह मैं उसे किसी काम के लिए बुलाने जाता था तो, पंडित मोटी-मोटी पनेथी रोटी सेंकते हुए मिल जाता था।

मुझे याद है कि ठाकुर की बहू ने फाँसी लगा ली थी। लाश पोस्टमार्टम गयी तो दूसरे दिन लौटी। गर्मियों के दिन थे। लाश इतना बदबू कर रही थी कि कोई पास खड़ा नहीं हो रहा था। चितास्थान तक तो 'लाश के वास्ते' की गाड़ी ले आई थी, मगर विकट समस्या ये आई कि लाश को कफन में कौन लपेटे, और चिता पर कैसे रखा जाये। नाक नहीं दी जा रही थी। तब वही सरल व्यक्ति पंडित, अपना वही फटा गमछा मुँह पर लपेटकर आया, लाश को कफन में लपेटा और गोद में उठाकर चिता पर रख दिया।

पंडित ही एक दिन बता रहा था कि दो दिन तक वो बदबू नाक में भरी रही, खाना नहीं खाया गया।

मगर थी तो अपने गाँव की ही; जब कभी ठाकुर के यहाँ काम करने जाता था, बेचारी रोटी बना के देती थी, वह कर्ज था मेरे ऊपर।

पंडित के बड़े लड़के को दमा की बीमारी थी। बिरादरी में कोई शादी करने को तैयार नहीं था। तब मेवालाल गड़रिया ने बीस हजार लेकर कहीं से शादी करवा दी। उस बीस हजार के चक्कर में पंडित का एक बीघा खेत भी बिक गया था। मगर इससे भी बुरा तो ये हुआ कि बहू पूरी कुल की कुदाल निकली, रोज झगड़ा करती थी।

सब कुछ जैसे-तैसे चल रहा था, मगर एक दिन पंडित के लड़के को खाँसी के साथ खून की उल्टी आई, जैसे तैसे अस्पताल ले गये। डाक्टरों ने भर्ती कर लिया। फेफड़ों में पानी आ गया था; पता चला उसे टीबी थी... एक हफ्ते बाद लड़का मर गया।

मैंने देखा, पंडित उसी उदासीन भाव से अपने लड़के की चिता तैयार कर रहा था, जैसे दूसरों की किया करता था। एक रोज पंडित मेरे यहाँ काम करने आया था। खेत में सिर्फ मैं और पंडित थे। पता नहीं कैसे लड़के की मौत का प्रसंग आ गया। पंडित रो रो के कहने लगा :- का रोइत? गाँव वाले यहै सोंचिन होइ हैं कि पंडितवा कत्ता निठुर है, जवान लरिका मरा, एक आँस नाय फूट।

तुमहें बताव महराज, जो हम जमीन बेचि का लरिकवा के इलाज मा लगाइ दीत तौ चहै बचि जात, लेकिन हम जमीन बेचि कै डाइन लायका घरे बैठाइ

दीनेन; लरिका का सही से जियय नाय देत रहै, पहिल तौ रोगी दोसरे रोजै कै झगड़ा,नीक भा भगुवान उठाइ लिहिन, रोज के नरक से छुट्टी पाइस बेचारा।''

एक दिन शाम को पंडित आया, कहने लगा-, ''महराज एक काम बनाय देव; परसाद, पंचामृत बना धरा है, खराब होइ जाई; सुकुल महराज कहत हैं कि तबेत खराब है, हम न जाय पाइब।''

''कोइ दुसरे का बुलाय लेव, अब हम कहाँ जई?

''बाँभन विशुन सब बराबर, चहै शुकुल महराज होइ चहै भैया तुम।''

मैंने मन ही मन सोचा, 'अरे पगले' सब तेरी तरह निःस्वार्थ नहीं होते; सुकुल महराज क्यों जायें, तू कौन मोटी दक्षिणा दे देगा?

मैंने कहा'' तुम जाओ, ''लोगो को बुलाओ, मैं आता हूँ ।''

वहाँ पहुँचा तो पता चला कि, पंडित की विधवा बहू रोज दूसरा घर करने की धमकी देती थी, इसीलिए सत्यनारायन कथा करवा के उसे छोटे वाले लड़के के साथ दूसरा घर करवा रहा है।

मैंने गौरी-गणेश की पूजा करवाने के बाद हवन जलवा के सात भाँवरें डलवा कर, सत्यनारायन कथा सुना दी।

पंडित ने चलते वक्त मुझे अपने फटे गमझे के कोने में से पाँच रुपये खोल कर दक्षिणा दी, और बड़ी श्रद्धा के साथ पाँवों मे लोट गया। मैंने सोचा कि काश मेरे वश में होता तो मैं तुझे राजा होने का वरदान दे देता।

मैं लखनऊ पढ़ाई करने चला आया था। कुछ दिन बाद गाँव गया तो पता चला कि पंडित की बहू को बड़े ऑपरेशन से लड़की हुई है, और इलाज ऑपरेशन के खर्च में उसकी बची हुई जमीन भी बिक गयी।

कुछ दिन बाद फिर घर गया तो देखा, पंडित बड़ी मुखमुद्रा में हमारे ही द्वार पर बैठा था।

अम्मा ने बताया, ''बहू रोज झगड़ा करती थी; लड़का परेशान होकर छह महीने पहले कहीं भाग गया था, तबसे लौटा ही नहीं; पिछले पंद्रह दिन से बहू भी गायब है... लोग कह रहे हैं कि किसी के साथ भाग गयी।''

''दो चार दिन लिट्टी भौरी खाता रहा। पिछले चार पाँच दिन से राशन भी

नहीं था; भूखा लेटा रहता था, कहीं जाता भी नहीं था; जो कोई कुछ खिला दे। तुम्हारे पापा बुला लाये हैं, कहें हैं यही रहो; जो गये उन्हें लौटना होगा तो लौटेंगे, तुम क्यों प्राण तजे दे रहे हो?"

मैंने सोचा, 'हाय भगवान। इस सरल आदमी की कितनी परीक्षाएँ लेगा?'

शाम को पंडित ने मुझसे कहा कि, "भैया। हमार जू कहत है, छोटकवा लौंडवा जिंदा हैं, वू जू न खोइस होई, औ जैसे जानि पाई कि वा डाइन भाग गय, पक्का लौटि आई।"

करते कराते साल बीत गया, पंडित का लड़का नहीं आया।

मेरी भी नौकरी लग गयी थी। मैं घर गया तो पंडित के लिए नयी धोती और नया गमछा और कुर्ते का कपड़ा लेता गया। पहले तो वह उन कपड़ों को देख के खुश हुआ, उसके बाद जाने क्या सोच के रोने लगा। उसकी आवाज़ फट रही थी। पंडित रोये जा रहा था, और मुझे आशीर्वाद दिये जा रहा था।

वक्त बीतता गया। एक दिन गाँव में आग लग गयी। राधे का पूरा घर आग की लपटों में घिर गया था।

उसकी बीवी चिल्ला रही थी, "हाय। लरिकवा अँगना मा सोवत रहै, कोई बचाव लेव, हमारि भैया जरि जैहैं।"

पंडित ने बाल्टी फेंक दी। हनुमान जी की तरह, जलते हुए दरवाजे के बीच से निकला। आँगन में लड़का रो रहा था। लड़के को गोद में चिपकाकर फिर उसी दरवाजे से निकला। पूरी पीठ जल गयी थी, सिर के बाल भी जल गये थे; उसके सिर पर बँधे फटे गमझे ने पूरी कोशिश की थी, मगर वह खुद जलकर भी पंडित के सिर के बाल नहीं बचा पाया था।

लड़के को माँ की गोद में डाल के पंडित वहीं जमीन पर लेट गया, और इधर से उधर लोटने लगा। पूरे शरीर में जलन हो रही थी, शरीर की काफी चमड़ी जल गयी थी। लोग पंडित को मेरे द्वार पे उठा लाये। पंडित दर्द से कराह रहा था।

पापा ने पूछा - "तुमने ये क्या किया पंडित?"

पंडित ने कहा - "काका। का हमरे मेल सबके लरिका मरि जाय? ज्यादा से ज्यादा हम मरि जाबै, हम जिंदै रहिकै कौन बगिया लगाइत?"

पंडित को अस्पताल में भर्ती करवाया गया, मगर डाक्टर उसे बचा नहीं सके।

जो पंडित, जिंदगी भर सबकी चिता की लकड़ियाँ ढोता रहा, आज उसकी चिता के लिए लकड़ियाँ इकट्ठी की जा रही थीं।

और पंडित, चुपचाप मेरे द्वार पे आँखें मूँदे शाँत लेटा था। गाँव की दो चार बूढ़ी औरतें पास बैठी उसकी नेकी बदी को याद करके रो रही थीं। मैंने कफन मँगा लिया था। जला शरीर बदबू करने लगता है। मैंने सोचा, पंडित, तेरा शरीर चाहे जितना बदबू करे, वो परोपकार की यज्ञ की समिधा बना; यह मेरा सौभाग्य होगा कि मैं तुझे कफन में लपेटूँ।

निर्मला कपिला

ईमेल : nirmla.kapila@gmail.com
पुस्तकें : कहानी तथा ग़ज़ल संग्रह की चार पुस्तकें प्रकाशित
पता : नंगल, पंजाब

संपादकीय टिप्पणी

बाबा, संन्यासी, साधु-संत आदि भारत की संस्कृति का महत्त्वपूर्ण अंग हैं। इनका उद्देश्य धर्म का प्रचार और लोगों को धर्म के मार्ग पर चलाना है; किंतु वर्तमान समय में इसका बिल्कुल उल्टा हो रहा है। जहाँ एक ओर बड़े-बड़े अपराधी अपना चोला उतारकर बाबा का आवरण धारण करके अपना आश्रम स्थापित करते हैं, तो वहीं दूसरी ओर धर्म के नाम पर पाखंड करके, भोले-भाले लोगों को गुरुमंत्र, आशीर्वाद, कृपा जैसे शब्दों से भ्रमित करके उनकी आस्था से खिलवाड़ करते हैं। निर्मला कपिला की कहानी 'गुरुमंत्र' ऐसे ही एक संत और उनकी सच्चाई को व्यक्त करती है। सीधी, सरल और साधारण भाषा में रची कहानी अपना प्रभाव छोड़ने में सफल है।

गुरु मन्त्र

मदन लाल, ध्यान से संध्या को टेलीविजन के सामने बैठी देख रहे हैं। कितनी दुबली हो गई है; सारी उम्र अभावों में काट ली, कभी उफ तक नहीं की। वह तो जैसे बनी ही दूसरों के लिए थी। संयुक्त परिवार का बोझ ढोया, अपने बच्चों को पढ़ाया-लिखाया और शादियाँ कीं; और फिर सभी अपने-अपने परिवारों में व्यस्त हो गए। मदन लाल जी और संध्या को जैसे सभी भूल गये। मदन लाल जी क्लर्क के पद से रिटायर होने के बाद अभी तक एक साहूकार के यहाँ मुनीमी कर रहे हैं। बच्चों की शादियों पर लिया कर्ज अभी बाकी है। फिर भी वे दोनों खुश हैं। संध्या, आजकल जब भी फुरसत में होती है तो टेलीविजन के सामने बैठ जाती है, कोई धार्मिक चैनल लगाकर। साधु-संतों के प्रवचन सुनकर उसे भी गुरु धारण करने का भूत सवार हो गया है, मगर मदन लाल को पता नहीं

क्यों इन साधु सन्तों से चिढ़ है। संध्या कई बार कह चुकी है कि चलो हरिद्वार चलते हैं; पड़ोस वाली बसन्ती भी कह रही थी कि स्वामी श्रद्धा राम जी बड़े पहुँचे हुए महात्मा हैं। उनका हरिद्वार में आश्रम है; वो उन्हें ही गुरु धारण करना चाहती है।

संध्या ने प्रवचन सुनते-सुनते एक लम्बी साँस भरी, तो मदन लाल जी की तन्द्रा टूटी। जाने क्यों उन्हें संध्या पर रहम सा आ रहा था। उन्होंने मन में ठान लिया कि चाहे कही ं से भी पैसे का जुगाड़ करना पड़े, मगर संध्या को हरिद्वार जरूर लेकर जाएँगे; आखिर उस बेचारी ने जीवन में चाहा ही क्या है... एक ही तो उसकी इच्छा है।

''संध्या तुम कह रही थी हरिद्वार जाने के लिए, चलोगी क्या?''

वह चौंक सी गई - ''मेरी तकदीर में कहाँ जीते जी कहीं जाना बदा है; अब एक ही बार जाना है हरिद्वार, मेरी अस्थियाँ लेकर।''' वह कुछ निराश-सी होकर बोली।

''ऐसा क्यों कहती हो?'' मदन लाल के मन को ठेस-सी लगी। अब बुढ़ापे में तो दोनों को केवल एक-दूसरे का ही सहारा था।

''सच ही तो कहती हूँ ; पैसे कहाँ से आएँगे? बच्चों की शादी का कर्ज तो अभी उतरा नहीं; बेटा भी कुछ नहीं भेजता; आज राशन वाला लाला भी आया था।''

''तुम चिन्ता मत करो, मैं सब कर लूँगा; बच्चों की तरफ से जी मैला क्यों करती हो... नई-नई गृहस्थी बसाने में क्या बचता होगा उनके पास; हम हरिद्वार जरूर जाएँगे।'' कहते हुए वह बाहर निकल गया। मदन लाल भावुक होकर संध्या से कह तो बैठे, मगर अब उन्हें चिन्ता सता रही थी कि पैसे का इन्तजाम कैसे करें? मन में एकाएक विचार आया कि क्यों न अपना स्कूटर बेच दें, यूँ भी बहुत पुराना हो गया है, हर तीसरे दिन ठीक करवाना पड़ता है; बाद में किश्तों पर एक साइकिल ले लेंगे... वैसे भी साइकिल चलाने से सेहत ठीक रहती है -उसने अपने दिल को दिलासा दिया। हाँ, यह ठीक रहेगा। मन ही मन सोचकर इसी काम में जुट गए। चार-पाँच दिन में ही उन्होंने पाँच हजार में अपना स्कूटर बेच दिया। उन्हें स्कूटर बेचने का लेश मात्र भी दुःख न था। बेशक उनका अपना मन हरिद्वार जाने का नहीं था, मगर वह संध्या की एक मात्र इच्छा पूरी करना चाहते

थे।

संध्या बड़ी खुश थी। उसे मन चाही मुराद मिल रही थी। उसने धूमधाम से हरिद्वार जाने की तैयारी शुरू कर दी। अब गुरुमंत्र लेना है तो गुरु जी के लिए गुरु दक्षिणा भी चाहिए... कपड़े, फल, मिठाई आदि कुल मिलाकर दो ढाई हजार का खर्च। चलो यह सौभाग्य कौन-सा रोज-रोज मिलता है? जिस प्रभु ने इतना कुछ दिया, उसके नाम पर इतना सा खर्च हो भी गया तो क्या?

हरिद्वार की धरती पर पाँव रखते ही संध्या आत्म-विभोर हो गई। मदन लाल जी गर्मी से बेहाल थे, मगर संध्या का सारा ध्यान स्वामी जी पर ही टिका हुआ था। अब उसका जीवन सफल हो गया। गुरुमंत्र पाकर वो धन्य हो जायेगी। मदन लाल जी भी नास्तिक तो नहीं थे, मगर धर्म के बारे में उनका नजरिया अलग था। वो संध्या की आस्था को ठेस पहुँचाना नहीं चाहते थे।

दोपहर बारह बजे वो आश्रम पहुँचे। आश्रम के प्रांगण में बहुत से लोग वृक्षों की छाँव में बैठे थे। मदन लाल जी रात भर ट्रेन के सफर में थक गए थे। पहले वह नहा धोकर फ्रेश होना चाहते थे। आश्रम के प्रबन्धक से ठहरने की व्यवस्था पूछी। तीन सौ रुपये किराए से कम पर कोई कमरा नहीं था। चलो एक दिन की बात है। यह सोचकर उन्होंने एक कमरा किराए पर ले लिया। थोड़ा आराम करके नहा धोकर तैयार हुए। 2 बजे के बाद गुरु दीक्षा का समय था।

मई महीने की कड़कती गर्मी से बेहाल लोग आश्रम के प्रांगण में स्वामी जी का इन्तजार कर रहे थे। दोपहर का प्रचंड रूप भी आज संध्या को भला लग रहा था। आज उसकी बरसों की आशा पूर्ण होने जा रही थी। संध्या बड़ी श्रद्धा से गुरु-दक्षिणा का सामान सँभाले मदन लाल के साथ आश्रम के प्रांगण में एक पेड़ के नीचे आकर बैठ गई। वह ध्यान से आसपास के लोगों का निरीक्षण कर रही थी। लोग बड़े-बड़े उपहार, फलों के टोकरे, मिठाई मेवों के डिब्बे, कपडे और बड़े-बड़े कंबलों के लिफाफे लिए बैठे थे। एक परिवार की औरत, दूसरी औरत को दिखा रही थी कि वो 50 ग्राम सोने की चेन, विदेशी घड़ी, गुरु-दक्षिणा के लिए लाई है; साथ ही बता रही थी कि यह तो कुछ भी नहीं लोग गुरु जी को लाखों रुपये चढ़ावा चढ़ाते है। सुनकर संध्या ने कुछ शर्मिंदा सा हो लिफाफे को कसकर बगल में दबा लिया, ताकि उसकी तुच्छ सी भेंट कोई देख न ले। उस गरीब के लिए तो यह भी बहुत बड़ा तोहफा था।

मदन लाल जी का गर्मी से बहुत बुरा हाल था। पाँच बजने वाले थे, मगर

गुरु जी का कोई अता-पता नहीं था। मदन लाल को गुस्सा भी आ रहा था। साधु सन्तों को लोगों की असुविधा, तकलीफ का कुछ तो एहसास होना चाहिए; फिर संध्या ने तो सुबह से कुछ खाया ही नहीं था। गुरुमंत्र लेना है तो व्रत तो रखना ही था। पवित्र काम के लिए शुद्धि आवश्यक होती है।

'देखो जी, लोग गुरु-दक्षिणा के लिए कितना कुछ ले कर आए है। मुझे तो अपनी छोटी सी भेंट पर शर्म आ रही है, क्यों न कुछ रुपये और रख दें?' संध्या तो बस एक ही बात सोच रही थी, मगर कह नहीं पा रही थी।

''महाराज, क्या आज गुरु जी के दर्शन होंगे?'' मदन लाल ने वहाँ एक आश्रम के सेवक से पूछा ''हाँ- हाँ, बस आने वाले हैं।'' उसने जवाब दिया।

''हमारा नंबर जल्दी लगवा दीजिए, दूर से आए हैं, थक भी गए हैं।''

''ठीक है, बैठो-बैठो।'' उसका ध्यान मोटी असामियों पर था।

संध्या तो मगन थी, मगर मदल लाल जी को झुँझलाहट हो रही थी। वो सोच ही रहे थे कि बाहर कहीं जाकर कुछ खा पी लिया जाए, तभी उन्होंने देखा कि 4-5 गाड़ियों का काफिला आश्रम के प्रांगण में आकर रुका। गाड़ियों में से गुरु जी तथा कुछ उनके शिष्य उतरे, और गुरु जी के कमरे में चले गए। संत जी ने बाहर बैठे, सुबह से इन्तजार करते भक्तों की तरफ आँख उठाकर भी नहीं देखा। लोग जय जयकार करते रहे। संध्या कितनी श्रद्धा से आँख बन्द कर हाथ जोड़कर खड़ी थी। मदन लाल का मन क्षोभ से भर गया, मगर बोले कुछ नहीं।

सात बजे एक सेवक अन्दर से आया। उसने लोगों को बताया कि गुरु जी थक गए हैं, सुबह आठ बजे सबको गुरुमंत्र मिलेगा; जो लोग यहाँ ठहरना चाहते हैं, उनके लिए हॉल में दरियाँ बिछा दी गई हैं। सबको खाना भी मिल जाएगा, वहीं भजन कीर्तन करें। संध्या बहुत खुश थी। वह सोच रही थी कि गुरु आश्रम में सत्संग कीर्तन का आनन्द उठाएँगे, ऐसा सौभाग्य कहाँ रोज-रोज मिलता है; मगर मदन लाल जी मन ही मन कुढ़ कर रह गए- गुरु जी कौन सा हल जोतकर आए हैं जो थक गए है? महँगी ए0सी0 गाड़ी में आए हैं। उन्हें क्यों ध्यान नहीं आया कि लोग सुबह से भूखे प्यासे कड़कती धूप में उनका इन्तजार कर रहे हैं। यह कैसे सन्त हैं, जिन्हें अपने भक्तों की असुविधा, दुःख-दर्द का एहसास नहीं? उन्हें तो पहले ही ऐसे साधु सन्तों पर विश्वास नहीं है जो वातानुकूल

गाड़ियों में घूमते तथा महलनुमा वातानुकूल आश्रमों में आरामदायक जीवन जीते हैं। उनका मन हुआ कि यहाँ से भाग जाएँ। मगर वह संध्या के मन को चोट पहुँचाना नहीं चाहते थे।

दोनों ने कमरे में आकर कुछ देर आराम किया, फिर 8-30 बजे खाना खाकर वो सत्संग भवन में आकर बैठ गए, जहाँ कीर्तन भजन चल रहा था। मदन लाल धीरे से "अभी आया।" कहकर उठ गये। मन का विषाद भगाने के लिए वह खुली हवा में टहलना चाहते थे। वह आश्रम के पिछली तरफ बगीचे में निकल गये। सोचने लगे कि उनका क्षोभ अनुचित तो नहीं? गुरु जी के मन का क्रोध उन्हें पाप का भागी तो नहीं बना रहा? इन्हीं विचारों में चलते हुए न नज़र आश्रम के एक बड़े कमरे के दरवाजे पर पड़ी। शायद वह गुरु जी के कमरे का पिछला दरवाजा था। दरवाजे पर गुरु जी का एक सेवक 2-3 परिवारों के साथ खड़ा था। तभी अन्दर से एक आदमी तथा एक औरत बाहर निकले। सेवक ने तभी एक और परिवार को अन्दर भेज दिया। अब मदन लाल जी की समझ में सारा माजरा आ गया। मालदार लोगों के लिए यह चोर दरवाजा था, जहाँ से गुरु जी तक चाँदी की चाबी से पहुँचा जा सकता था। यह धर्म का कैसा रूप है? यह साधु-सन्त हैं या व्यवसायी? उन्हें नहीं चाहिए ऐसे संतों का गुरुमन्त्र। वह वापिस जाना चाहते थे, मगर संध्या की आस्था का तोड़ उनके पास नहीं था। वह अनमने से संध्या के पास जाकर बैठ गए।

कीर्तन के बाद कमरे में आकर उन्होंने संध्या को सब कुछ बताया, मगर वह तो अपनी ही रौ में थी, "आप भी बस जरा-जरा सी बात में दोष ढूँढ़ने लगते हैं। क्या सत्संग में सुना नहीं छोटे महात्मा जी क्या कह रहे थे? हमें दूसरों के दोष ढूँढ़ने से पहले अपने दोष देखने चाहिए; मगर तुम्हें तो साधु सन्तों पर विश्वास ही नहीं रहा।" संध्या की आस्था के आगे उनके तर्क का सवाल ही नहीं उठता था। वे चुपचाप करवट लेकर सो गये।

सुबह पाँच बजे उठे। नहा धोकर तैयार हुए और छः बजे आरती में भाग लेने पहुँच गए। यहाँ भी गुरु जी के शिष्य ही आरती कर रहे थे। संध्या ने व्रत रखा था। वह शुद्ध मुख से मंत्र लेना चाहती थी। वह आठ बजे ही प्रांगण में जाकर बैठ गई और आसपास के लोगों से बातचीत द्वारा गुरु जी के बारे में अपना ज्ञान बाँटने लगी। मदन लाल जी 9 बजे बाहर से नाश्ता करके उसके पास आकर बैठ गए। आठ बजे की बजाए गुरु जी 10 बजे आए और अपने आसन

पर विराजमान हो गए। आस पास उनके सेवक खड़े थे और कुछ सेवक, लोगों को कतार में आने का आग्रह कर रहे थे।

गुरु जी ने पहले गुरु-शिष्य परंपरा की व्याख्या जोरदार शब्दों में की। लोगों को मोह माया त्यागने का उपदेश दिया, फिर बारी बारी एक-एक परिवार को बुलाने लगे। उन्हें धीरे से नाम देते फिर आशीर्वाद देते। लोगों की दान दक्षिणा लेकर शिष्यों को सपुर्द कर देते। जिनकी दान दक्षिणा अच्छी होती, उन्हें फल मिठाई का प्रसाद अधिक मिल जाता। उनको हँसकर आशीर्वाद देते, कुछ बातें भी करते। मदन लाल ने कई बार उठने की चेष्टा की मगर सेवक उन्हें हर बार बिठा देता। वह मालदार असामी को ताड़कार पहले भेज देता। मदन लाल मन मारकर बैठ जाते। उन्हें चिन्ता थी कि अगर दो बजे तक फारिग न हुए तो आज का दिन भी यहीं रहना पड़ेगा। चार पाच सौ रुपये और खर्च हो जाएगा।

एक बजे तक बीस पचीस लोग ही गुरुमंत्र ले पाए थे। उनमें से कुछ पुराने भक्त भी थे। एक मास में केवल 3 दिन ही होते थे गुरुमंत्र पाने के लिए। एक बजे गुरु जी उठ गए। भोजन का समय हो गया था। लोग मायूस होकर अपने-अपने कमरों में लौट गए। जिनके पास कमरे नहीं थे वो वृक्षों के नीचे बैठ गए। कई लोग तीसरी चौथी बार आए थे पर अभी तक उन्हें गुरुमंत्र नहीं मिला था। चार बजे फिर गुरु जी को मंत्र देना था। लोग इन्तजार कर रहे थे। पाँच बजे गुरु जी के सेवक ने बड़े गर्व से लोगों को बताया कि अभी थोड़ी देर में एक मंत्री जी गुरु जी के दर्शन करने आने वाले हैं, इसलिए कल 10 बजे गुरु जी आपसे मिलेंगे। तभी चमचमाती कारों का काफिला प्रांगण में आकर रूका। मंत्री जी व उनके साथ आए लोग सीधे गुरु जी के कमरे में चले गए। चाय पानी के दौर के बाद गुरु जी मंत्री जी को आश्रम का दौरा करवाने निकले। इस काम में 7 बज गए। मंत्री जी, आश्रम के लिए 50 हजार का चेक भी दे गए थे।

मदन लाल जी बहुत परेशान हो गए थे। आज कमरे का किराया भी पड़ गया। अगर कल भी समय रहते काम न हुआ तो एक दिन का किराया और पड़ जायेगा। उनके पास एक हजार रुपये बचा था। 280 रुपये जाने का किराया भी लग जायेगा। उन्हें समझ नहीं आ रहा था कि क्या करें। मदन लाल जी कुछ सोचकर उठे और बाहर चल दिए। आज चाहे उन्हें कुछ भी करना पडे वह करेंगे। जब गुरु जी का काम चोर दरवाजे से चलता है, तो वो भी थोड़ा झूठ बोलकर काम निकलवा लेंगे। सोचते हुए वो पिछले दरवाजे की तरफ गए तो उन्हें गुरु जी का एक सेवक मिल गया। पिछले दरवाजे पर अभी भी कुछ लोग अन्दर

आ जा रहे थे। मदन लाल जी आगे लपके ''महाराज, देखिए मैं एक अखबार का प्रतिनिधि हूँ ; मेरे पास छुट्टी नहीं है; अगर इन लोगों के साथ हमें भी गुरु जी से मिलवा दें तो बड़ी कृपा होगी; अखबार में इस आश्रम के बारे में जो कहें लिख दूँगा, नहीं तो निराश होकर जाना पड़ेगा।'' मदन लाल जी ने झूठ का सहारा लिया।

''ठीक है, आप 15-20 मिनट बाद आना, मैं कुछ करता हूँ ।'' वह कुछ सतर्क सा होकर बोला।

मदन लाल जी मन-ही-मन खुश हो गए। उनका तीर ठिकाने पर लगा था। वह जल्दी से अपने कमरे में गए और संध्या को साथ लेकर उसी जगह वापिस आ गए। संध्या के पाँव धरती पर नहीं पड़ रहे थे। इस समय वह अपने को मंत्री जी से कम नहीं समझ रही थी। उसके चेहरे की गर्वोन्नति देख मदन लाल जी मन ही मन उसकी सादगी पर मुस्कुराए। वो सोच रही थी कि यह उसकी भक्ति और आस्था की ही चमत्कार है जो गुरु जी ने इस समय उन पर कृपा की है। उसने मदन लाल की तरफ देखा, ''देखा गुरु जी की महानता।'' वो हँस पड़े।

पाँच मिनट में ही वो सेवक उन्हें गुरु जी के कमरे में ले गया। संध्या ने द्वार पर नाक रगड़ कर माथा टेका। जैसे ही उसने अंदर कदम रखा, उसे लगा वह स्वर्ग के किसी महल में आ गई है। ठंढी हवा के झोंके से वह आत्म विभोर हो गई। उसने पहली बार वातानुकूल कमरे को देखा था। उसके पाँव किसी नर्म चीज में धँसे जा रहे थे। उसने नीचे देखा। सुन्दर रंगीन गलीचा बिछा था। इतना सुन्दर गलीचा उसने जीवन में पहली बार देखा था। कमरे में तीन तरफ बड़े-बड़े गद्देदार सोफे थे, छत पर बड़ा-सा खूबसूरत फानूस लटक रहा था। कमरे की सजावट देखकर लग रहा था कि वह किसी राजा के राजमहल का कमरा था। सामने गुरु जी का भव्य आसन था, और कमरे मे दो जवान सुन्दर परिचारिकायें सफेद साड़ी मे खड़ी थीं। वे आगे बढे और दोनों ने गुरु जी के चरणों में माथा टेका। संध्या ने गुरु दक्षिणा भेंट की। गुरु जी ने आशीर्वाद दिया। वे दोनों आसन के सामने गलीचे पर बैठ गए।

''देखो बच्चा, हमें किसी चीज का लोभ नहीं, मगर भक्तों की श्रद्धा का हमें सम्मान करना पड़ता है, उनकी आत्म संतुष्टि में ही हमारी खुशी है; बहुत दूर-दूर से भक्त आते हैं; विदेशों में भी हमारे बहुत शिष्य हैं। यह इतना बड़ा आश्रम भक्तों की श्रद्धा और दान से ही बना है।''' मदन लाल जी मन ही मन

समझ रहे थे कि गुरु जी उन्हें यह सब क्यों बता रहे हैं।

"स्वामी जी, मेरी पत्नी टेलीविजन पर आपका प्रवचन सुनती रहती है। इसकी बड़ी इच्छा थी कि आपसे गुरुमंत्र ले।" मदन लाल जी अपना काम जल्दी करवाना चाहते थे। उन्हें डर था कि कहीं गुरु जी ने अखबार के बारे में पूछ लिया तो संध्या के सामने भेद खुल जाएगा।

"बेटी तुम राम-राम का जप करा करो यही तुम्हारा गुरुमंत्र है।" संध्या ने सिर झुकाया "पर गुरु जी, मुझे पूजा –विधि विधान नहीं आता, भगवान को कैसे पाया जा सकता है? "" संध्या की बात पूरी नहीं हुई थी कि गुरु जी के टेलिफोन की घंटी बज गई। गुरु जी बात करते-करते उठ गए। पता नहीं किससे फोन पर बात हो रही थी कि उन्हें गुस्सा आ गया और वो बात करते-करते दूसरे कमरे में चले गए - उन दोनों के कान में इतनी बात पड़ी - "उस साले की इतनी हिम्मत? मैं मंत्री जी से बात करता हूँ ...।"

मदन लाल और संध्या का मन कसैला सा हो गया। आधे घंटे बाद उनके एक सेवक ने आकर बताया कि अब गुरु जी नहीं आ पायेंगे, उनका मूड ठीक नहीं है, कोई समस्या आ गई है। वो दोनों निराश से बाहर आ गए।

दोनों के मन में एक ही सवाल था, क्या संतों का मूड भी खराब होता है? अगर ये लोग अपने मन पर काबू नहीं पा सकते तो लोगों को क्या शिक्षा देते होंगे? क्या इन लोगों को भी क्रोध आता है? क्या ये लोग भी अपशब्द बोलते हैं? - ये लोग हमसे अधिक भौतिक सुखों को भोगते हैं। स्वामी जी के कमरे में कितना बडा एल सी डी लगा था- ऐसे कई प्रश्न दोनों के मन में बार-बार उमड़ रहे थे।

"संध्या। आने से पहले तुम्हारे मन में जो स्वामी जी की तस्वीर थी, क्या अब भी वैसी ही है?" मदनलाल ने संध्या से पूछा।

"पता नहीं जी, मैंने तो सोचा भी नहीं था कि साधु संत इतने वैभव-ऐश्वर्य में रहते हैं; खैर। वो गुरु जी हैं, अन्तर्यामी हैं; उन्होंने मेरी सच्ची आस्था को समझा, तभी तो इतने लोगों को छोड़कर हम पर कृपा की।" संध्या अपनी आस्था को टूटने नहीं देना चाहती थी।

"तुम जैसे भोले लोग ही तो इनके वैभव का राज हैं; तुम जानती हो कि हम

लोगों को क्यों पहले बुलाया?''

'क्यों?', संध्या हैरानी से मदन लाल को देख रही थी। मदन लाल ने उसे पूरी बात बताई कि किस तरह उन्होंने पत्रकार बनकर सेवक को पटाया था, क्योंकि उनके पास पैसे भी कम पड़ रहे थे। उधर मुनीम जी उनकी नौकरी से छुट्टी न कर दें।''

''पता नहीं जी यह सब क्या है। क्या सच? मैं तो समझी गुरु जी अन्तर्यामी हैं-वो मेरी आस्था को जान गये हैं, इसलिये जल्दी बुलाया है।'' संध्या ने मदनलाल की ओर देखा।

''फिर तुमने देखा फोन पर बात करने का ढंग... गाली देकर बात करना, फिर मंत्री जी की धौंस दिखाना, क्रोध में आना, क्या यह साधु संतों का काम है? अगर साधु सन्तों मे धैर्य न हो तो वो भक्तों को क्या शिक्षा देंगे? क्या ये सब साधु सन्तों का आचरण है?'' मदन लाल सन्ध्या की मृगतृष्णा मे सेंध लगाने की कोशिश कर रहे थे।

''फिर देखो, साधु सन्तों का रहन-सहन क्या इतना वैभवशाली होना चाहिये? वातानुकूलित महलनुमा कमरे, बड़ी-बड़ी ए सी गाड़ियाँ अमीर-गरीब में भेदभाव; तुम ही बताओ क्या ये हम जैसे भोले भाले लोगों को गुमराह नहीं कर रहे? हमें कहते हैं भौतिक वस्तुओ से परहेज करो, धन से प्यार न करो; और हमसे धन लेकर उसका उपयोग अपने सुख वैभव के लिए कर रहे हैं।'' मदन लाल ने एक और कील ठोंकी।

''देखो जी, मुझे तो कुछ समझ नहीं आ रहा, फिर भी सब कुछ ठीक-ठाक सा नहीं लगा।'' संध्या ने अपनी बात कही ।

''संध्या, आज वो साधु सन्त नहीं रहे जो लोगों को धर्म का मार्ग बताते थे। खुद झोंपड़ियों में रहकर लोगों को सुख त्याग करने का उदहारण पेश करते थे। आज धर्म के नाम पर केवल व्यापार हो रहा है; किसकी दुकान कितनी ऊँची है, ये भक्त तय करते हैं। कुकरमुत्तों की तरह उगते ये आश्रम, असल में दुकानदारी है, व्यापार है, चोरबाज़ारी है, जहाँ अपराधी लोग शरण पाते हैं, और फिर कितना खून-खराबा इन लोगों द्वारा करवाया जाता है... लोगों की भावनाओं को भड़काकर राजनेताओं को लाभ पहुँचाना आदि काम भी यही लोग करते हैं। मैं ये नहीं कहता कि सब ऐसे होंगे; अगर कोई अच्छा होगा भी तो लाखों में एक, जो

सामने नहीं आते। लाखों रुपये खर्च कर ये टी वी पर अपना प्रोग्राम दिखाते हैं, जहाँ से तुम जैसे मूर्ख इन के साथ जुड़ जाते हैं; अगर इन्हें धर्म का प्रचार करना है तो गली-गली घूमकर धर्मस्थानों पर जा कर करें, वहाँ जो रूखा सूखा मिले, उस खाकर आगे चलें... मगर लालच वैभव और मुफ्त का माल छकने के लिए ये बाबा बन जाते हैं।'' मदन लाल जी अपना काम कर चुके थे।

चलो इसी बहाने तुमने कुछ क्षण ही सही, वातानुकूल कमरे, गद्देदार कालीन का आनन्द तो उठा लिया; साधु-सन्तों का मायाजाल भी देख लिया, अपना मायाजाल तोड़कर। ऐसे साधुओं के कारण ही तो लोग धर्म विमुख हो रहे हैं।'' मदन लाल को लगा कि अब वो सन्ध्या की मृगतृष्णा को भेद चुके हैं।

सन्ध्या सब समझ गयी थी। वो मदन लाल से आँख नहीं मिला पा रही थी। उसकी आस्था ऐसे सन्तों से टूट चुकी थी। उसे आज मदन लाल जी इन सन्तों से महान नज़र आ रहे थे, जिन्होंने अपना स्कूटर बेचकर उसका मन रखने के लिये अपने सुख का त्याग किया था। अब उन्हें रोज़ पैदल ही दफ्तर जाना पड़ेगा। सच्चा मन्त्र तो ईश्वर की बताई राह पर चलना है, मगर मैं साधन को साध्य समझकर भटक गयी थी

प्रेमभाव और दूसरों की खुशी के लिये अपने सुख का त्याग करना-ओह। यही तो है वो मन्त्र, इसे मैं पहले क्यों नहीं समझ पाई? आज इस आत्मबोध को सन्ध्या ने धारण कर लिया था - गुरुमंत्र की तरह।

नीता राठौर 'अनुभा'

ईमेल - neeta2208rathore@gmail.com

संपादकीय टिप्पणी

बाल यौन-शोषण की घटनाएँ प्रायः सुनने पढ़ने को मिल ही जाती हैं। यह ऐसा घिनौना अपराध है, जो न केवल एक बच्चे का बचपन, बल्कि उसका पूरा जीवन बरबाद कर देता है; जीवन के साथ-साथ उसके मन और आत्मा पर ऐसा दाग लगा देता है जो जीवनपर्यन्त नहीं छूटता। उसके पूरे भविष्य और उसके अस्तित्व को ही तहस-नहस कर देता है। दुःख की बात यह है कि बच्चों का यौन-शोषण करने वालों में अधिकांश परिचित और रिश्तेदार ही होते हैं। ऐसी ही व्यथा-कथा को सुश्री नीता राठौर ने अपनी कहानी भेड़िए में अभिव्यक्त किया है।

भेड़िये

हाथ में कॉफ़ी का कप लिये, अनु गैलरी में आ बैठी। तभी फ़ोन की घंटी बजी। माँ का फ़ोन था।

कुछ देर अनु चुपचाप सुनती रही। आखिर रहा नहीं गया उससे, गहरी वितृष्णा से वो बोली, "पर माँ, जो उन्होंने मेरे साथ किया, उसके बाद मैं उनकी शक्ल भी नहीं देखना चाहती हूँ ; मेरा बचपन खत्म कर दिया उन्होंने, मैं इतनी महान नहीं कि उन्हें माफ़ कर दूँ; नफरत है मुझे उनसे।" अनु ने गहरी साँस भरते हुए फ़ोन रख दिया।

आसमान में बादल घिर आए थे। कॉफ़ी से निकली भाप, हवाओं में घुलने लगी थी। कुछ बादल अनु की यादों के भी घिर आए थे। उसकी आँखों के सामने वो दिन घूम गए, जब पिता की मृत्यु के बाद उसके साथ जो कुछ हुआ, उसने उसकी जिंदगी बदल दी। कल तक लम्बे पूरे घर की मालकिन 1 कमरे में सिमट

चुकी थी। जिस घर में अनु की माँ का राज था, अब वहाँ देवरानी की हुकूमत चलती थी। एक व्यक्ति के न रहने से कितना कुछ बदल जाता है।

"माँ, हम आपके साथ ही चलेंगे, यहाँ मत छोड़ा करो हमें।" अनु ने सहमते हुए कहा।

माँ ने प्यार से उसके गालों को छुआ, "मुझे काम भी तो करना पड़ता है न; काम नहीं करूँगी तो रानी बिटिया स्कूल कैसे जाएगी।

"पर माँ... तभी पीछे से चाची की आवाज़ आई, बहुत लाड आ रहा माँ पर, हम मारते हैं क्या?"

"ऐसा मैं सोच भी नहीं सकती निम्मो; तुम लोग नहीं होते तो, इन्हें किसके भरोसे छोड़, परदेस में रह पाती; 6 महीने की ट्रेनिंग के बाद तो साथ रहना ही है।" अनु की चोटियाँ बाँधकर माँ ने ड्रेस पहनाते हुए कहा, "यूँ भी हफ्ते में 2 दिन तो यहाँ रहती ही हूँ ।"

"मुझे कुछ पैसों की जरूरत थी।" निम्मो ने कहा।

"अभी तो मेरे पास नहीं है निम्मो; अच्छा रुको, उसने पर्स टटोला, ये कुछ रुपये हैं, अभी ये रख लो, फिर देती हूँ और।"

निम्मो ने रुपये लेते हुए मुँह बनाया।

"अनु। स्कूल का टाइम हो गया बेटा, चलो तुम्हें स्कूल छोड़ आऊँ।" चाचा ने शर्ट के बटन लगाते हुए कहा।

अनु, सहमी सी चाचा की सायकिल पर बैठ गई।

"अनु, आज दूध पिया कि नहीं?" चाचा ने पूछा।

"पीया है।" अनु ने धीरे से जवाब दिया।

"दूध पीने से ताकत आती है, पता है तुम्हें?"

"हाँ, माँ यही बोलती है।" अनु बोली।

"अच्छा, तुम जल्दी से बड़ी हो जाओ, फिर मैं तुम्हारा दूध पिया करूँगा, पिलाओगी न?"

अनु कुछ समझ ही नहीं पाई। उसका स्कूल आ गया, और वो जल्दी से स्कूल की ओर दौड़ी।

स्कूल में भी वो उदास थी। आज घर जाने का मन नहीं था। आज माँ को जाना था। वो फिर अकेली पड़ जाएगी।

स्कूल की घंटी बजी। अनु, उदास मन से गेट की तरफ बढ़ी। चाचा ने उसे साइकिल पर बिठाया और रोज की तरह उससे बतियाते हुए घर आ गये। अनु को उनका साथ अच्छा नहीं लगता था।

कपड़े बदलकर, खाना खाने के लिए अनु जैसे ही बैठने लगी,

"अनु, जरा पेन्सिल दे तो।" चाची की आवाज़ आई। अनु नहीं बैग खोलकर पेंसिल निकाल ही रही थी कि, "अच्छा सुन, रबर भी देना और आज का होमवर्क भी बता जरा।"

अनु ने डायरी निकाली। रबर ढूँढ़ा तो मिला ही नहीं। इधर चाची सर पर सवार थी।

"नहीं मिल रहा।" अनु ने धीरे से कहा।

"रबर गुमा आई, फ्री में आता है?" कहते हुए निम्मो ने 2 चाँटे अनु के नाज़ुक गालों पर जड़ दिये।

"आने दो माँ को, बताऊँगी कि आपने मुझे मारा।"

"माँ को बताएगी, तू ठहर।"

"वो रस्सी लाना जरा, आज इसके हाथ बाँधकर वो सजा दूँगी कि माँ को शिकायत करना भूल जाएगी, और ख़बरदार, जो किसी ने इसे खाने दिया तो।" कहते हुए उसकी दोनों कलाइयाँ बाँधकर, खड़ा कर दिया।

"हिलना मत यहाँ से।" पूरा दिन अनु उसी हालत में भूखी प्यासी बँधी रही। शाम को तरस खाकर चाचा ने उसे खोला।

सुबकते सुबकते कब उसे नींद ने आ घेरा, पता ही नहीं चला। उसके गालों पर आँसुओं के निशान सूख चुके थे। नींद में भी कई बार उसकी सिसकी की आवाज़ निकल रही थी।

नींद में उसे लगा किसी ने चिपका लिया है उसे। माँ ही होगी। सुबह माँ को जरूर बताऊँगी। सोचते हुए अनु फिर नींद में डूब गई।

दिन में हुई पिटाई और पूरा दिन बँधे रहने के बाद वो लस्त होकर पड़ी थी। एक रबर गुमाने की इतनी बड़ी सजा मिली थी उसे।

तभी उसे लगा, किसी के हाथ फ्रॉक के अंदर उसके शरीर को सहला रहे थे।

धीरे धीरे हाथ उसकी... उसने तुरंत हाथों को रोकना चाहा।

'माँ...। उसकी घुटी सी चीख निकल ही रही थी, कि एक हाथ ढक्कन की तरह उसके मुँह पर जम गया।

"भूल गई दिन की मार; माँ को कुछ बताया तो याद रखना।" उसके कानों में किसी ने फुसफुसाते हुए कहा।

उसने घबराकर आँखें खोली तो कमरे में गहरा अँधेरा था। हाथों की हरकत बढ़ती ही जा रही थी। अनु के आँसू निकल पड़े। अब हाथ तेजी से उसकी अंडरवियर में घूम रहे थे। उसे एक तेज उबका आया, और उसने उलटी कर दी।

मुँह से हाथ की पकड़ ढीली हुई, पर कानों में फिर आवाज़ आई, "मार याद रखना, भूलना मत।"

डर के मारे उसकी हिलने तक की हिम्मत नहीं हुई। वो यूँ ही पड़ी रही।

सुबह अनु को तेज बुखार था। वो बेसुधी की हालत में, माँ के पास जाना है, बड़बड़ाती रही।

कुछ दिनों बाद अनु ठीक तो हुई, पर एक घाव हमेशा के लिये, उसके मन पर पड़ गया। वो घाव, जो अपने ने दिया था, जो कभी न भरने वाला घाव था।

उसके बाद कई बार ये सिलसिला चलता रहा।

जब भी उसने माँ को बताना चाहा, 2 जोड़ी आँखें, हमेशा खुद पर जमी पाई। खिलखिलाती अनु की ज़िंदगी, पूरी तरह बदल गई थी।

सहसा जोरों से बदल गरजे। इसी के साथ अनु यादों से फिर अपनी दुनिया में लौट आई। बारिश शुरू हो चुकी थी। अनु की आँखों से भी, और बादलों से भी।

आज अनु अपना एक एन जी ओ चलाती है। उसने अपनी ज़िन्दगी का उद्देश्य ही उन भेड़ियों को सजा दिलाने का बना लिया है, जो रिश्तों की आड़ में, मासूमों की ज़िंदगी बर्बाद करने में लगे होते हैं।

पवित्रा अग्रवाल

मोबाइल : 7207175464, 9393385447

ईमेल : agarwalpavitra78@gmail.com

पुस्तकें : कहानी तथा लघुकथा की पाँच पुस्तकें प्रकाशित

पता : 'घरौंदा' 4-7-126, इसामियां बाजार हैदराबाद-500027

संपादकीय टिप्पणी

अनेक परिवार ऐसे होते हैं, जहाँ अच्छी खासी हँसती-खेलती गृहस्थी पर किसी की कुदृष्टि पड़ जाती है और परिवार के मुखिया की असमय मृत्यु हो जाती है। ऐसे में परिवार को सँभालने का दायित्व बेचारी अबला स्त्री पर आ जाता है। स्त्री के स्वावलम्बी बनने के बाद सबसे बड़ी समस्या उसका समाज के साथ-साथ उन लोगों से संघर्ष भी होता है, जो उससे झूठी सांत्वना जताने आते हैं। इनमें अपने ही परिवार के लोग अधिक होते हैं, जो किसी न किसी रूप में अपना स्वार्थ सिद्ध करना चाहते हैं। पवित्रा अग्रवाल ने ऐसे ही एक परिवार को अपनी कहानी 'शुभचिन्तक' का केन्द्र बनाया है।

शुभचिन्तक

ऑफिस से लौटकर पूरे घर में चक्कर लगा आयी किन्तु रीना टीना कहीं नजर नहीं आयीं, तो मम्मी जी से पूछा- "मम्मी जी, रीना टीना कहाँ हैं?"

"अपने ताऊ जी के साथ बाजार गयी हैं; घर मे दोनों गुमसुम-सी बैठी थीं, थोड़ा घूम फिर आयेंगी तो मन बहल जायेगा।"

"राकेश भाई साहब आये हैं?...कब आये?'

"दोपहर को आया था।"

"कुछ काम था?'

"काम तो कुछ नहीं है, कह रहा था रवि के न रहने से यहाँ की चिन्ता लगी

रहती है।''

तभी जेठ जी के साथ रीना टीना ने खिलखिलाते हुए घर मे प्रवेश किया। बहुत दिनों बाद उन्हें इतना खुश देखा था। रवि के जाने के बाद शायद पहली बार वह खुलकर हँस रही थीं। मन को कुछ अच्छा भी लगा।

''मम्मी आज तो बहुत मजा आया। ताऊजी ने खूब घुमाया...मेरी पसंद की बटर स्कॉच आइसक्रीम भी खिलायी।''- रीना ने चहकते हुए कहा।

''मम्मी मैंने कोल्ड कॉफी पी और रवा दोसा भी खाया'- टीना ने गले में बाँह डालते हुए कहा।

''ठीक है, अब जाकर अपना होमवर्क पूरा करो, वरना कल क्लास में सजा मिलेगी।''

''भाई साहब आप अचानक कैसे आ गये?...सोनू, मोनू कैसे हैं?'

''ठीक हैं बस, माँ की कमी तो मैं पूरी कर नहीं सकता; रवि के जाने के बाद से अब यहाँ की चिन्ता भी लगी रहती है... समय बड़ा खराब है, घर में दो बड़ी होती लड़कियाँ हैं, बूढ़ी माँ हैं... तुम हो, पर मेल मेम्बर कोई नहीं है; बड़ा सँभलकर रहने की जरूरत है; तुम कहो तो मैं अपना ट्रान्सफर कराकर सोनू-मोनू के साथ इस शहर मे आ जाऊँ?''

''अरे नहीं भाई साहब, आप हमारे लिए परेशान न हों; एक जगह से उखड़कर कहीं नई जगह जमना आसान नहीं होता; सोनू-मोनू को आपकी हमसे ज्यादा जरूरत है...उन्हें वहाँ बार-बार अकेला छोड़कर आप यहाँ मत आया करिये... समय बड़ा बलवान होता है, हमने भी अब रवि के बिना जीना सीख लिया है।''

रात को खाने पर जेठ जी ने पूछा - ''रवि के बीमे के एक लाख रुपये मिल गये होंगे, क्या किया उनका?''

''पचास-पचास हजार रीना, टीना के नाम बैंक में फिक्स करा दिये हैं...घर का खर्चा अपनी तन्ख्वाह से चलाने का प्रयास करूँगी।''

''अरे बैंक में कुछ नहीं मिलता...अब तो इंट्रेस्ट और भी कम कर दिया है; यदि उस पैसे को कहीं सही जगह ब्याज पर चढ़ा दिया जाये तो तीन प्रतिशत ब्याज तो आराम से मिल जायेगा; तुम चाहो तो मुझे दे दो, मेरा एक दोस्त व्यापार

बढ़ाने के लिये बाजार से ब्याज पर पैसा लेने की सोच रहा है... विश्वास का आदमी है, पैसा मारे जाने का डर भी नहीं है; वह हर महीने जो तीन प्रतिशत ब्याज देगा, वह मैं तुम्हे भेज दिया करूँगा।''

''अब तो मैं फिक्स करा चुकी हूँ ।''

''तो मैं एक दिन और रुक जाता हूँ ; कैंसिल कराकर मुझे दे दो ...बच्चियों के काम आयेगा, वैसे भी रीना पन्द्रह वर्ष की तो हो ही गयी है, इस वर्ष टेन्थ पास कर लेगी, दो-तीन वर्ष में अच्छा लड़का देखकर इसकी शादी कर देंगे...तो एक बोझ कम होगा, फिर बस टीना रह जायेगी।''

''भाई साहब मैं रीना टीना को बोझ नहीं समझती, और न जल्दी शादी करने के पक्ष में हूँ ; दोनों ही पढ़ने में बहुत अच्छी हैं... रीना को टीचिंग मे बहुत रुचि है, उसे कम से कम एम.ए. तो कराना ही है; आज के समय में लड़कियों में भी आत्मनिर्भर होने की क्षमता होना बहुत जरूरी है।''

''तुम्हारी बात बिलकुल सही है, फिर भी समय पर सही मैच मिल जाये तो पढ़ाई पूरी करने के चक्कर में शादी को टालना नहीं चाहिये; पढ़ाई तो शादी के बाद भी हो सकती है।''

''शादी के बाद कोई नहीं पढ़ाता; बी.ए. सेकेंड इयर के बाद मेरी भी शादी कर दी गई थी। सबने कहा था शादी के बाद थर्ड इयर कर लेना, लेकिन किसी ने नहीं करने दिया; यदि आज मैं ग्रेजुएट होती तो इन के ऑफिस मे मुझे यह छोटी-सी नौकरी नहीं करनी पड़ती, फिर भी इस नौकरी से बड़ा सहारा मिला है, रहने को अपना यह छोटा सा फ्लैट भी है, वरना मैं क्या करती?'

''तभी तो मैं कह रहा हूँ कि आजकल बैंक में रुपये जमा कराना बेवकूफी है; मुझे दे दो, मैं ब्याज पर उठवा दूँगा।''

''अधिक ब्याज के लालच में पड़कर कहीं मूल भी न डूब जाये, मैं कोई भी खतरा मोल लेना नहीं चाहती; बैंक में भले ही ब्याज कम मिलेगा, किन्तु धन तो सुरक्षित रहेगा।''

''बैंकों में भी धन कहाँ सुरक्षित है?...समाचार पत्रों में बैंक घोटालों के समाचार नहीं पढ़े क्या?'

''पढ़े हैं, तभी तो ब्याज दर अच्छी होने के उपरान्त भी मैंने इन

कोऑपरेटिव बैंको में धन नहीं डाला.... राष्ट्रीयकृत बैंकों मे धन डाला है।''

''जहाँ धन देने को कह रहा हूँ , वहाँ भी सुरक्षित रहेंगे, मैं गारन्टी लेता हूँ ...तुम्हें मुझ पर तो विश्वास है न?''

पूछने को दिल करता है कि, आप की गारन्टी कौन लेगा? आप पर ही तो विश्वास नहीं है; किन्तु वह यह कह नहीं पाई... ''आप पर तो विश्वास है भाई साहब, पर अपनी किस्मत पर विश्वास नहीं है...मुझे माफ करें भाई साहब, मैं अभी एफ. डी. कैंसिल नहीं कराना चाहती।''

''माँ, किरन को आप क्यों नहीं समझातीं, मैं इस परिवार का शुभचिंतक हूँ , इनके भले की बात ही कह रहा हूँ ।''

''देख बेटा, यह इसका व्यक्तिगत मामला है, और अपना भला बुरा वह समझती है; मैं इस चक्कर में नहीं पड़ना चाहती।''

मैं भी अब और बहस के मूड में नहीं थी, इसलिये वहाँ से उठ आई, किन्तु मन खिन्न हो गया था। बच्चों की वजह से मन की पीड़ा छिपाकर मुस्काने का अथक प्रयास करती रहती हूँ , किन्तु लोगों को यह भी मंजूर नहीं है। अनाहूत से ये भाई साहब, शुभचिन्तक होने का ढोंग करते, सुझावों का टोकरा उठाये न जाने क्यों बार-बार आकर यादों की झील मे कंकड़ी फेंक जाते हैं। इनकी असलियत मुझ से छिपी नहीं है।

उन्हें न जाने कब रेसकोर्स में पैसे लगाने का चस्का लग गया था, और इसी शौक ने उन्हें बरबाद कर डाला। उन्होंने जगह-जगह से दस प्रतिशत ब्याज का लालच देकर हजारों रुपये का कर्जा ले रखा था, जिसे न लौटाने पर लोग उनकी जान के पीछे पड़ गये थे...नौकरी भी जाते जाते बची थी। उसी समय में अपना दुखड़ा रोकर दस हजार रुपये रवि से भी उधार ले गये थे, जो आज तक वापस नहीं किये।

कर्जदाताओं से परेशान होकर वह अपनी पत्नी को पीहर से एक लाख रुपये लाने के लिये यातनाएँ देने लगे थे, पर उन्होंने साफ मना कर दिया था कि मैं रिटायर्ड पिता से उनके जीने का सहारा नहीं छीन सकती। पति द्वारा प्रदत्त परेशानियों के जंगल मे फँसी जिठानी जी ने आत्महत्या के रूप में मुक्ति का मार्ग तलाश लिया था। ...बच्चों का मोह भी उन्हें नहीं रोक पाया था।

इन भूली-बिसरी बातों के याद आने से मेरे मन मे नफरतों के कैक्टस फिर

उगने लगे हैं। मैं समझ गयी हूँ कि उनका यों बार-बार आना भाई के परिवार से मोह नहीं है। इस संकट के समय में भी विश्वासों की आड़ लेकर वह छलने ही आये हैं। मुझे किसी साजिश की बू आने लगी है। किसी तरह उनके आने पर रोक लगानी होगी... पर कैसे?

मैं मम्मी जी के पास जाने को अपने कमरे से बाहर निकली थी कि भाई साहब की आवाज सुनकर वहीं ठिठककर खड़ी हो गयी। वह धीमी आवाज मे कह रहे थे - ''माँ, मैं देख रहा हूँ कि इधर किरन में बहुत बदलाव आया है...बहुत चालाक हो गई है...काम पर तो जाती ही है, कभी कोई भा गया तो हो सकता है आगे पीछे शादी भी कर ले, फिर तुम्हारा क्या होगा; रवि के रुपयों पर कुछ हक तो तुम्हारा भी है माँ, कुछ रुपये तुम्हें अपने नाम भी करा लेने चाहिये थे।''

''क्यों, क्या मेरे प्रति सारा फर्ज रवि का ही था, तेरा कुछ भी नहीं है? क्या मैं तेरी माँ नहीं हूँ ? यदि उसने दूसरी शादी कर भी ली तो मैं तेरे पास आकर रह लूँगी...मुझे रखेगा न?''

''यह भी कोई पूछने की बात है?...पर मैं तो कुछ और कहना चाह रहा था लेकिन आप समझ नहीं पा रहीं। माँ, मैं सोच रहा था कि आगे पीछे दूसरी शादी तो मुझको भी करनी ही है, यदि किरन तैयार हो जाए तो उससे भी तो हो सकती है; मेरे बच्चों को माँ मिल जायेगी, रीना-टीना को बाप मिल जायेगा, और घर की इज्जत घर में रहेगी और आप तो जैसे रह रही हैं वैसे ही रहती रहेंगी।''

''आज तो तूने अपने मन की बात मुझसे कह ली, पर आगे से मत कहना। किरन के बारे में कभी ऐसा सोचना भी नहीं, ऐसा कभी नहीं होगा। ...अपनी पत्नी को तो चैन से जीने नहीं दिया....मैं किरन की जिन्दगी बरबाद नहीं होने दूँगी।''

''तुम मेरी माँ हो कि दुश्मन...तुम्हें मेरी ज़रा भी चिन्ता नहीं है, पराये घर से आई बहू की इतनी चिन्ता है। मेरी पत्नी को मरे तीन साल हो गये लेकिन तुमने कभी एक बार भी मेरी शादी के बारे में नहीं सोचा, क्या मैं तुम्हारा सौतेला बेटा हूँ ? ''

''तेरी शादी करके मैं किसी की जिन्दगी खराब नहीं करना चाहती। भले ही

तू कोर्ट से छूट गया, पर मैं अब भी तुझे बहू का हत्यारा मानती हूँ ... भले ही तूने हत्या नहीं की, किन्तु तेरे जुल्मों ने उसे आत्महत्या की राह पर खड़ा अवश्य कर दिया था।''

''माँ बस चुप करो, किरन सुनेगी तो मेरे बारे में क्या सोचेगी... मुझे नहीं मालूम था कि तुम्हारे मन में मेरे लिये इतना ज़हर भरा है; मैं ही पागल हूँ जो अपना काम धन्धा और बच्चों को छोड़कर बार-बार तुम सबके हाल चाल जानने के लिए भागकर आता हूँ ।''

''आगे से मत आना ...हालचाल जानने की इच्छा हो तो फोन कर लेना।''

भाईसाहब की बातें सुनकर मैं अवाक रह गई थी। उनके मन में पक रही इस खिचड़ी का अंदाजा तो मुझे सपने मे भी नहीं था; मैं तो बस यही अंदाजा लगा पाई थी कि उनकी नीयत धन हड़पने की है पर वह तो बहुत दूर की सोच रहे हैं...अच्छा है उनकी असलियत मैं जान गयी हूँ । मम्मी जी के प्रति दिल श्रद्धा से भर उठा। कभी वह भी एक जिम्मेदारी लगती थीं, पर अब उनकी उपस्थिति जेठ की तपती दोपहर में बरगद की छाँव-सी है। भगवान उन्हें लम्बी उमर दे।

भाई साहब को उनकी औकात तो मम्मी जी बता ही चुकी थीं। मैंने भाई साहब या मम्मी जी को इसका आभास भी नहीं होने दिया कि मैं उनकी बातें सुन चुकी हूँ । मैं चुपचाप उल्टे पाँव अपने कमरे मे लौट आई।

प्रतिमा त्रिपाठी

मोबइल : 9049527102
ईमेल : pratima13.dk@gmail.com
पुस्तक : कागज़ सींचा मैंने (नज़्म संग्रह)
पता : बी3/103, येलो ब्लॉसम, बी.टी.कवडे रोड,
पुणे -4110036

संपादकीय टिप्पणी

समाज में नारी को अलग-अलग रूपों में देखा जाता है, लेकिन उसका सबसे सम्मानित रूप लज्जाशील पत्नी का होता है। यदि वह किसी कारण से पति से अलग हो जाए या फिर अपने मन के विचारों को स्वच्छन्द बनाकर थोड़ा 'बोल्ड' बनने का प्रयास करे, तो यह पुरुषप्रधान समाज उसकी ओर से आमंत्रण समझने लगता है। सच्चाई तो यह है कि समाज में व्याप्त विकलांग मानसिकता ही समाज को अधोगति प्रदान कर रही है। जब तक समाज में यह मानसिकता व्याप्त रहेगी, नारी की स्थिति में परिवर्तन संभव नहीं। नारी को सदैव अपनी स्वच्छन्दता पर आत्मग्लानि होती रहेगी। इसी विचार को अपनी कहानी में प्रतिमा त्रिपाठी ने अभिव्यक्ति दी है। नारी मन का मार्मिक चित्र, प्रस्तुत कहानी में दिखाई देता है।

आत्मग्लानि

वहाँ कोई आलम्ब नहीं था, फिर भी उसकी निगाह कहीं क्षितिज और धरती के बीच हवा में टिकी हुई थी, उसका निष्पाप चेहरा कोई पाप करके भावनाविहीन हो जाना चाहता था.. एकदम सपाट हो जाना चाहता था, उन औरतों की तरह, जो आदम और हौव्वा के वर्जित फल के चखे जाने के बाद पैदा हुई शर्म को शरीर के बाहर रख देती हैं, उतना सपाट। इतने आत्मविश्वास से पाप की तैयारी कर पाना भी ताज्जुब की बात है, लेकिन कुछ तो घटा होगा जो उसे ऐसा करने पे मजबूर कर गया होगा।

हॉस्पिटल से आये हुए सुनंदा को पाँच दिन हो गए थे, मगर हम दोनों के बीच अब तक उसकी आत्महत्या की कोशिश के मुताल्लिक कोई बातचीत नहीं हुई। मेरी सुई अब भी आशीष पे अटकी हुई थी, लेकिन मेरा कुछ कहना बेकार था, इसलिए मैंने अपनी ओर से कुछ पूछा नहीं। हर रोज की तरह उस दिन भी मैं चाय ले के आई, जब वो शून्य की ओर ताक रही थी। मेरे आने की आहट से उसकी नज़र दरक गई। उसने निगाह उठा के मेरी ओर देखा लेकिन नज़र मिलाई नहीं वो फिर पहले की तरह शून्य में घुल गई। मैंने उसे चाय का प्याला पकड़ाया, और खुद भी उसके करीब ही चाय लेकर बैठ गई, उसी शून्य को कुरेदते हुए।

चाय की एक चुस्की लेने के बाद उसने गहरी साँस भरते हुए कहा- ''जानती हो, उस झगड़े का अंत बहुत बुरा होता है, जिसमें गालियाँ खाती हुई एक औरत अंत में आजिज़ आकर अपनी साड़ी खुद उतार दे।''

मेरे लिए उसकी ये बात बेहद चौंकाने वाली थी। वो बहुत ही सुसभ्य और सुसंस्कृत थी, उसका भाषा-प्रयोग भी उच्चकोटि का था ...वो अपनी रौ में बोलती जा रही थी...

''सामने की बस्ती में वो एक कमरे वाला छप्पर का घर देख रही हो तुम?''

'हाँ।'

''वहाँ एक परिवार रहता था कुछ दिनों पहले। पति अपनी पत्नी पर शक करता था, और सास आग में घी का काम करती थी। हर शाम यही होता गाली-गलौज करते हुए घर से बाहर लाना और फिर पिटाई। आसपास के लोग इकट्ठा होकर एक भीड़ में तब्दील हो जाते और नियमतः तमाशा देखते। मुझे ऐसा महसूस होता था कि उस औरत को गाली और पिटाई से उतना ऐतराज नहीं था, जितना कि हर रोज एक भीड़ के सामने किसी के साथ उसका नाम जोड़कर भद्दी बातें कहने से होता था। उस दिन भी उसका पति आया। सास ने शिकायतें शुरू कीं और फिर वो बाल खींचते हुए, भद्दी गालियाँ देते हुए उसे घर के बाहर ले आया और बल भर पीटा। भीड़, हर दिन की तरह तमाशा देखने खड़ी थी। अचानक वो औरत जमीन से उठी और तनकर खड़ी हो गई। और चीख-चीखकर कहने लगी-'' हाँ मैंने किया है सब ..करूँगी हर रोज ..ये लो।'' इतना कहते हुए उसने अपनी कमर पे बँधी साड़ी, जिसे हर रोज वो सँभालती रहती थी, उसके मुँह पर फेंक दिया। भीड़ छँटने लगी। वो आदमी हारा हुआ सा अपने घर

में चला गया, लेकिन वो औरत पत्थर बनी खड़ी रही। कुछ देर में अँधेरा उसे निगल गया। दूसरे दिन से वो दिखाई नहीं दी। बाद में पता लगा कि उस रात, पास वाले रेलवे क्रासिंग पे ट्रेन से कट के उसने जान दे दी।''

मैं हतप्रभ उसकी बातें सुन रही थी, और उस घटना का सुनंदा से तारतम्य जोड़ने ही लगी थी कि उसने आगे कहना शुरू किया-

''उस औरत की इस तरह की हरकत से मैं कोफ़्त से भर गई थीं मुझे समझ नहीं आया कि अपनी इज़्ज़त उतार फेंकने का क्या मतलब, और फिर उस जैसे के लिए जान दे देना कहाँ की समझदारी थी; मगर बाद में मुझे समझ में आया, कमोबेश मैं भी तो उसी राह पे हूँ । मैं आशीष के इतने बुरे बर्ताव के बाद भी उसे कहाँ छोड़ पाई? मैंने हमेशा अपनी पसंद पे नाज़ किया, कभी सोचा ही नहीं इतनी मीठी बातें करने वाला असहनीय बातें भी कह सकता है। जब उसने पहली बार अपशब्द कहे थे, मैंने उससे कई दिनों बात नहीं की..फिर उसने बहुत माफ़ी माँगी। मैंने माफ़ कर दिया पूरे मन से, लेकिन वो इस राह पे आगे बढ़ता ही गया, और इतना, कि बाद में तो उसने ये भी कहना शुरू कर दिया कि ''इतनी बातों की तो तुम आदी हो गई होगी, तुम तो जानती हो गुस्से में मैं कितना वर्स्ट हो जाता हूँ ।'' बाद में सोचती रही, क्या वाकई माफ़ कर देना आदी होने से सम्बद्ध हो सकता है? ओह्ह। सरल होना भी कितना कठिन है, ये कोई भी कॉम्प्लिकेटेड इंसान नहीं समझ सकता।''

इतना कहकर वो चुप सी हो गई। उसने मेरा हाथ अपने हाथ में लिया और कहा- ''जानती हो तुम अच्छी क्यूँ हो? ... क्यूँकि तुम बातें सुनना जानती हो; बिना किसी रोक-टोक के, सवाल-जवाब के बिना, अपनी बेचैनी को भी सब्र में बाँधकर सुनती रहती हो पूरा अंत तक।'' इतना कहकर सुनंदा, मेरा हाथ अपने माथे से लगा फूट-फूटकर रो पड़ी, और मैं उसके सर पे हाथ फेरती रही तब तक, जब तक की उसकी हिचकियाँ बँध नहीं गईं। मैंने उसे पानी पिलाया। फिर उसने अपनी आँखें बंदकर गर्दन आराम कुर्सी पे टिका लिया। कुछ देर में उसने कहा ''एक प्याली चाय और पिलाओगी?'' मैंने हाँ में सर हिलाया और उसके लिए एक और चाय ले आई।

मैंने पूछा – ''ठीक हो?''

उसने कहा- ''हाँ, आओ बैठो।''

और फिर वो आगे कहने लगी-

"मासूम और निष्पाप लोग, न किया हुआ पाप नहीं ढो सकते। उस दिन मैं शाम को ऑफिस से आई। आशीष मेरे पहले ही आया था। मेरे बालों में सफेद गुलाब देख उसने पूछा- "ओहो। किसने दिया, हमें नहीं बताओगी?'"

मैंने उसके तंज़ को पीते हुए कहा- "किसी ने दिया नहीं, सुबह ऑफिस जाते हुए चौराहे पे बच्चे बेच रहे थे, उनसे ही खरीदा... मुझे लगा रोज़ से थोड़ा अलग दिखकर तुम्हें सरप्राइज कर दूँ।" इतना कहकर मैं हँस पड़ी।

मगर इस जवाब से उसे संतुष्टि नहीं थी। उसने फिर कहा – "अच्छा अच्छा, अब ऑफिस गुलाब लगा के जाया जाएगा... हाँ भई ठीक भी है, खूबसूरती में चार चाँद लग जाते हैं, आसपास छटा बिखरती है।"

उसकी इस बात से मैं गुस्से में भर उठी। मैंने लगभग चीखते हुए कहा- आशीष! बस करो ..मैंने कभी कुछ छुपाया तुमसे ..मेरी ही कहीं बातें मुझे कब तक सुनाओगे? ऐसी बातें कहने से कहीं अच्छा होता कि तुम मुझे दो थप्पड़ लगा देते।" इतना कह के मैं रोने लगी।

आशीष ने चिल्लाते हुए कहा- "एक्टिंग मत करो, जब देखो तब रोने का ड्रामा... और झूठ मत बोलो कि छिपाती नहीं..मेरे दिमाग में तुम्हारे एक-एक झूठ नोट हैं... उस दिन आधी रात को अपने कलीग को बर्थडे विश करना; सुबह कर देती तो क्या जाता? फिर वो एक का घर पे फोन आना, और मेरे पूछने पे ये कहना कि शैली का फोन था।"

"इन सब बातों की सफाई दे चुकी हूँ मैं तुम्हें आशीष; और कितनी बार... तुम शंका करते हो, इसलिए कहा शैली का फोन था ..उस रात पार्टी थी घर पे इसलिए 12 बजे विश किया, स्पेशली जग कर नहीं किया था।"

लेकिन आशीष को अपनी झोंक में कुछ भी सुनाई नहीं दे रहा था, और वो लगातार मेरी ही बताई बातें दोहराता जा रहा था। उसने मेरे परिचित लगभग सारे ही नाम ले लिए थे। अब मैं आपे से बाहर थी।

मैंने उससे कहा- "तुम ठीक कह रहे हो, इन सबसे मेरे सम्बन्ध हैं... बोलो तब क्या करना है?"

उसने तीखी मुस्कान फेंकते हुए कहा- "हाँ, मैं तो जानता ही था, यही

स्वीकारोक्ति चाहिए थी मुझे।'' इतना कह कर वो उठा और बाहर चला गया।

ईश्वर की बनाई इस दुनिया में एक सम्बन्ध मैंने अपने मन से चुना; पूरे भरोसे और विश्वास से उसे हर बात बताई, बिना आगा-पीछा सोचे, और वो आज मुझपे एक लांछन लगाकर चला गया। मैं उससे पार नहीं पा सकती, उससे अलग नहीं जी सकती थी, इसलिए सोचा ये लांछन अपने माथे लगा ही लिया जाए। इस रोज के जुल्म को सहने से अब बेहतर था कि वो पाप कर लिया जाए जिसके लिए इतनी असहनीय बातें सुनी। कम से कम अपने आप से इतनी घृणा हो जाए कि मेरा मन उसकी ओर कभी न भागे। वो सारी बातें सच होंगी तो शायद इतनी बुरी भी न लगें.. शायद... मन की पीड़ा से बेहतर तन की पीड़ा।

मैं उधर मुड़ गई .. जहाँ एक भीड़ मुझे चाहती थी, बिलकुल निर्द्वन्द्व। उस भीड़ को मैंने बिना किसी सम्मोहन के देखा..एक निगाह; और दूसरी बार निगाह डालते हुए एक व्यक्ति को चुना .. उसे कॉफ़ी पीने घर बुलाया।

मैंने उससे कहा - ''सुनो, उस दिन कुछ कहना चाहते थे तुम .. कहो।''

''क्या सच। तुम सुनोगी?''

''हाँ, मैं सुनुँगी लेकिन एकदम सच.. शब्दों के ओढ़ाव-छिपाव के बिना।''

''हाँ बिलकुल सच कहूँ गा, आज तुम मुझपे आसक्त हो इसलिए कहूँ गा।''

''आसक्त ..हह ...,'' (हँसी बहुत खोखली थी, मगर जिसकी आँखों में लाल डोरे हों, उसे ऐसी हँसी समझ में नहीं आती।)

हँसी लाँघकर उसने होंठ तकते हुए कहा- ''तुम बेहद मासूम हो...'' उसने कहना शुरू ही किया था कि मैंने टोंक दिया.. ''गाली मत दो; इतना समय नहीं मेरे पास, उस बात पे आओ जो कहना चाहते हो।''

तो सुनो...''मन से नंगी औरतों को अधिकार नहीं वो तन ढका रखें।''

तब मुझे समझ में आया मन का खुलापन मासूमियत नहीं, दावत है। उस रात शीशी में भरी तमाम नींद की गोलियाँ मुझे रास आ गईं।

प्रदीप मिश्र

मोबाइल : 9839844781
ईमेल : deepm71@gmail.com
पता : कृष्ण पुस्तक केंद्र, तहसील गेट, पोस्ट व जनपद बलरामपुर

संपादकीय टिप्पणी

निर्धनता एक अभिशाप है, किन्तु उससे भी बड़ा अभिशाप भोला-भाला होना है। चालाकी और धूर्तता यदि मनुष्य में नहीं है तो लोग उसका जीना मुश्किल कर देते हैं, उसे नाना प्रकार से परेशान करने लगते हैं; उससे अपना स्वार्थ सिद्ध करने का प्रयास करते हैं। ऐसी ही कहानी को सीधे-सरल और आंचलिक शब्दों में पिरोया है प्रदीप मिश्र ने। प्रस्तुत कहानी 'मुआवजा' में नायक की असमय मृत्यु और उसकी मृत्यु पर सरकार से मुआवजा लेने और उसमें अपना-अपना हिस्सा लेने की करुण-कथा है।

मुआवजा

उसकी जिन्दगी भले गाँव के लिए कभी महत्त्वपूर्ण न रही हो, पर आज उसकी मौत गाँव के समक्ष बेहद जरूरी मुद्दा बनकर खडी हो गयी थी। सीना फुलाये। उससे पार पाने की तरकीबें निकाली जा रही थीं। हर एक के अपने-अपने स्वार्थ थे। उन तमाम जोड़-घटाने की बाढ़ में एकदम से अलग-अलग पड़ गयी थी-एक माँ की कातर घुटी-घुटी चीखें, और एक बृद्ध बाप की आँखों से रह-रहकर झरते बेशुमार आँसू।

पिछले करीब दो बरसों से वह एक पागल का जीवन जी रहा था। कभी चीख-चीखकर भारत माता की जय, इंकलाब जिन्दाबाद के नारे लगाता दिख जाता, तो कभी दोनों हाथ आसमान की ओर उठाकर जोर-जोर से कुछ अनाप, शनाप बड़बड़ाते मिल जाता। उसे इस रूप में देखने की जैसे सभी को आदत पड़ गयी थी। कई बड़े-बुजुर्ग उसकी इस दशा पर संताप जाहिर करते, तो कुछ लोग

उसकी ऊटपटाँग हरकतों से अपना दैनिक मनोरंजन कर लेते थे। ऐसे लोगों के लिए वह चलता फिरता, हरदम खुले रहने वाले मनोरंजन केन्द्र सरीखा था। पंचे नाम था उसका। कुछ बरस पहले तक वह एक सामान्य युवक था... खेती किसानी में अपने खेतिहर बाप का हाथ बँटाने वाला। मेहनतकशा। गाँव के प्राथमिक विद्यालय में उसने पाँचवी तक पढ़ाई भी की थी। उसके पास कुल जमा एक एकड़ की खेती थी, जिससे परिवार के भोजन की समस्या का समाधान तो होता ही था। उसके विवाह में भी उसने अत्यन्त निर्णायक भूमिका निभायी थी। उसके पिता रामदीन महतो ने रिश्तेदारी में दौड़धूप कर व काफी जोड़-तोड़कर बेटे के लिए कन्या की व्यवस्था की। महाजन से कर्जा-उधार लेकर महतो ने लड़के का ब्याह बड़ी धूमधाम से किया। पंचे की माँ का उत्साह उफान पर था। नाते रिश्तेदारों की भीड़-भाड़ में वह उड़ी-उड़ी फिर रही थी। आँगन मे जहाँ कुल देवता की बेदी बनाई गयी थी, उसके ऊपर चारों ओर रंगीन कागज की कटी लाल- पीली हरी-नीली तिकोनी झंडियों को ठीक से लगाने के लिए वह टोले के किशोरों का मनुहार कर रही थी। काम सम्पन्न होने पर उन सबको लड्डू खिलाने का प्रलोभन भी दे रही थी। ढोलक की थाप थोड़ी मंद पड़ती, तो वह दौड़कर टोक देती, ''...ई का बड़का भौजी... थकि गइव का...जोरेस बजावव...गाँव भर मा सुनि परय तब बात...''

टोले भर की रौनक बढ़ा रही थी, महतो के आँगन से उठ रहे विवाह गीत व ढोलक की थाप।

...आज उजेरिया रे निरमल निकरेयव निरमल रहयव सार रात बेहन जइहैं बेटवा कै बाबा, गंगा जमुनवा के पार रे...

ये मनोहारी लोक संगीत पट्टीदारी की उन माँओं के दिल पर जरूर साँप की माफिक लोट रहे थे, जिनके लड़के तो जवान थे, पर उनके विवाह की संभावना दूर-दूर तक नहीं दिख रही थी।

पियरी धोती पहने महतो, युवा रिश्तेदारों को बारात की व्यवस्था ठीक ढंग से सँभालने का निर्देश दे रहे थे, बार-बार। लड्डू के लिए बेसन की बुँदिया छान रहे हलवाई को भी वह दौड़कर नसीहत दे आते, ''काका... देखव... महीन दाना छानेव... अव देखय लिहव कच्चा न रहि जाय...।'' दम मारने की फुर्सत न थी महतो के पास। गाँव जवार का जो भी पुरुष सामने पड़ता, उसे बारात के लिए न्यौतने लगते। दुआरे पर एक दो नहीं, तीन-तीन ट्रैक्टर-ट्रालियाँ तैयार खड़ी

थीं, बारातियों को ले जाने के लिए। घराती-बराती सभी बहुत दिनों तक बिस्कोहर बाजार से लायी गयी दो नर्तकियों की कातिल अदाओं को याद कर बाग-बाग हो जाते थे। भोजन-पानी के बाद पूरी रात उनका नाच-गाना चला था। फिल्मी गानों, भोजपुरी लोकगीतों के साथ-साथ उन नर्तकियों ने गुलाम अली की एक मशहूर गजल पर भी हाथ साफ कर हैरत में डाल दिया था-

हम तेरे शहर में आये हैं मुसाफिर की तरह, सिर्फ इक बार मुलाकात का मौका दे दे।

उस रात क्या बड़े, क्या बूढ़े, सब पर एक खुमारी सी छा गयी थी। कयामत बनकर आयी थी वो रात।

विवाह को महीने भर भी नहीं बीते थे कि पंचे का दिमाग फिर गया। उसकी हरकतें दिन दिन असामान्य होती चली गयीं। इसकी भनक लगते ही स्थानीय ओझा-सोखा आ धमके। महतो से रुपये ऐंठने के लिए वे बाकायदा लाल मिर्च सुलगाकर पंचे का भूत उतारने लगे। मरता क्या न करता, महतो आशा भरी नजरों से ये सब देखते रहे, परन्तु ओझाओ के कई कथित प्रयासों के बावजूद भी वह गाँव में एक पागल के रूप में स्थापित हो गया। लाइलाज। बेटे की शादी में महाजन से लिया गया कर्जा अभी चुकता होना शुरू भी नहीं हुआ था, कि एक दिन पंचे की पत्नी कमली मायके भाग खड़ी हुई। महतो दोहरी आपदा के चपेट में आ गये थे। उनके घर पर शोक-संवेदना व्यक्त करने के बहाने गाँव वालो का हुजूम लगना शुरू हो गया। गाँव की औरतें कमली के चुड़ैल होने की तस्दीक करने में लगी थी। सिर पर हमेशा देवीजी के सवार रहने के कारण खासी चर्चा में रही एक बूढ़ी महिला, माई आजी ने तो कमली के पाँवो की कुछ-कुछ मुड़ी चिपटी बनावट को पुख्ता आधार बना उसे साक्षात पिशाचनी ही घोषित कर दिया था। कमली के इस तरह चले जाने को वह देवी जी का चमत्कारिक प्रभाव मान रही थी। उनके अनुसार गाँव के पुरुष समुदाय खासकर युवा वर्ग पर मँड़रा रहे सम्भावित खतरे को देवी जी ने टाल दिया था। महिलाओं की तरह मर्द बिरादरी में एक राय नहीं बन पायी थी। कुछ महिलाओं के समर्थक थे, तो कुछ मर्द मंद-मंद मुस्कान के साथ कमली के चाल-चलन खराब होने की शत-प्रतिशत गारन्टी ले रहे थे।

समय बीतने के साथ कमली को लेकर होने वाली परिचर्चायें मंद पड़ गयी। महतो के घर पर लगने वाला जमघट छँट गया। पर पंचे का पागलपन बदस्तूर

जारी रहा। एक दोपहर गाँव के समीप के तालाब में छँलाग लगा दी उसने। मछली मारने के लिए वहाँ कटिया लगाये लड़कों ने भागकर इसकी सूचना गाँव में दी। जब तक कि लोग दौड़कर पहुँचते और उसे बचाने की कोशिश करते, पंचे डूबकर मर चुका था। लाश तालाब से बाहर निकाली गयी। घर में कोहराम मच गया। उसकी माँ का रो-रोकर बुरा हाल था। पिता महतो के मुँह से बोल नहीं फूट रहे थे। वह बस फटी आँखों से बेटे की फूल चुकी लाश को घूरे जा रहे थे। पूरा गाँव तालाब किनारे जमा हो गया था। पास की पुलिस चौकी से दो सिपाही मामले को सूँघते पहुँच चुके थे, जिनको ससम्मान बैठाने के लिए दो आंशिकश्रूप से क्षतिग्रस्त कुर्सियों की व्यवस्था गाँव वालों ने तत्परता से कर दी थी।

"महतौ चाचा....लरिका तव हाथ से गबय कीन...अब लहास कय पोस्टमार्टम कराय लेव, तब कुछ सरकारी इमदाद मिल जायी।" गाँव के प्रधान धरमपाल ने पिता को अपनी तरफ से नेक सलाह दी। प्रधान विरोधी गुट से ताल्लुक रखने वाले और भुखमरी के कगार पर खड़े गाँव के सबसे दरिद्र व्यक्ति निबरे को प्रधान की सलाह बिल्कुल ही रास न आयी। बड़ी तत्परता से वह बीच में कूद पड़ा...

"जब आपन लरिकवा चला गवा, तव रुपया लय कय का करिहो महतौ... परधान कय चक्कर मा न परव महतौ.... पंचनामा करावौ।" प्रधान ने जब निबरे को घूरा, तो वह थोड़ी दूर जाकर खड़ा हो तंबाकू मलने लगा।

"पंचे कै माई....लरिका कै मट्टी खराब न करौ...लहास कै दुरगति न कराऔ...रुपया, पैयसा बांधि कै न लय जाबौ...श् पट्टीदारी की सारी महिलाये पोस्मार्टम के पक्ष में न थी। गरीबी से सिर से लेकर पाँव तक लबरेज इस आश्चर्यजनक रूप से रुपयों का प्रलोभन निस्तेज साबित हो रहा था, तो उसकी भी एक ठोस वजह थी-कल पड़ने वाला बहुप्रतीक्षित त्योहार-नागपंचमी। बाजार से सभी घरों में मैदा, गुड़ व डालडे की खरीददारी पूरी हो चुकी थी। बस गुलगुला छानने के लिए चूल्हे पर कड़ाह चढ़नी थी, कि बीच में ये संकट आ गया। त्योहार का मजा ही किरकिरा हो गया। पंचनामा भर के अन्तिम संस्कार हो जाये, तो भी गनीमत है; कही ं मामला पोस्टमार्टम तक खिंचा, तो हो गया त्योहार का सत्यानाश। अब ये शहर तो है नहीं कि गैस के चूल्हे पर सोलह व्यंजन पका लिये जायें और पड़ोसी को कानोंकान खबर न हो। ये तो ठहरा, हमारे कृषि प्रधान देश का एक गाँव। तमाम रूढ़ियों, अंधविश्वासों व अनिष्ट की

आशंकाओ से भरा। यहाँ कुछ भी पकेगा, तो चूल्हे से निकला धुआँ पूरे गाँव में उसकी चुगली कर देगा। पहली बात तो यहाँ ऐसी गुस्ताखी करने की हिम्मत ही कोई नहीं करेगा; यदि कर भी ले, तो बिरादरी के सीधे निशानेपर आ जायेगा... फिर पूरी पट्टीदारी में उसका खान-पान, हुक्का-पानी सब बंद। ऐसी जटिल परिस्थितियों में मन मारने के सिवा कोई दूसरा रास्ता नहीं बचता। नागपंचमी, गुड़िया, मकर संक्रान्ति, खिचड़ी जैसे छोटे-छोटे त्योहारों को लेकर गाँव वालों खासकर महिलाओ में जो जुनून छटपटाहट देखने को मिलती है, वो एकबारगी सभ्य समाज को भले अचरज में डाल दे, पर इसकी भी अपनी जायज वजहें हैं इनकी जीवनशैली बेहद नीरस होती है। शहरी महिलाओं की तरह न इनके पास सास-बहू के दांव पेंच वाले डेली के सीरियल होते हैं और न ही किटी पार्टियों के आयोजन। खेती-किसानी में ये पुरुषो की बराबरी में हिस्सा लेती हैं। हाड़-तोड़ मेहनत करती हैं। सुबह-शाम कई कपाट खुले होते हैं-पान, तम्बाकू, भाँग की दुकानें, चाय-समोसे के होटल से लेकर देर रात तक खुली रहने वाली ;नमकीन व आमलेट के ठेलों से सुसज्जित) दारू भट्ठी तक। गाँव के कुछ पुरुष तो पाँच-पाँच कोस चलकर तवायफों का नाच देखने का राजसी शौक भी पाले हैं। खुद तो जाते ही हैं, गाँव के चार-छह शौकीन लौंड़ों को भी ट्रेन्ड करने साथ ले जाते है, ताकि भविष्य में इनकी परम्परा निर्बाध गति से जारी रहे। पुरुषो की तुलना में महिलाओं के हिस्से में मौज मस्ती के क्षण बहुत कम आते हैं। साल में एक-दो बार मोहर्रम, कार्तिक पूर्णिमा के मेले-ठेले में घूम लेना। चाट-समोसे, गोलगप्पे खा लेना, या फिर त्योहारों में दूर गाँव से आये जीजा-बहनोई सरीखे रिश्तेदारों से हँसी-ठिठोली, चुहलबाजी, गाली गलौज कर लेना। उनसे अपने सुख-दुःख बाँटकर जी हल्का कर लेना। ऐसे ही एक बहुप्रतीक्षित त्योहार के ठीक एक दिन पूर्व घटी इस घटना ने महिलाओं को सकते में डाल दिया था। अब होनी को भला कौन टाल सकता है। माई आजी ने ठंडी साँस भरकर कहा, श्3करम गति टारे नहीं टरय।

खैर, महिलाओं की तमाम भावनात्मक गुहारें अदांज कर दी गयी। पुलिस वालों के सहयोग से प्रधान ने पोस्टमार्टम पर सहमति बना ली। पोस्टमार्टम के बाद लाश, त्योहार के दिन सुबह गाँव वापस लायी गयी। दाहक्रिया सम्पन्न होते-होते दो-तीन बज गये। त्योहार के रंग मे भंग तो पड़ ही चुका था। पहुना को गुलगुले न खिला पाने का मलाल महिलाओ को कई दिनों तक सालता रहा। पंचे की तेरहवीं निपट जाने के पश्चात् शुरू हुआ प्रधान का असली खेल। जिस

आर्थिक लाभ को ध्यान में रखकर पोस्टमार्टम कराया गया था, अब उसे प्राप्त करने के प्रयत्न शुरू हुए। प्रधान ने महतो से ललचाने के अंदाज में कहा, "पंचे कय मामला मा ठीक ढंग से पैरवी होय जाय, तव ढाई-तीन लाख से कम न मिली... यह मा खरचा भी लागी... तैयार होव महतौ, तव दौर-धूप शुरू करी...।"

महतो से सहमति मिलते ही प्रधान ने पैरवी की शतरंजी गोटियाँ बिछानी शुरू कर दीं। थाने का तो वह दलाल ही था। वह जानता था कि आज के दौर में सर्वाधिक तत्परता से बिकने को तैयार खड़ा कोई विभाग है, तो वो है पुलिस विभाग। हलके के लेखपाल ने जरूर प्रधान को वैधानिक चेतावनीनुमा सलाह दी, "गरम खय के चक्कर मा मुँह न जराओ परधान। पंचवा सार विवाहित रहा, येहि कारन जौन सरकारी मदद मिली, वहकी पत्नी का ही मिली, ई गाँठ बाँधि लेव।" अब समस्या थी कमली के ससुराल में न रहने की। प्रधान ने अपनी कोशिशें जारी रखी। कई दौर की गुप्त शिखर वार्ताओं के पश्चात् एक समय पर तो प्रधान व लेखपाल मे इस बात पर सहमति बन गयी थी कि कमली बनाकर दूसरी महिला को पेश कर सरकारी सहायता ले ली जाये। पर इस राह में सबसे बड़ा रोड़ा बन गया था, विगत पंचायत चुनाव में उप विजेता रहा रामबली यादव... घायल चीते सरीखा। धरमपाल से पाँच वोटों से शिकस्त खाई थी उसने। उसने लेखपाल की नौकरी ले लेने की धमकी दी, तो उसका बड़ा सकारात्मक प्रभाव पड़ा। लेखपाल ने समय रहते मामले से अपना हाथ खींच लिया। एकबारगी प्रधान का खेल बिगड़ गया था, पर वह इतनी जल्दी हार मानने वाला न था। वह पंचे की ससुराल जा धमका। कमली के बूढ़े माँ-बाप को सरकारी मुआवजा मिलने की बात बतायी। कमली को उसने लाखों रुपये दिलवाने का लालच तो दिया ही, लगे हाथ इस बात का आश्वासन भी, कि महतो की पाँच बीघा जमीन की वसीयत वह उसके नाम करा देगा। बात बन गयी।

प्रधान के दौड़-धूप की उड़ती खबर गाँव तक पहुँची। टोले में हलचल, खुसर-पुसर बढ़ गयी। आगे बढ़कर मोर्चा सँभाला माई आजी ने "पंचे क माई, सुनेन हय परधनवा दारीजार कमली केरे गाँवें तक धमकि गवा... तोहरे पंचवा का खाय गयि, वहि पिशाचिन कै गोड़ अपने टोला मा न परय दिहव, नहि तौ नाश होय कै रही...।" अपनी इस खुफिया सूचना और चेतावनी को माई आजी ने एक नहीं, कई बार पंचे की माँ के आगे दुहराया।

“आजी, हम सबसे बहिरे थोरय हन।” पंचे की माँ ने आजी को आश्वस्त किया।

महतो टोला की एक सुस्त-मुस्त, ऊँघती दोपहरी......सूखी रोटियों व नमक-मिर्च की तीखी चटनी को मैली-कुचैली पोटली में बाँध यहाँ के अधिकांश मर्द सवेरे-सवेरे मेहनत मजदूरी के लिए कूच कर चुके थे, पास के कस्बे मे। यहाँ के प्राइमरी स्कूल मे तैनात इकलौते अध्यापक रमेश शर्मा अपने नये स्मार्ट फोन की आभासी दुनिया मे इस कदर मशगूल थे कि उसका फायदा उठाकर कई बच्चे मिड डे मील खाकर वहाँ से चुपचाप खिसक आये थे और फटे पुराने चिथड़ा लपेटकर बनायी गयी गेंद और जलौनी लकड़ी में से खोजकर निकाले गये अपेक्षाकृत चौड़े चैले से अब उनका बैट-बाल का खेल शुरू हो चुका था। कामकाज निपटाकर नीम के छाँप तले बैठी महिलाओं में पास-पड़ोस की चर्चा छिड़ चुकी थी। कुछ महिलाएँ लड़कियों के, तो कुछ बच्चियाँ अपनी माँओ के सिर से जुएँ निकालने के दैनिक उपक्रम में लग गयी थी। ऐन इसी वक्त कमली का ससुराल में पुनरागमन हुआ......घर के बाहर गोबर के कन्डे पाथती उसकी सास दिखी। एक झटके मे तो कमली उसे पहचान ही नहीं पायी। समय की मार और पुत्र वियोग की टीस ने भरे शरीर वाली उसकी सास को हड्डी के ढाँचे में तब्दील कर दिया था। पंचे की माँ ने कमली को देखा, तो एक पल को उसका कलेजा धक से हो गया। लगा जैसे बहू की ओट से निकलकर अभी पंचे आ खड़ा होगा। वही ब्याह का जामा-जोरा पहने, सिर पर पीली पगड़ी बाँधे। कुछ क्षणों तक वह स्नेहिल नयनों से कमली को बस एकटक निहारती रह गयी और फिर दौड़कर उससे लिपट गयी। एकाएक उठे तीव्र संवेदनाओं के ज्वार के आगे माई आजी की तमाम चेतावनियाँ, आपस के गिले-शिकवे...सब तिनकों की माफिक बह चले थे। वह देर तक उसके गले लगकर रोती रही। कभी दहाड़ें मारने लगतीं, तो कभी-कभी उनका रुदन पारम्परिक गायन शैली में बदल जाता। आसपास की सारी औरतें उन्हें घेरकर बैठ गयी थी। उधर सिवान से कुछ साग पात का जुगाड़ कर लौट रही माई आजी इस मिलाप को देख पहले तो घोर आश्चर्य में पड़ गयी, फिर रौद्ध रूप में आ गयी। आनन-फानन मे मोर्चा सँभाल लिया।

“...पंच कय माई, घाट-घाट कय पानी पी कै अब आई सतवन्ती बन कय तोहार जायजाद हडपय...अनरथ) होय जाई... तू अपने असल माई-बाप कय होयव, तव यहका घर मा घुसय न दिहव...”

वहाँ बैठी कई महिलायें में माई आजी की हाँ मे हाँ मिलायी। इन सबकी अनुसुनी कर पंचे की माँ ने बाये हाथ में कमली की छोटी सी गठरी उठाई और दाहिने हाथ मे उसका हाथ कस कर पकडा और झटके से घर के भीतर दाखिल हो गयी। भड़ाक से दरवाजा बंद कर लिया। माई आजी सबका मुँह ताकती रह गयी। खिसियाई सी। घर के भीतर पहुँचकर कमली ने चैन की साँस ली। नैहर से निकलते समय से ही उसे बार-बार ये डर सता रहा था कि कही ं उल्टे पाँव लौटना न पड़े। उसे उम्मीद नहीं थी कि सास सीधे मुँह बात करेगी। हाँ, ससुर रामदीन महतो से थोड़ी-बहुत सहानुभूति की उम्मीद जरूर थी उसे, पर मौके पर वह कही ं नजर नहीं आये। जिस शख्स को दुत्कार की उम्मीद थी, जब वही तमाम अवरोधों को दरकिनार कर उसका हाथ पकड़कर घर के भीतर ले आया, तो सहसा कलेजा भर आया उसका। गला भर्रा गया। मुँह से बामुश्किल ही शब्द फूटे... अम्मा, माफ कय देव हमका... फिर कमली ने सास के पैर पकड़ लिये और फफक-फफककर रो पड़ी।

प्रधान का अभियान अब पटरी पर आ चुका था। इलाहाबाद बैंक की स्थानीय शाखा में उसने कमली का बैंक खाता खुलवा दिया था। सफलता सुनिश्चित दिख रही थी। इधर, गाँव भर में फिर चर्चा के केन्द्र में आ गयी है कमली। सिवान, चौपाल खेत-खलिहान हर जगह उठते-बैठते लोगों में ये चर्चा अक्सर छिड़ जाती कि रामदीन महतो की पाँच बीघा जमीन (जिला मुख्यालय के समीपवर्ती होने के कारण, जिसकी कीमत करोड़ों में आँकी जा रही है) के लालच में कमली सास-ससुर की सेवा करती रहेगी या फिर मुआवजे की रकम हाथ लगते ही रफूचक्कर हो जायेगी।

मुआवजे की कुल रकम बैंक के खाते में आयी-डेढ़ लाख रुपये। सुरक्षा व गोपनीयता को दृष्टिगत रखते हुए काली पालीथीन में लपेटी इस रकम को फटे-पुराने एक झोले मे रखकर बड़ी मुस्तैदी से घर लाया गया। पाँच-पाँच सौ की तीन गड्डियों को झोले से निकालकर कमली ने जब उनके सामने रखा, तो एक बार तो उस ओर से झटके से नजरें फेर ली महतो ने। इकलौते जवान बेटे की मौत के एवज में मिले कागज के इन रंगीन टुकड़ों को देख उठी गहरी टीस ने उसके मन के हर कोने को भिगो दिया था। हँसते खिलखिलाते....मेला जाने के लिए माँ से पहले झगड़ते और फिर रिरियाते...मोबाइल खरीदने के लिए दिन-रात मां-बाप की खुशामद करत...पंचे के एक नहीं, कई चेहरे एक-एक कर उनकी आँखों के आगे घूम गये। कुछ क्षणों तक वह मूर्तिवत् बैठे रह गये।

थोड़ा संयत होने पर एकबारगी महतो को अपनी अहमियत का एहसास हुआ। कई बरसों बाद। तमाम संदेहो व अटकलों से घिरी मुआवजे की रकम को कमली की स्वेच्छा से अपने सम्मुख रखा देख अपार संतोष के भाव से भर उठे महतो। नोटों की गड्डियों मे प्रधान को देने के लिए पाँच सौ की एक गड्डी निकालकर बाकी उन्होंने कमली की ओर खिसका दी।

''ई का अपने नाव से जमा कय लेव बंक (बैंक) मा....बड़ी लम्बी उमर परी है आगे...हारे गाढ़े कबहु काम आई।''

प्रधान के हाथों मे इतनी बड़ी रकम थमाते वक्त महतो के मन में उसके प्रति रंचमात्र भी विद्वेष भाव न था। रुपये देकर उन्होने बड़े ही कृतज्ञ भाव से प्रधान की ओर देखा। होठ बंद थे, पर आँखें मुखर थीं मानो कह रही हों''... हे ईश्वर! तेरी लीला इंसान नहीं समझ सकता। परधान, मुआवजे में से अपना हिस्सा पाकर कितना संतुष्ट है और कमली मुआवजे की सारी रकम सौंपकर भी उससे ज्यादा संतुष्ट व बेफिक्र दिख रही थी। ये दोनों नहीं जानते कि लिखा-पढ़ी में भले कुछ न मिला हो, पर भोले नाथ ने बिन माँगे छप्पर फाड़ कर दिया है मुझे... दुनिया के किसी भी बाजार मे न बिकने वाली सौगात...कमली के रूप मे बुढ़ापे का सहारा।

विनय कुमार शर्मा (भारत विनय)

मोबाइल : 8233261039
ईमेल : 11vs1992@gmail.com
पता : दशहरा मैदान, स्टेज के पीछे, गंगापुर सिटी
जिला - सवाईमाधोपुर (राजस्थान) पिन - 322201

संपादकीय टिप्पणी

आज के समय में नैतिक मूल्यों के साथ-साथ मानवता और संस्कारों का पतन भी देखने को मिलता है। ऐसे में गुरु-शिष्य या छात्र और अध्यापक के मध्य मधुर संबंधों की बात भी बहुत दुर्लभ है। प्रायः छात्र उच्च पद पर पहुँचते ही अपने अध्यापकों को भूल से जाते हैं। वहीं कुछ छात्र ऐसे भी हैं जो अधिकारी बनने के बाद अपने अध्यापकों के सामने बैठने में भी संकोच करते हैं। श्री भारत विनय की कहानी 'गुरुभक्ति' ऐसे ही एक छात्र और अध्यापक की कहानी है। यह कहानी सहज और स्वाभाविक भाषा में लिखी अच्छी कहानी है।

गुरुभक्ति

सरल, सहज और चेहरे पर हल्की सी मुस्कान बनाए रखते तो ऐसा लगता कि जैसे सामना ईश्वर से हुआ हो... ऐसी वेशभूषा के धनी थे राजेश जी।

राजेश जी का जीवन भगवान राम के आदर्शों को समर्पित था। उन्हें देखकर कोई कह भी नहीं सकता था कि वे गृहस्थ जीवन व्यतीत कर रहे थे। राजेश जी की दिनचर्या भी उनकी तरह सादा जीवन उच्च विचारों से परिपूर्ण थी। प्रातःकाल चार बजे उठकर भ्रमण करना, इसके पश्चात व्यायाम करना तथा अल्पाहार कर ऑफिस जाना उनकी कार्यशैली का प्रारंभिक भाग था। राजेश जी अध्यापक का कार्य करते थे। प्रारंभ से ही अध्यापक बनने तथा बच्चों को पढ़ाने में उनकी विशेष रुचि थी।

उनके पढ़ाए हुए बच्चों में से कोई आई.ए.एस. तो कोई आई.पी.एस. बन

चुका था, लेकिन राजेश जी इस बात से अनभिज्ञ रहते थे। जब भी कोई मिठाई का डिब्बा लाता तो पता चलता कि उनका शिष्य कहाँ सफल हुआ है। तीस वर्ष के राजेश जी को कोई कार्य कठिन नहीं लगता था। युवा तथा सरल स्वभाव के राजेश जी से बच्चों को पढ़ने के लिये बहुत मिन्नतें करनी पड़ती हैं। राजेश जी की कक्षा में स्थान हमेशा भरे रहते थे, और सैकड़ों की संख्या में एप्लिकेशंस बॉक्स में लटकी रहती थीं। हो भी क्यों न, राजेश जी पढ़ाते ही इतना अच्छा थे, कि बच्चे भूलने का नाम ही न लें। राजेश जी की मुस्कान के छात्र ऐसे दीवाने हो चले थे जैसे कृष्ण की बंसी की दीवानी गोपियाँ, लड़कों का ये हाल था, जैसे राम के बिना हनुमान, अब लड़कियों की तो वे ही जानें।

लेकिन नेक ईमानदार राजेश जी को देखकर तो ऐसा लगता था मानों भगवान राम फिर से पृथ्वी पर अवतरित हुए हैं; उनके चेहरे का तेज और प्यारी सी मुस्कानन दूर से ही मोहित कर लेती थी। राजेश जी को प्रायः पैदल ही घूमना पसंद था, लेकिन समय की पाबंदी के चलते उन्हें वाहन से ही आना-जाना पड़ता था।

उस दिन 'नमोनमः' कहते हुए राजेश जी ने कक्षा समाप्त की।

"नमो नमः सर!" अचानक आई आवाज को सुनकर राजेश जी ने पीछे मुड़कर देखा तो दो पुलिस वाले खड़े थे।

उन्हें देखकर राजेश जी को आश्चर्य हुआ।

"जी...कहिये।" राजेश जी ने उन्हें देखकर कहा।

"आपको कलेक्टर साहब ने बुलाया है।" दोनों में से एक हवलदार ने जवाब दिया।

"लेकिन क्यों?" राजेश जी को सुनते ही धक्का सा लगा।

हवलदार : "पता नहीं, बस आपको बुलाया है।"

राजेश जी : "मैंने तो कोई अपराध नहीं किया।"

हवलदार : "बस कलेक्टर साहब के पास आपकी एक तस्वीर थी, जिसे वे गौर से देख रहे थे, फोन पर भी आपके बारे में बातें हुई थी, फिर आपको लाने का आदेश दिया।"

"चलिये...चलते हैं।" घबराकर राजेश जी ने जवाब दिया।

राजेश जी दोनों हवलदारों के साथ गाड़ी में बैठे और गाड़ी रवाना हुई।

ऑफिस में हंगामा मचा हुआ था। लोग तरह-तरह की बातें कर रहे थे। कोई कुछ कह रहा था और कोई कुछ। अजीब सा वातावरण छा गया था। लोगों को आश्चर्य हो रहा था कि ये व्यक्ति कोई अपराध कर सकता है? लेकिन कोई भी जवाब नहीं दे पा रहा था। विद्यार्थियों ने मिलकर राजेश जी के समर्थन में जुलूस निकालने का निर्णय ले लिया और सभी तैयारी करने लगे।

जीप, सीधी आकर कलेक्टर निवास पर रुकी। दोनों हवलदार राजेश जी सहित जीप से नीचे उतरे, सभी लोगों की भीड़ जमा हो गई।

राजेश जी अंदर पहुँचे ही थे कि आठ-दस पुलिस वाले उनके साथ हो लिये, जैसे या तो कोई मोस्टो वांटेड मुजरिम हो या कोई नेता, जिनकी सुरक्षा हेतु पुलिस चल रही थी। कलेक्टर साहब तक सूचना पहुँच चुकी थी, और उनके आदेशानुसार राजेश जी को मुख्य द्वार पर ही रोका गया। कलेक्टर साहब उनसे वहीं मिलने आ रहे थे।

किसी ने जाकर मीडिया कर्मियों को सूचना दे दी थी, अतः प्रेसकर्मियों की भीड़ सी लग चुकी थी और राजेश जी से प्रश्ने पर प्रश्न पूछे जाने लगे थे।

कलेक्टर साहब नये-नये आये थे और आते ही उन्होंने राजेश जी को बुलवाया था।

अचानक कुछ लोग कलेक्टर निवास से निकलकर आते हैं।

''नमोः नमः सर।'' कहते हुए एक व्यक्ति उनका चरण पकड़ता है।

''अरे, भारत तुम। तुम यहाँ क्या कर रहे हो?'' राजेश जी बड़े आश्चर्य से देखते हैं।

भारत : ''बस किसी काम से कलेक्टर साहब के पास आया था, पर आप यहाँ कैसे?''

राजेश जी : ''मुझे यहाँ कलेक्टर साहब ने बुलाया है।

भारत : ''पर क्यों? कलेक्टर की इतनी हिम्मत जो आपको बुलाया ''मैं अभी जाकर बात करता हूँ ।''

राजेश जी : ''नहीं...नहीं, वैसे ही कोई काम होगा उनको।''

भारत : लेकिन खुद भी तो आ सकते थे, उन्होंने समझ क्या रखा है।

राजेश जी : मैं ठहरा मामूली अध्यापक और वे ठहरे कलेक्टर।

भारत : अपने आप को मामूली कहकर मुझे शर्मिंदा न करें सर, आपने ही बहुत से लोगों को कलेक्टर या डॉक्टर बनाया।

भारत की आँखों से आँसू की धारा बहने लगती है, और भारत राजेश जी के चरणों में गिर जाता है।

राजेश जी : उठो, अब बताओ, कहाँ रहते हो?

भारत : कलेक्टर साहब मेरे मित्र हैं, उन्हीं के साथ रहता हूँ ।

राजेश जी : कलेक्टर साहब मित्रता निभा रहे हैं।

भारत : हाँ कुछ ऐसा ही समझ लीजिये...चलिये अंदर चलते हैं।

राजेश जी : चलो, कलैक्टिर साहब से मिलते हैं।

भारत : लेकिन... वो तो यहाँ हैं ही नहीं, अभी-अभी कुछ काम आ गया तो चले गये; चलिये अंदर चलते हैं, कुछ प्रतीक्षा कीजिये।

राजेश जी भारत के साथ अंदर आते हैं और कुछ हवलदार भी पीछे आते हैं।

भारत : आइये बैठिये सर, क्या लेंगे, ठंडा या गर्म?

राजेश जी : बस कुछ नहीं।

भारत : हवलदार दो कोलड्रिंक लाइये।

राजेश जी : अरे। रहने दो बेटे।

भारत : और बताइये सर, क्या कर रहे हैं वर्तमान में?

राजेश जी : बस वही, अध्ययन-अध्यापन।

तुम्हारा आदेश ये हवलदार मानते हैं?

भारत : हाँ...कलेक्टर साहब की अपुपस्थिति में उनका निवास मेरा ही होता है।

राजेश जी : बड़े अच्छे हैं कलेक्टर साहब।

भारत : इतनी प्रशंसा न करें उनकी, बाद में पछतायेंगे।

राजेश जी : वो क्यूं?

भारत : वो तो उनसे मिलकर ही पता चलेगा।

हवलदार : लीजिये सर ये कोल्ड ड्रिंक...

राजेश जी और भारत कोल्ड ड्रिंक लेते हैं।

भारत : भोजन में क्यात लेंगे?

राजेश जी : अरे नहीं, बस मैं तो कलेक्टर साहब से मिलने आया था।

भारत : वो पता नहीं कब आयें, तब तक आप भोजन कीजिये।

भारत हवलदार से : दो थाली भोजन लगवाइये और वो भी किसी फाइव स्टामर से शुद्ध शाकाहारी।

हवलदार : जी सर।

हवलदार भोजन लाता है, राजेश जी और भारत, भोजन कर उठते हैं।

राजेश जी : अभी तक कलेक्टर साहब नहीं आये।

भारत : कलेक्टर साहब को आने में समय है, पता नहीं वे कब आयें;

अगर आप कहें तो, मैं आपको छोड़ आऊँ।

राजेश जी : वो नाराज हो गए तो?

भारत : वो उसकी इतनी हिम्मत।

राजेश जी : चलिये मैं चलता हूँ , शाम को फिर आऊँगा।

भारत : चलिये मैं आपको छोड़ आता हूँ ।

राजेश जी : अरे... तुम क्यों परेशान होते हो?

भारत : अरे, परेशानी की कोई बात नहीं...

हवलदार ड्राइवर से कहो गाड़ी निकाले।

हवलदार : जी।

राजेश जी : गाड़ी से?

भारत : जी हाँ...

राजेश जी : लेकिन, कलेक्टर साहब कुछ कहेंगे नहीं?

भारत : उनकी गाड़ी-मेरी गाड़ी एक ही बात है।

राजेश जी : बड़ा आश्चर्य है।

भारत और राजेश जी गाड़ी में बैठते हैं। गाड़ी सीधे राजेश जी के ऑफिस आकर रुकती है।

छात्रों की भीड़ वहाँ पहले से ही मौजूद है।

राजेश जी : ये भीड़ क्यों लगा रखी है?

छात्र : आपके समर्थन में हम जुलूस निकालना चाहते थे।

राजेश जी : क्यूं?

छात्र : कलेक्टर की इतनी हिम्मत जो आपको बुलवाये।

राजेश जी : मैंने आपको ये तो नहीं सिखाया... कलेक्टर साहब ने कुछ काम से मुझे बुलाया था।

भारत : देखिये कलेक्टर साहब की ओर से मैं आपसे माफी चाहता हूँ ।

राजेश जी : चलिये, अब हटिये यहाँ से।

भारत और राजेश जी ऑफिस में आते हैं। राजेश जी आराम कुर्सी पर बैठते हैं, भारत खड़ा रहता है।

राजेश जी : बैठो भारत।

भारत : नहीं, आपके सामने मैं कैसे बैठ सकता हूँ ... मैं खड़ा ही ठीक हूँ ।

हवलदार : ये लीजिये पाँच सेर मिठाइयाँ...

भारत : सर को दो।

राजेश जी : ये क्या है?

भारत : मेरी ओर से एक छोटी सी भेंट।

राजेश जी : लेकिन इसकी क्या जरूरत थी?

भारत : ले लीजिये न सर...

राजेश जी मिठाइयाँ ले लेते हैं। अचानक हवलदार आता है।

हवलदार : सर, मंत्री जी का फोन आया है, कह रहे हैं कि कलेक्टर साहब को शीघ्र ही मीटिंग में भेजिये, आप शीघ्र चलिये, अन्यथा मंत्री जी नाराज होंगे।

भारत : तुम कहना कि मैं शीघ्र आ रहा हूँ ।

राजेश जी भारत को आश्चिर्य से देखते हैं। भारत की नजरें नीचे झुक जाती हैं।

राजेश जी खड़े होकर भारत के पास आते हैं, उनकी आँखों से आँसू बह रहे हैं।

राजेश जी : भारत तुम... कलेक्टर हो।

भारत की आँखों में आँसू आ जाते हैं और वह राजेश जी के चरणों में गिर जाता है।

राजेश जी : उठो भारत...तुमने मुझे बताया क्यों नहीं?

भारत : मैं नहीं चाहता था कि आपको पद पर रहकर मिलूँ, और आप मुझे एक अधिकारी समझकर बात करें। मैं आपसे शिष्य के समान ही मिलना चाहता था।

राजेश जी : आह मेरे पुत्र... कब से खड़े हो और मैं बैठा हूँ , जबकि तुम अधिकारी हो।

भारत : शिष्य कितना ही बड़ा हो, गुरु से बड़ा नहीं हो सकता।

राजेश की आँखों से अश्रुधारा बहने लगती है और वे भारत को गले से लगा लेते हैं।

वहाँ उपस्थित सभी छात्र भी उस गुरु-शिष्य मिलन को देखकर रो देते हैं।

राजेश जी रोते हैं और भारत भी उनके आँसू पोंछते हुए रोता है।

भारत : अच्छा, चलता हूँ ।

राजेश जी : फिर कब आओगे?

भारत : जब आप कहें, अब तो आता ही रहूँ गा।

राजेश जी : तुम्हारी कोल्ड ड्रिंक और भोजन फिर कब मिलेंगे?

भारत : कभी भी आइये सर, आपके स्वागत में कलेकटर निवास खुला है।

भारत राजेश जी के चरण छूता है, और गाड़ी में बैठता है।

राजेश जी और सभी छात्र भारत को नम आँखों से विदा करते हैं,

जाते-जाते भारत चेहरे पे मुस्कान व आँखों में आँसू छलक पड़ते हैं।

वात्सल्य- की लालिमा चारों ओर दिखाई पड़ती है।

श्रीप्रकाश सिंह (मनोज कुमार सिंह)

मोबाइल : 9436193458
ईमेल : singhmanojprakash@gmail.com
पुस्तकें : मंगलसूत्र (उपन्यास), मेरी प्रेयसी (कविता संग्रह)
पता : शिलांग, मेघालय

संपादकीय टिप्पणी

रेलवे स्टेशनों, बस स्टेशनों, सड़कों आदि पर कभी-कभी मैली-कुचैली वेशभूषा में ऐसे लोग दिख जाते हैं, जिन्हें एक दृष्टि में सब पागल ही समझते हैं; किन्तु पागल भी कोई यूँ ही नहीं होता, उसके पीछे भी उसके अनुभव होते हैं। एक बूढ़ी स्त्री का पागलों की तरह हर एक को अपना बेटा मानना और बेटे की प्रतीक्षा करना, किसी पत्थर दिल व्यक्ति का भी दिल दहला देने के लिए बहुत है। मनोजकुमार सिंह ने अपनी कहानी 'पगली' में ऐसी ही एक पगली दिखने वाली बूढ़ी स्त्री की व्यथा-कथा प्रस्तुत की है।

पगली

लखनऊ स्टेशन के प्लेटफार्म नम्बर- 1 पर एक चाय स्टाल पर चाय पीते हुए गुवाहाटी जाने वाली अवध- असम एक्सप्रेस की प्रतीक्षा कर रहा था। ट्रेन आधे घंटे बाद आने वाली थी। कुछ मिनट बाद दिल्ली से गोरखपुर जाने वाली ट्रेन प्लेटफॉर्म न0 1 पर आकर रुकी। ट्रेन से उतरने और चढ़ने वाले यात्रियों के कारण प्लेटफॉर्म पर खचाखच भीड़ के साथ-साथ शोरगुल भी काफी बढ़ गया था। भीड़- भाड़, शोर-गुल के बीच अकस्मात जोर-जोर से चिल्लाने की आवाज सुनाई दी- मेरा बेटा आयेगा... मेरा बेटा आयेगा... मेरा बेटा आ रहा है।''

मैंने पीछे मुड़कर देखा- एक बुढ़िया तेजी से दौड़ रही थी। उसके सफेद बाल धूल धक्कड़ों से सने बेतरतीब आपस में एक दूसरे से उलझे, चिड़िया के टूटे घोंसले के समान उसके सिर पर झूल रहे थे। फटी-पुरानी, मैली कुचैली

साड़ी, अस्त-व्यस्त ढंग से पहन रखी थी, और उसका पल्लू जमीन पर गिरा घसिटता चला जा रहा था- लग रहा था वह अपनी सारी सुध-बुध खो बैठी थी। उसके धँसे हुए गाल और उनमें पड़ी अनेक झुर्रियाँ तथा उसके अति कृश शरीर से यह सहज ही अनुमान लगाया जा सकता था कि वह काफी बुजुर्ग एवं शक्ति-क्षीण महिला थी; फिर भी हताश हो दौड़ रही थी, और लगातार चिल्लाये जा रही थी- मेरा बेटा आयेगा, मेरा बेटा आ गया—अरे, सुनो जी। मेरा बेटा आ रहा है...। चिल्लाने के क्रम में ही कभी जोर-जोर से हँसने लगती और कहने लगती- देखो, मेरा बेटा आ रहा है- बहुत दिन बाद आ रहा है-

उसकी चिल्लाहट में एक करुण चीत्कार थी, उसकी हँसी में गहन वेदना। सबकी नजर उस बुढ़िया की तरफ घूम गई थी- कितनों ने कहा- "अरे, यह पगली है, पगली; इसका यही काम है।" बुढ़िया भीड़ को चीरते आगे बढ़ती जा रही थी, मानों अपनी व्याकुल नजरों से सचमुच किसी को तलाश रही थी, तभी उसके सामने एक नवयुवक आ पड़ा। बुढ़िया उसे लिपट पड़ी और अपनी बाँहों में उसे भींचकर चीखते हुए कह रही थी- "कहाँ चले गये थे मेरे लाल, मेरा बेटा, मेरे जिगर का टुकड़ा... इतने दिन कहाँ थे ढि? मैंने तुझे कहाँ-कहाँ नहीं ढूँढ़ा; ना चिट्ठी, ना पाती मैं रोज- रोज काग उचराती थी, साधू, योगी, फकीर से तुम्हारे आने का दिन पूछती, तरह- तरह के टोटका-टोनका करती, देवी देवता पूजती।" बुढ़िया उस युवक का बाल सहलाते हुए कह रही थी- "कितने सूख गये हो मेरे लाल, कितना कमजोर हो गया है मेरा लल्ला... आओ, चलो, घर चले।" इतना कहते बुढ़िया उस युवक के कंधे से लटक रहे बैग को लेने के लिये ज्योंहि हाथ बढ़ाई, युवक, बुढ़िया को झटकारते हुए जोरो से धक्का दे दिया और वहाँ से चलता बना। बुढ़िया जमीन पर गिर पड़ी- बार- बार उठने की कोशिश करती, हर बार गिर पड़ती। अपने व्याकुल नजरों से उस युवक को दूर जाते देख वह चीखते हुए कह रही थी- मत जा मेरे लाल, लौट आ, मै तुम्हारे बिन नहीं जी पाऊँगी मेरे लाल-!" बुढ़िया भीड़ की तरफ असहाय नजरों से देखते हुए चिल्ला- चिल्लाकर कह रही थी- "रोको-रोको, अरे कोई तो रोको, मेरे बेटे को, वह जा रहा है, उसे समझाओ-।" तमाशबीन भीड़ के बीच से एक ही आवाज आती- "चलो, लगता यह पगली है।"

पगली चिल्लाते- चिल्लाते मंद पड़ गई थी- वहीं लुढ़क गई- शायद बेहोश हो गई थी।

जिस चाय स्टाल पर मैं चाय पी रहा था, वह चाय वाला उस बुढ़िया के पास गया, उसके मुँह पर पानी के छींटे मारे, उसका हाथ पैर दबाया। कुछ समय बाद बुढ़िया होश में आई। चाय वाला उसे सहारा देकर अपनी दुकान के पास लाया और वहीं बिठा दिया। बुढ़िया भी सहज भाव से बैठ गई। चाय वाले ने उसे दो ब्रेड और एक कप चाय दी- बुढ़िया ने कुछ खाया, कुछ गिराया और कुछ समय बाद वहाँ से उठकर प्लेटफॉर्म के बाहर चली गई।

मैं चाय वाले से उस बुढ़िया के बारे में कुछ पूछता, कि उसके पहले ही वह बोल पड़ा- "क्या बताऊँ साहब, इस बुढ़िया का दुख हमसे देखा नहीं जाता; पता नहीं, इसके बेटे के साथ क्या कुछ घटित हुआ कि उसी की ममता में यह पागल-सी हो गई है; यह इसी प्लेटफॉर्म पर रहती है, हर दिन का इसका यही काम है... जब भी कोई ट्रेन आती है- ऐसे ही दौड़ती गिरती चीखती-चिल्लाती अपने बेटे को तलाशती किसी युवक को अपने गले से लगा लेता हैं, और वह युवक इसे धक्का देकर निकल जाता हैं।" इतना कहते उसकी आँखे नम हो गईं, गमछे से अपना आँसू पोंछते हुए कहा- "बाबू साहब, आप की ट्रेन की घंटी हो गई है, इसी प्लेटफॉर्म पर आ रही है।" मैंने उसके चाय के पैसे दिये और अपना बैग वगैरह सहेजा; इतने में ही ट्रेन आ गई। मै ट्रेन के कम्पार्टमेंट में दाखिल हुआ और ट्रेन चल पड़ी। मैंने ट्रेन की खिड़की से देखा, प्लेटफॉर्म पर फिर से भीड़ जमा थी। बुढ़िया एक युवक को अपनी बाँहों में कसे जोर- जोर से हँस रही थी और कह रही थी- मेरा बेटा आ गया, मेरा बेटा आ गया...।

मेरे मन मस्तिष्क पर वह बुढ़िया छाई रही- उसका चिल्लाना- चीखना, उसकी करुण पुकार, किसी का धक्का खाकर गिर पड़ना - और उसकी इस हालत पर तमाशबीनों का उसे पगली कहकर उसका उपहास उड़ाना, मेरे मन को व्यथित कर रहे थे। मैं सोच रहा था - वह पगली नहीं थी, वह तो ममता की साक्षात देवी थी जो अपनी ममता के सर्वोच्च अवस्था को प्राप्त कर कितना जीवंत हो उठी थी, और हम हमारी मानवता को मार कर क्या मुर्दे नहीं बन गये हैं? यह कितना हास्यास्पद है कि एक मुर्दा एक परम जीवंतता की प्रतिमूर्ति को पगली कहकर उपहास करता है- अफसोस! उस जीवंतता की देवी के चिंतन मात्र से मैं भी इतना जीवंत हो ही गया था कि मेरी भी चिंतनशीलता बढ़ गई थी। मैं सोच रहा था कि 'ममता' में ऐसी कौन सी शक्ति है, जिसके कारण शिथिल इंद्रियों के मध्य भी वह सशक्त और जीवंत रहती है, सभी चेतनशून्यता से अक्षुण्ण परम जाग्रत रहती है, शाश्वत चैतन्य एवं गतिशील बनी रहती है। शायद उसी शक्ति

के ही कारण 'माँ' को सर्वोच्च स्थान प्राप्त है- ईश्वर से भी बड़ा स्थान। इस पुनीत चिंतनशीलता- क्रम में ही मुझे यह पता ही नहीं चला कि मेरे मन मस्तिष्क में छाई उस बुढ़िया का स्थान कब मेरी माँ ने ले ली थी। हाँ, मेरी माँ... मेरी माँ भी तो बूढ़ी हो चली है। लगभग 65- 70 की उम्र हो गई है उसकी। अनेक बिमारियाँ उसे जकड़ चुकी हैं। चलना, उठना बैठना, कितने मुश्किल से हो पाते हैं। गालों पर झूलती झुर्रियाँ बाल सफेद। आँखें धंस गई हैं, पर उन बूढी आँखों में अविरल बहती ममता की मंदाकिनी- प्रवाह कभी कम नहीं हुआ। अब तो सही से बोल भी नहीं पाती- आवाज लड़खड़ाने लगी है, पर बोलती है तो एक दिन में न जाने कितनी बार अपने बेटे को ही पुकारती है।

छुट्टी में जब भी घर जाता हूँ तो एक छोटे बच्चे की भाँति अब भी वह मेरे पीछे पड़ी रहती है- "मुँह धोया कि नहीं, नाश्ता किया कि नहीं?" सुबह जगने के साथ ही ढेर सारे प्रश्न एक ही साँस में कर बैठती है। अगर किसी कारण से 'नहीं' शब्द निकल गया तो खैर नहीं। एकदम से बरस पड़ती है- "तुम नहीं मानोगे, मैं तो समझाते थक गयी हूँ कि समय से नाश्ता करो, समय से खाना खाओ- पर तुम सुनते कहाँ हो? तुम अब अपने मन के हो गये हो, अब बड़े हो गये हो न? अरे, अपनी हालत तो देखो, हाथ की नस-नस दिखाई दे रही है- लगता है घर में खाना ही नहीं मिलता।" हमेशा पीछे पड़ी रहेगी- यह खा लो, यह पी लो।" क्या खिलाऊँ, क्या पिलाऊँ इसी धुन में खोई रहती है। कुछ पल के लिये घर से बाहर निकलूँ तो दस हिदायतें "जल्दी आ जाना, किसी से वाद-विवाद मत करना- जमाना बहुत खराब है।" जब तक घर न लौटूँ, तो उसे चैन ही नहीं। रात को सोते समय सरसों का तेल लेकर आ जायेगी – मना करने पर रोष प्रकट करेगी- "इसी तेल से तुम सभी को पाली पोसी हूँ, और अब तुम सभी को तेल लगाने से परहेज हो गया है- बाल भूआ बन उड़ रहे हैं और सफेद भी होने लगे हैं- यह फैशन का नतीजा है; कह देती हूँ चुपचाप पड़े रहो- यह सरसों का तेल है, बहुत ही फायदेमंद -।"

उसकी ममता के आगे मेरी एक नहीं चलती। मै भी क्या करता, माँ की गोद में अपना सिर रखकर सो जाता, और तब मेरे बालों पर थिरकती उस ममता की देवी की कमजोर काँपती उँगलियों फूलों की पंखुड़ियों- सी कोमल प्रतीत होतीं और उसके ममतामयी सुवास में कब मै अचेत हो जाता- पता ही नहीं चलता। रुग्ण जर्जर शरीर एवं उन कमजोर उँगुलियों में वह कौन सी अद्भुद औषधि है जो एक पल में सारे कष्ट, संताप और शोक को हर लेती है? शायद

उसकी ममता अब हमें यह एहसास हो रहा है कि अपने अव्यस्क या तरुण बेटे को बच्चा बनाने की क्षमता एक माँ के ही पास होती है, और शायद इसी बल से ही तो सती अनुसुइया ने ब्रम्हा, विष्णु और महेश को शिशु बनाकर पालने में झूला दिया था, और वे सर्वशक्तिमान भी पालने में झूलने के लिये कैसे विवश हो गये थे।

ट्रेन अपनी पूरी गति में थी, और मेरी चिंतनशीलता भी अति तीव्र थी। उस बुढ़िया ने ममता की दिव्यता से साक्षात्कार करा दिया था। मैं पूरी तरह भाव-विह्वल हो गया था- अनायास ही मेरी आँखें बहने लगी थीं। उस पावन ममता के मधुर एहसास में पता नहीं कब मेरी आँखें लग गई।

दूसरे दिन मै शिलांग पहुँच चुका था। बुढ़िया और मेरी माँ दोनों ही याद आती रहीं, जल्दी घर लौटने की व्याकुलता मन को उद्वेलित करती रही। खैर, पाँच- छह महीने बाद पुनः घर लौटने का सौभाग्य प्राप्त हुआ। बुढ़िया के प्रति मेरा विचार अब पूरी तरह बदल चुका था- मेरे लिये मेरी माँ और उसमें कोई अंतर नहीं था... जो ममता से साक्षात्कार करा दे, वह माँ ही तो है।

गुवाहाटी से लखनऊ के लिये अवध-असम एक्सप्रेस पकड़ी- मन अनेक भावों से ओत- प्रोत हो रहा था। मैंने उस बुढ़िया के लिये एक कंबल, शॉल, चप्पल और साड़ी खरीद रखी थी, पर मात्र इससे मुझे तनिक भी संतुष्टि नहीं थी। मैं सोच रहा था– जब मै लखनऊ स्टेशन पर उतरूँ तो काश, बुढ़िया उसी तरह बेटा- बेटा करते मेरे भी सीने से लग जाती तो कितना अच्छा होता। मै भी उसे माँ कहते हुए उसके सीने से लग जाऊँगा और अपने घर ले जाऊँगा- एक बेटे का अपनी माँ के सम्मान में इससे अच्छा उपहार और क्या हो सकता है?

तीसरे दिन सुबह ट्रेन लखनऊ पहुँची, मैं ट्रेन से उतरा। कौतूहल से मन व्याकुल हो उठा। न कहीं बुढ़िया ही दिखाई दी और न ही मन को उद्वेलित कर देने वाली उसकी वह करुण पुकार सुनाई दी। मैं भारी मन से उसी चाय के दुकान पर जा पहुँचा जहाँ पिछली बार मैंने चाय पी थी। चाय वाले ने मुझे पहचान लिया। हल्की मुस्कान बिखेरते हुए कहा- बाबू साहब कैसे हैं? लीजिये, चाय पीजिये।'' मैंने चाय का एक घूँट पीते हुए पूछा- ''क्या बात है, आज बूढ़ी माँ

कहीं दिखाई नहीं दी; कहीं चली गयी क्या?''

चाय वाले की आँखें भर आईं। गमछे से आँसू पोंछते हुए बोला- ''हाँ, बाबू साहब, बुढ़िया चली गई इस दुनिया से।'' सुनकर मानो मेरा कलेजा फट पड़ा हो। मैंने हकलाते हुए पूछा- ''क्या, वह अब इस दुनिया में नहीं है।''

''हाँ बाबू साहब, पगली भगवान को प्यारी हो गई।''

''क्या हुआ था उन्हें? ऐसा कैसे हो गया? सुनकर बहुत दुख हो रहा है।''

''हाँ, दुख तो हो रहा है, पर उसके लिये ठीक ही हुआ बाबू साहब; बहुत दुख सही थी वह पगली- एक दिन तो उसकी विचित्र स्थिति हो गई थी। पता नहीं उस दिन कहाँ से उसे उतना बल आ गया था। उस दिन एक युवक से ऐसे लिपटी, कि छुड़ाते नहीं छोड़ती थी। उसे नियंत्रित करने के लिये एक पुलिस वाले ने निर्दयतापूर्वक उसे इस कदर झटका दिया कि बुढ़िया कहीं दूर जाकर गिर पड़ी और बेहोश हो गई थी। इन कष्टों से उसे मुक्ति मिल गई बाबू साहब।'' सुनकर मेरी भी आँखें भर आईं - मैंने अवरुद्ध कंठ से पूछा- ''कितने दिन हो गये उन्हें गुजरे हुए? उन्हें क्या हुआ था?'

चाय वाला अवरुद्ध कंठ से बोला- पिछले महीने मकर संक्राति की ही तो बात है, हमेशा की तरह जब भी ट्रेन आती, बुढ़िया नित्य की तरह चीखते-चिल्लाते जरूर आयी थी, लेकिन काफी सुस्त जान पड़ती थी। हमें लगा ठंड काफी बढ़ गई है- शायद बुढ़िया को ठंड का असर हो गया हो। सोचा- शाम को बुढ़िया के लिये एक कंबल खरीदकर उसे दे दूँगा, ठंड से उसे कुछ राहत मिलेगी। बाबू साहब, और दिन तो मैं 10-11 बजे अपनी दुकान बंद करता था, उस दिन करीब नौ बजे ही दुकान बंद करके बाजार निकल गया था, बुढ़िया का कंबल खरीदने। कंबल खरीदकर बाजार से लौटते करीब रात के 10 बज चुके थे। प्लेट फॉर्म पर पहुँचा। सोचा- ट्रेन आने वाली है, बुढ़िया तो आयेगी ही, उसे कुछ खिला पिला दूँगा और कंबल भी दे दूँगा। ट्रेन आई और चली भी गई, पर बुढ़िया नहीं आई। हमे संदेह हुआ- शायद बुढ़िया की तबियत काफी खराब हो। मै उसे प्लेटफोर्म पर ढूँढने लगा। प्लेटफॉर्म के बाहर एक कोने में बुढ़िया सोई हुई दिखाई दी। मैंने उसकी नब्ज टटोली– कहीं बुढ़िया को बुखार तो नहीं। मैं सन्न रह गया- बुढ़िया एकदम ठंडी पड़ गई थी। बुढ़िया भगवान को प्यारी हो गई थी।

चाय वाला आगे कुछ कहता, उसकी आँखें डबडबा गईं। मैंने उसे समझाया। वह कुछ सामान्य हुआ और बोला- "बाबू साहब, बुढ़िया ममता की महान प्रतिमूर्ति थी- उसके मृत हाथ में किसी नवयुवक का फोटो उसके सीने से ऐसे चिपका था, मानो एक माँ अपने शिशु को अपने हृदय से चिपकाये मरमानंद में खो गई हो। मुझे यह समझते देर नहीं लगी कि यह फोटो शायद उसके उसी बेटे की हो, जिसकी याद में बुढ़िया तड़पते- तड़पते पागल हो गई थी। उसकी उस महान ममता का दर्शन कर बुढ़िया के प्रति मेरी श्रद्धा और भी बढ़ गई थी, पर क्या करता साहब; मैं गरीब ठहरा- चाहकर भी धूमधाम से बुढ़िया का अंतिम संस्कार नहीं कर सका। मैंने अपने कंधे पर बुढ़िया को उठाया, और गोमती नदी में उसे प्रवाहित कर दिया। रात्रि बारह-एक बजे घर लौटा। बुढ़िया मेरे मन से एक मिनट के लिये भी नहीं उतरती। उसके बेटे की उस फोटो को मैंने पुनः देखा। फोटो के पीछे स्टुडियो का स्टाम्प लगा था जिस पर स्टुडियो का पूरा पता लिखा था- वह पता बलिया के किसी कस्बे का था।

मैंने सोचा – शायद इस पते पर जाने से बुढ़िया के घर वालों का पता चल जाय। जो बुढ़िया अपने बेटे के लिये दर- दर की ठोकरें खाकर तड़पते- तड़पते मर गई, इसी तरह शायद उसका बेटा भी अपनी माँ को ढूँढ़ते दर- दर की ठोकरें खा रहा हो; कितना अच्छा होता कि बुढ़िया की तेरहवीं की क्रिया कर्म उसके बेटे और उसके परिवार के ही हाथों हो।

बाबू साहब, दूसरे दिन सुबह ही मैं बलिया के लिये निकल गया, और पूछते- पूछते उस स्टुडियो तक जा पहुँचा। वहाँ कुछ लोग उस फोटो को देखकर युवक को पहचान गये- उस युवक का नाम राघवेंद्र था- मैं शीघ्र ही उसके दरवाजे जा पहुँचा। मुझे वहाँ पहुँचकर घोर निराशा हुई – घर में ताला बंद था। घर के नाम पर एक टूटी झोपड़ी थी, जो चारों तरफ घासफूस, खर- पतवार से घिरी हुई थी, पैर रखने तक की जगह नहीं थी।

वहाँ पहुँचकर हमें जो पता चला, उससे मेरा कलेजा फट पड़ा। बुढ़िया अपने जिस बेटे की ममता में पागल हो तड़प- तड़पकर मर गई, वह राघवेंद्र ही था, जो इंजीनियरिंग की पढ़ाई पूरी करके अमेरिका की किसी बड़ी कम्पनी में डायरेक्टर के पद पर कार्यरत है, और शादी करके अमेरिका में ही बस गया है। दो वर्ष पहले गाँव आया था, और गाँव वालों को यही बताया था कि वह अपनी

माँ को अपने साथ ले जाने आया है। गाँव वाले अभी तक यही जानते थे कि बुढ़िया अपने बेटे के पास अमेरिका में बहुत ही आराम से रह रही है। पर जब मैंने उन दोनों का फोटो दिखाया और सारी बात बताई तो गाँव वालों के बीच एक और घटना का जिक्र छिड़ गया। लगभग एक साल पहले सुमित्रा देवी को ढूँढ़ते कुछ लोग आये थे। वे लोग दिल्ली के किसी ओल्ड एज होम के लोग थे। वे लोग गाँव वालों को बता रहे थे कि सुमित्रा देवी उन्हीं के ओल्ड एज होम में रहती थी। वह वहाँ सब से यही कहती थी कि उसका बेटा एक दो महीने में आयेगा तो उसे यहाँ से ले जायेगा। कुछ दिन तो हँसी- खुशी से रही, पर जब 6- 7 महीने बीते, तो उसे अपने बेटे की चिंता सताने लगी- कहीं उसके बेटे को कुछ हो तो नहीं गया, अभी तक क्यों नहीं आया। धीरे- धीरे बुढ़िया अस्वस्थ रहने लगी, विक्षिप्त- सी हो गई, और एक दिन अचानक वहाँ से गायब हो गई थी। उसी को ढ़ूँढ़ने ओल्ड एज होम वाले उसके गाँव आये थे और तब गाँव वाले उनसे यही कहे थे कि सुमित्रा देवी तो अपने बेटे के पास रहती है और वे लोग चले गये थे। अब तस्वीर पूरी तरह साफ हो गई थी- राघवेंद्र पिछली बार जब गाँव आया था तब से फिर दुबारा नहीं लौटा था।

बाबू साहब, गाँव वाले बता रहे थे कि सुमित्रा ने अपने बेटे का पालन- पोषण बहुत ही संघर्ष के साथ किया था। जब राघवेंद्र उसके गर्भ में था, सुमित्रा विधवा हो गई थी। बूढे सास- ससूर और घर गृहस्थी का बोझ उसके सिर पर आ पड़ा था। कुछ दिन बाद सास ससुर भी इस दुनिया से चल बसे। अब उसके जीवन में उसका बेटा राघवेंद्र ही था; उसी के लिये उसका जीना- मरना था। वह यह नहीं चाहती थी कि पिता के अभाव में राघवेंद्र के भविष्य पर कोई असर आये। घर- घर मजदूरी, चौका-बर्तन कर अपनी घर गृहस्थी चलाती थी और अपने बेटे को पढ़ाती थी। सौभाग्य से उसका बेटा पढ़ने मे अव्वल था। उसका दाखिला इंजीनियरिंग कॉलेज में हो गया- सुमित्रा देवी का उत्साह सातवें आसमान पर था- और उस उमंग ने ही सुमित्रा देवी की गरीबी को राघवेंद्र की पढ़ाई पर भारी नहीं पड़ने दिया था। सुमित्रा देवी के पास जो थोड़ी- बहुत जमीन थी, उसे बेचकर अपने बेटे को इंजीनियर बना दिया।

साहब, बुढ़िया की सच्चाई जानकर वहाँ सभी ने दाँतो तले अँगुली दबा ली। कुछ बुढ़ी औरतें रोते हुए कह रही थीं- सुमित्रा को जीवन में कभी सुख नहीं मिला... जवानी में पति का साथ छूट गया, और बुढ़ापे में उसके बेटे ने उसे ठुकरा दिया। कैसा यह जमाना आ गया है- घोर कलयुग। उसके पति के मरने के

बाद उसका सब कुछ उसका बेटा ही तो था; कई-कई दिन खुद भूखी रह जाती पर अपने बेटे को एक दिन भी भूखे नहीं सोने देती। एक बूढ़ी औरत रोते हुए कह रही थी- वह दिन हमें आज भी याद है, जब सुमित्रा एक दिन मेरे घर आई थी- लाख मना करने पर भी नहीं मानी; मुझे चक्की पीसते देख जिद करके मेरा हाथ बँटाने बैठ गयी थी, और चक्की पीसते –पीसते बेहोश हो गई थी। बाद में पता चला कि वह तीन दिन से खाना नहीं खाई थी। वह सचमुच पगली थी- एकदम सीधी-सादी। दूसरे की मदद हँस खेलकर कर देती, पर खुद का मदद माँगने में संकोच करती थी। भगवान का भी कैसा न्याय हैं; जिस पुत्र के लिये सुमित्रा ने अपना जीवन न्यौछावर कर दिया उसी पुत्र ने अपनी देवी जैसी माँ का जीवन नर्क कर दिया। ऐसा संतान किस काम का; ऐसे पुत्र होने से तो अच्छा बॉझ ही रहे।

बाबू साहब, मुझसे और वहाँ रुका नहीं गया, भारी मन से लौट आया। रास्ते भर मै यही सोचता रहा, जो माँ अपने शिशु को नौ माह अपने गर्भ में पालती है, अपने रक्त के एक- एक कतरे से उसमे जान और साँस भरती है, पर एक बार भी आह नहीं करती है, क्योंकि उसके पास अपना कुछ भी नहीं होता - न दुख; न दर्द। वह तो अपना सब कुछ अपने शिशु को कुर्बान कर चुकी होती है; अपने शिशु पर वह जितना ही कुर्बान होती। उतनी ही प्रसन्न रहती है; शायद इसीलिये वह माँ है। शिशु को जन्म देने के बाद माँ उसे चलना, बोलना, दौड़ना सिखाती है और उसके जीवन को सँवारती है। उसके जीवन में उसका शिशु अनेक बार गिरता है, और वह अनेक बार सँभालती है- कभी उकताती नहीं, वही शिशु बड़ा हो जाता है तो अपने माँ–बाप को दर-दर की ठोकरें खाने के लिये छोड़ देता है – इस नीचता को क्या कहा जाय? शब्द नहीं है ऐसे इंसानों पर... थू।''

बुढ़िया की करुण कहानी सुनकर मैं किसी अन्य अनहोनी से संशयग्रस्त हो गया; कहीं एक और देर न हो जाय... कहीं मेरी माँ भी मुझसे...

मैं दौड़ा-दौड़ा अपने घर आया- देखा, परिवार के सभी लोग मेरी माँ को

घेरे खड़े कह रहे थे, "इनकी हालत ठीक नहीं है, मनोज को फोन कर देना चाहिये- समय रहते घर आ जाता।" तभी साँय- साँय करती काँपती हुई दूसरी आवाज सुनाई दी- "नहीं रे, ऐसा मत करना, नहीं तो वह चिंता करेगा; मैं ठीक हो जाऊँगी।" यह काँपती आवाज मेरी माँ की थी। मैं उसकी ममता को सह नहीं सका- फूट—फूटकर रोते हुए अपनी माँ के चरणों में जा गिरा। मेरी आवाज सुनकर मेरी माँ के बेजान शरीर में अचानक कहाँ से जान आ गई, मैं हैरान था। जो कुछ समय पहले तक साँय- साँय करते हुए इशारों में बात कर रही थी, अब वह हकलाते मेरे सिर को सहलाते हुए कह रही थी- "अरे, तू आ गया रे बाबू, मैं तेरा ही राह ताक रही थी, तू कब आयेगा... अब तू आ गया, अब मैं नहीं मरूँगी रे, मत रोओ।" मैंने उसके ललाट को चूमते हुए मुस्कुराकर कहा- अभी तो तुम सभी को मना कर रही थी, कि मुझे आने के लिये कोई फोन न करे।" सुनकर माँ के सुर्ख होठों पर मुस्कान आ गयी, और परिवार के सभी सदस्य हँसने लगे।

मीनू विश्वास

मोबाइल : 00971503431899
ईमेल : minubiswas@gmail.com
पता : पी.ओ. बॉक्स 17768, दुबई, यूएई

संपादकीय टिप्पणी

प्रस्तुत कहानी 'संजीवनी', नारी के अदम्य साहस और उच्च जीवनीशक्ति का सर्वश्रेष्ठ उदाहरण है। कहानी, एक प्रेरणादायक व्यक्ति की जीवनी की तरह है। नायिका के सामान्य, सुखद और शान्त जीवन में अचानक परेशानियों का पहाड़ टूट पड़ा, जिसका उसने अकेले ही सामना किया, यहाँ तक कि अपनी इच्छाशक्ति के बल पर स्वयं को भी मौत के मुँह से बाहर निकाल लिया। सरल भाषा और वाक्यों में रची मीनू विश्वास जी की यह कहानी निश्चित रूप से नारी जगत के लिए प्रेरणाप्रद है।

संजीवनी

शाम बीत चुकी थी, और रात के अंतिम पहर में आँखों से नींद गायब थी। बैठे-बैठे मैं संजीवनी के बारे में सोच रही थी। संजीवनी एक साधारण औरत मेरी और आप की तरह। जीवन की मुश्किलों का डटकर मुकाबला कैसे किया जाता है कोई सीखे उनसे।

आज छह साल बाद संजीवनी मुझसे मिलने आई थीं। उनसे मिलकर और उनकी आपबीती सुन, लगा जैसे क्या जीवन इतना जटिल और कठिनाइयों से भरा भी हो सकता है? खुद ही इस सवाल से उलझ बैठी थी; जवाब में संजीवनी की सकारात्मक सोच थी, जो उनके रोम रोम में बसी थी। आत्मशक्ति की धनी थी संजीवनी... उनकी एक-एक बात मानो जीवन से भरी थी।

पहली मुलाकात उनसे आठ साल पहले हुई थी। मेरे ही ऑफिस में, कस्टमर केयर डिपार्टमेंट में उनकी नियुक्ति हुई थी। पहली बार मिलके ऐसा

लगा था कोई गहरा नाता-सा है। तब भी उनकी बातों से में प्रभावित हुई थी, और आज भी... फ़र्क बस इतना था कि आज उन्होंने मौत पर भी जीत हासिल कर ली थी। मौत पर जीत हासिल करना कोई आसन काम नहीं, बहुत मनोबल चाहिए। ये महज़ एक वाक्य नहीं; सच है कि मौत पर कोई जीत हासिल नहीं कर सकता, पर जीवन के मुश्किल दौर से गुज़रना और उसका दृढ़ता से मुकाबला करना ही तो मौत से जीत हासिल करने जैसा है। 'जो डर गया समझो वो मर गया।' इस कहावत में कितनी सच्चाई है, यह संजीवनी को देख के और जान के जानी जा सकती थी।

संजीवनी से जब मैं आठ साल पहले मिली थी, दो पल में ही मुझे एहसास हो गया था कि बहुत अच्छी दोस्ती निभेगी हमारी। हालाँकि वो मुझसे उम्र में काफी बड़ी थीं, यही कोई पंद्रह साल का अंतराल होगा, पर फिर भी अच्छी ट्यूनिंग थी हमारी। संजीवनी के पति मिलिट्री में कार्यरत थे। उनकी एक बेटी थी, जो अध्यापिका थी और जिसकी शादी हो चुकी थी। वह मुंबई में रह रही थी। बहुत ही हँसता-खेलता और संपन्न परिवार था उनका। संजीवनी के पति मिलिट्री में जनरल थे, इसी वजह से उनका तबादला भारत के अलग-अलग प्रान्तों में होता रहता था। यही कारण था सजीविनी स्वयं को बिजी रखने के लिए जॉब किया करती थीं। उन्हें खाली बैठना अच्छा नहीं लगता था। उनका मानना था कि 'खाली दिमाग शैतान का घर' होता है। सच ही तो है, स्वयं को कहीं -न-कहीं हमें उलझाये रखना चाहिए, इससे जीवन में कुछ करने की चाह बनी रहती है। जॉब के लिए ही संजीवनी मुंबई से भोपाल शिफ्ट हुईं थीं। संजीवनी एक बहुत ही खुशमिजाज़ और मिलनसार व्यक्तित्व रखती थीं।

संजीवनी ने दो दिन पहले मुझे फ़ोन किया और कहा "मैं भोपाल में हूँ , तुम से मिलना चाहती हूँ ।" उनकी आवाज सुन झट मैं पहचान गई कि ये तो संजीवनी हैं। उनकी आवाज सुन मैं बहुत खुश थी। मैंने उनका एड्रेस लिया और कहा - "लेट्स मीट।" पर उन्होंने जवाब में कहा कि वे आ रहीं हैं मिलने मेरे घर। अब मैं उनके इंतज़ार में थी, कि कब उनसे मुलाकात हो।

शाम के चार बज रहे थे। घर के पास पहुँचकर फिर उन्होंने मुझे कॉल किया और कहा - "मैं बिल्डिंग के नीचे खड़ी हूँ, क्या तुम मुझे लेने आ सकती हो?" मैं तुरन्त नीचे पहुँची। दो मिनट लग गए मुझे उन्हें पहचानने में। मेरे सामने जो खड़ी थीं उन्हें देख में पहचान ही नहीं पाई। पूरे सफ़ेद बाल, चाल में कमजोरी लग रही थी। मानो बीस सालों का सफ़र संजीवनी ने इन छह सालों में कर लिया

हो। मन ही मन मैं सोच रही थी - "ये क्या हो गया है संजीवनी का?" एक तरफ जहाँ उनसे मिलने की खुशी थी, वहीं दूसरी तरफ उन्हें देख मन उदास था। कई सवाल एक साथ मस्तिष्क की परिक्रमा कर रहे थे। फिर मैंने उन्हें गले लगाया और कहा - "सो नाइस टु सी यू आफ्टर सो मेनी ईयर्स।" उन्होंने भी जवाब में कहा – "सेम हियर।"

सीढ़ियों के समीप आ संजीवनी रुक गईं, कहा - "मुझे मदद कर दो इन्हें चढ़ने में, मेरे पैरों में इतनी शक्ति नहीं, की अकेले मैं इन्हें चढ़ सकूँ।" संजीवनी की उम्र यही कोई पचास के आस-पास की होगी। मैंने उन्हें अपना हाथ दिया, जिसके सहारे वे उन सीढ़ियों को चढ़ सकीं। मैं सोचने के लिए मजबूर थी कि आखिर ऐसा उनके साथ क्या हुआ था, जो मात्र छह सालों में उनके स्वास्थ्य में इतनी लाचारगी आ गई थी। सीढ़ियों को तय करते हुए हम लिफ्ट के अंदर घुसे और घर पहुँचे। चार -पाँच सीढ़ियों को चढ़ संजीवनी की साँसे फूल रही थीं। तुरन्त मैंने उन्हें पानी पीने को दिया और बैठने को कहा। थोड़ी देर रिलैक्स कर मैंने उन्हें चाय के लिए पूछा। हल्की मुस्कान के साथ उन्होंने कॉफ़ी की फरमाइश की। मैंने उनके लिए कॉफ़ी बनाई। कुछ चिप्स और बिस्कुट के साथ पीने को दी। अब भी मेरे दिमाग में कई सवाल उछलकूद मचा रहे थे, पर मैं उलझन में थी कि कैसे पुछूँ उनसे। अचानक उन्होंने मुझे देखते हुए कहा "क्या तुम परेशान हो किसी बात से?" मैंने हाँ में सर हिलाते हुए कहा- "हाँ संजीवनी, मैं जानना चाहती हूँ कि आप इतनी कमज़ोर क्यों हो गई हैं?"

मेरे सवाल से वो परेशान हो गई थीं। सोच रही थीं मुझे कैसे बताएँ। थोड़ा सोचने के बाद उन्होंने कहा "इन छह सालों में बहुत कुछ हुआ; ज़िन्दगी के बहुत से द्वेषपूर्ण अनुभव साथ ही हो गये।" उनकी दुविधा को भाँपते हुए मैंने कहा - "अगर आप न बताना चाहें तो कोई बात नहीं। मैं यूँ ही पूछ बैठी।"

संजीवनी ने न में सर हिलाते हुए कहा "नहीं ऐसी कोई बात नहीं; क्या तुम्हें याद है ,छह साल पहले जब मैं इमरजेंसी लीव ले ऑफिस से अचानक निकली थी, तुमने ही तो मुझे सेटेलमेंट चेक बना के दिया था; दरअसल उस वक़्त मेरे पति को हार्ट-अटैक हुआ था। उस अफरातफरी में तुम सब को कुछ बता न सकी। उसी वजह से मुझे इमरजेंसी लीव लेनी पड़ी थी।" संजीवनी के जीवन में यह एक असमय त्रासदी से कम तो नहीं था। उनके पति, जो एक मिलिट्री जनरल थे, कोई कभी ये सोच भी नहीं सकता था कि उन्हें हार्ट अटैक भी हो सकता है। उनकी जीवन शैली बहुत व्यवस्थित, संयमित और अनुशासित

हुआ करती है। उस समय उनकी पोस्टिंग कश्मीर में थी। भोपाल से कश्मीर का सफ़र संजीवनी ने अकेले ही तय किया। यह कल्पना करना भी असंभव होगा कि उनकी मानसिक स्थिति कितनी अस्थिर रही होगी। संजीवनी ने किसी तरह खुद को सँभाले रखा था, पर अपने पति को आई. सी. यू. में देख वह टूट गई। ऑपरेशन के पश्चात् कुछ दिन कश्मीर में बिता, संजीवनी अपने पति के साथ वापस मुंबई आ गईं, जहाँ उनका मूल निवास था।

अभी इस दुःख से उबरी भी नहीं थीं, अचानक उनकी माता के मृत्यु की ख़बर ने संजीवनी के पैरों तले की ज़मीन को भी खींच लिया था। मुंबई में अपने पति की देख-रेख की व्यवस्था कर वह अपने गाँव जो मँगलौर में था, वहाँ पहुँची। माँ को खोने का ग़म एक असहनीय दुःख है। जिसकी कल्पना मात्र से जीवन दुखों के सागर में डूब जाता है। संजीवनी ने इस असहनीय दुःख को सहने का साहस भी अपने असीम मनोबल से जुटा लिया था। ऐसे में हर इंसान यह सोचने के लिए मजबूर हो जाता कि भगवान ने हमे ही क्यों चुना है दुखों को सहने के लिए? पिता को तो बहुत पहले ही खो चुकी थीं, अब माँ का साया भी उठ गया था। इतने दुखों को सहना, वह भी एक के बाद एक, कोई आसन बात तो नहीं। यहीं नहीं था अंत, जैसा संजीवनी ने बताया, अभी तो बहुत कुछ होना बाकी था। कभी-कभी ये दुःख हमारा पीछा ही नहीं छोड़ते। संजीवनी ने बड़े साहस से माँ के अंतिम संस्कार को पूरा किया और मुंबई वापस लौट आईं। संजीवनी के पति की तबियत भी पहले से बेहतर हो रही थी। परन्तु हार्ट सर्जरी के बाद रिकवरी में कई महीने लगते हैं। कुल छह महीने ही बीते होंगे माँ को गए कि एक और त्रासदी मुँह बाए खड़ी थी।

रात के दो बजे थे। फ़ोन की घंटी सुन संजीवनी जागीं, तोख़बर मिली, बड़े भाई की तबियत बहुत सीरियस है, उन्हें मुंबई के टाटा मेमोरियल हॉस्पिटल में हास्पिटलाइज किया गया था। यह सुन फिर मानो संजीवनी के जीवन में दुखों ने प्रवेश कर लिया था। किसी तरह हिम्मत जुटा, वह हॉस्पिटल पहुँची तो मालूम हुआ कि भाई को कोलोन कैंसर है। एक और बड़ा झटका था ये संजीवनी के लिए। सोच रही थंः एकलौता भाई, उसे ये बीमारी क्यों? डॉक्टर्स ने बताया 'ऑपरेशन के अलावा कोई दूसरा रास्ता नहीं।'

पति के हार्ट अटैक, और माँ को खोने का ग़म अभी कम भी नहीं हुआ था कि अचानक भाई को कैंसर होने की ख़बर से संजीवनी लगभग टूट चुकी थी। खुद को हौसले से भर, भाई की सेवा में जुट गईं। ऑपरेशन तो सक्सेसफुल

रहा, पर ऑपरेशन के बाद की परेशानियाँ तो अभी आना बाकी थीं। उसके अलावा कीमोथेरपी का दर्द संजीवनी के भाई को अभी कई महीनों तक सहना था। जिसका दर्द उसी को साजे कहना गलत न होगा यहाँ पर, फिर भी उनके दर्द की पीड़ा को मैं भी महसूस कर रही थी। हालाँकि मैं तो सिर्फ सुन ही रही थी, फिर भी मेरे रोम-रोम से दर्द रिस रहा था। सोच रही थी, संजीवनी ने ये सब कैसा देखा और सँभाला होगा? कुछ महीनों में संजीवनी के भाई की हालत में सुधार आना शुरू हो गया था, और उनका कैंसर भी जाता रहा, पर उन्हें दवाइयाँ तो आजीवन ही खानी थीं।

मैंने एक राहत की साँस छोड़ते हुए कहा ''आपने इतना कुछ कैसे सहा...'' मैं आगे कुछ कहती, उससे पहले ही मुझे टोंकते हुए संजीवनी ने कहा, अभी तो और भी बहुत कुछ बाकी है। संजीवनी के चेहरे पर एक हलकी सी मुस्कान। मैं आश्चर्य में पड़ गई। सोच रही थी अब और क्या? संजीवनी ने बताया कि हर साल वो मास्टर हेल्थ चैकअप करवाती हैं, जब पिछले साल उन्होंने चैकअप करवाया तो रिपोर्ट्स देख उनके ही होश उड़ गए। मैंने उन्हें रोकते हुए कहा - ''अब ये न कहियेगा कि आप को कुछ हुआ है।'' फिर वही चेहरे पे दिव्य मुस्कान के साथ संजीवीनी ने कहा ''हाँ मुझे ही।'' मेरे दिल की धड़कनें तेज हो चली थीं मन कह रहा था उन्हें रोक दूँ कुछ कहने से, पर मैं भी तो जानना चाहती थी, कि संजीवनी को क्या हुआ था।

संजीवनी ने बताया कि उन्हें ब्रेस्ट कैंसर था। यह सुनते ही मानो दो मिनट के लिए मैं सुन्न पड़ गई थी। मेरे दुःख को भाँपते हुए उन्होंने कहा - ''छोड़ो रहने देते हैं।'' ''पर अब तो आपको बताना होगा कि कैसे ये लड़ाई जीती आपने।'' मैंने कहा। संजीवनी ने मुझे बताया कि उन्हें दो महीने लगे इस बात को स्वीकारने में, कि उन्हें भी कैंसर है, और एक अच्छी बात यह थी कि हर साल के हेल्थ चैकअप की वजह से उन्हें फर्स्ट स्टेज में ही मालूम हो गया था कि उन्हें कैंसर है।

अब इस मुश्किल घड़ी से निजात पाने के लिए स्वयं को तैयार करने की ज़रुरत थी। डॉक्टर ने उन्हें बताया कि कैंसर उनके एक स्तन में पूरी तरह फ़ैल चुका है, जिसका इलाज सिर्फ सर्जरी है। इस मुश्किल घड़ी में उनकी बेटी, दामाद और पति ने पूरा साथ दिया। बेटी ने अपनी नौकरी का त्याग करते हुए माँ के साथ समय बिताना अधिक उचित समझा। संजीवीनी ने बताया कि अगर ये साथ नहीं मिला होता, तो ये सफ़र तय करना मुश्किल ही नहीं नामुमकिन था। बहुत मनोबल, धैर्य और संयम की आवश्यकता होती है, और सबसे अधिक

ज़रूरी है स्वयं को बिज़ी रखना... खाने, पीने का भी अधिक ध्यान रखना पड़ता है।

स्तन सर्जरी के पश्चात संजीवीनी को कीमोथेरेपी से भी गुज़रना था। जैसा संजीवीनी ने बताया कि यह एक अत्यंत ही कठिन और दर्द से गुजरने वाली प्रक्रिया है। ये प्रोसेस तब तक चलता है, जब तक शरीर में कैंसर के कीटाणुओं का पूरी तरह नाश नहीं हो जाता। कीमोथेरेपी के बाद शरीर बहुत ही कमजोर हो जाता है। सबसे अधिक दुखदायी हैं इसके साइड इफेक्ट्स, जैसे बालों का झड़ना, आँखों से ठीक से न दिखना, हाथों पैरों में कमजोरी आना। यही कारण था कि संजीवनी के पैरों में अब वो ताकत नहीं थी जो पहले हुआ करती थी। पर एक बात जो मेरे दिल को छू गई थी, वह थी उनके चेहरे की ताज़गी। इतने दुखों से गुजरने के बाद शायद एक आम इंसान में निराशा जन्म ले लेगी, पर संजीवनी ने हार नहीं मानी थी। आज भी वही जीवन से भरी उनकी मुस्कान और इतनी सकारात्मक सोच।

एक साल बीत चुका था। इतने मुश्किल दौर से गुजरने के पश्चात भी संजीवनी में एक ऊर्जा को मैं महसूस कर रही थी। यही नहीं, उन्होंने स्वयं को बिज़ी भी रखा था। संजीवनी ने स्वयं को समर्पित कर रखा था कैंसर पीड़ितों की सेवा करने और लोगों को एक सकारात्मक दृष्टिकोण से परिचित कराने के लिए।

उनकी हिम्मत और हौसले को देख, मन बहुत प्रफुल्लित था। उन्हें देख एक शेर याद आता है

"इंसा वो है जो मुसीबत से परेशान न हो
कोई मुश्किल नहीं ऐसी जो आसान न हो।"

मेरा उनसे मिलना खुशकिस्मती कह सकती हूँ, और चाहूँ गी कि वे यूँ ही सदैव दूसरों की प्रेरणास्त्रोत बनती रहें। मुझे खुशी थी कि संजीवनी ने अपने जीवन के अनुभव मुझसे शेयर किये, जिसे सुनकर ज़िन्दगी को एक अलग दृष्टिकोण से देखने को मन करता है। जाते-जाते उनसे मैंने जीवन का एक नया पाठ पढ़ लिया था।

राकेशधर द्विवेदी

मोबाइल - 7985573352, 9451407966
ईमेल - rakeshdhar71@rediffmail.com
पता - 5/58, विनीत खंड, गोमती नगर, लखनऊ

संपादकीय टिप्पणी

किसान जीवन, समस्याओं, संघर्षों और संकटों से घिरा हुआ है। अपनी फसल को उगाने में वह जी-तोड़ मेहनत करता है, उसके साथ अनेकानेक सपने सजाता है, लेकिन कभी सरकारी नीतियों तो कभी प्राकृतिक आपदा के कारण उसके सपने चकनाचूर हो जाते हैं... न उसे अपनी फसल की सही कीमत मिल पाती है, और न ही कोई सरकारी सहायता। परिणामतः वह आत्महत्या करने पर मजबूर हो जाता है। प्रस्तुत कहानी 'और जिन्दगी हार गई' में ऐसे ही एक किसान की मार्मिक जीवनगाथा को अपने शब्दों में अभिव्यक्त किया है राकेशधर द्विवेदी ने।

और ज़िन्दगी हार गई

बैसाख की सन्नाटे भरी दोपहरी। कभी एड़ी तो थोड़ी देर पंजे को ऊँचे करके चलते वो बस स्टैण्ड के अहाते में स्थित एक छोटे से टीन शेड के नीचे खड़ा हो गया।

क्षण भर बाद थकान और पीड़ा भरी निगाह उसने सामने भुट्टे बेचते हुए लड़के की ओर घुमाई, "भैया, ज़रा भुट्टे दे देना, देख लेना कि भुट्टा पूरी तरह भुना हुआ हो, और हाँ, नमक और मिर्च भी लगा देना।"

एड़ी के बल चली आ रही आकृति के क्रिया-कलाप को बड़ी देर से देख रहा भुट्टा बेचने वाला नवयुवक अपने को संयत नहीं कर पाया और धीमे से आर्द्र

भाव से बोला, "यह क्या, पैरों में जूते तो डाल लिए होते, ऐसी तेज धूप में नंगे पैर...जूते कहाँ गए आपके?"

"जूते...," उसने धीरे-धीरे अपनी गर्दन ऊँची करके भुट्टे बेचने वाले की ओर देखा और शरीर के भार को पैर पर टिकाते हुए कहा, "बेटवा, जबसे किसानी करना शुरू किया पैर के जूते अन्तर्धान हो गए।"

भुट्टा खाने के पश्चात् वह तरबगंज तहसील की तरफ जाने वाली बस में सवार हो गया। बस, यात्रियों से खचाखच भरी थी। उसने सूट-बूट पहने एक यात्री से कहा, "बाबूजी थोरे से जगह दे दैबो तो हमहूँ बैठ जाई।" और साहब ने उसकी ओर देखकर ऐसे आँखे तरेरीं कि वह डर कर वहीं बस के फर्श पर बैठ गया।

टूटी फूटी सड़क पर उछलता हुई बस, थोड़ी ही देर में तरबगंज पहुँच गयी। वहाँ से पाँच किलोमीटर दूर कच्ची सड़क पर उसका गाँव चाँदपुर था। कच्ची सड़क पर आधे घंटे की यात्रा करने के बाद वह अपने घर के दरवाजे पर पहुँच गया।

पुराने ज़माने का खपरैल का मकान, लेकिन बड़े-बड़े नक्काशीदार दरवाजे यह बता रहे हैं कि किसी ज़माने के बड़े आदमी हैं। आज भी वह अपने गाँव में लम्बरदार के नाम से जाना जाता है। पूरा नाम, राम भरोसे लम्बरदार। राम भरोसे लम्बरदार के पुत्र का नाम है रामखेलावन, और पुत्री का नाम सीतारानी, जबकि पत्नी का नाम पार्वती। परिवार के सदस्यों के नाम सुनकर ऐसा लगता है कि सारा का सारा देवलोक यहीं एकत्र है।

राम भरोसे की उम्र चालीस के आस-पास होगी, लेकिन बाल सन की तरह सफेद हो गये हैं; अपनी उम्र से 20 साल ज्यादा बूढ़ा दिखता है, और पत्नी भी झुर्रियों और अधपके बाल वाली है, हमेशा खाँसती रहती है; लगता है, दमे की मरीज है। रामखेलावन ने बारहवीं की परीक्षा विज्ञान विषय से दी है। गणित में मेधावी रामखेलावन को इंजीनियर बनाने का सपना रामभरोसे सँजोये हुए है। आखिरकार अपने पुत्र को इंजीनियर बनाए भी क्यों न? बगल वाले गाँव के प्रधान बलराम जी का लड़का विनोद, पन्द्रह वर्ष पूर्व पी0डब्ल्यू0डी0 का इंजीनियर बन गया था और आज पूरे इलाके का सबसे सम्पन्न आदमी है बलराम प्रधान। कई गाड़ियाँ कई ट्रैक्टर, जेनरेटर, ट्यूबवेल और क्या-क्या नहीं है उसके पास। किसी जमाने में 25 एकड़ के किसान होते थे बाबू बनवारी

लाल, रामभरोसे के पिता; लेकिन 25 एकड़ की जोत घटते-घटते 10 एकड़ सिमटकर रह गयी, और पिछले वर्ष कैंसर से लड़ते-लड़ते स्वर्ग सिधार गए। उनके मृत्यु भोज में रामभरोसे ने जी खोलकर खर्च किया। सिरिया दान किया; गाय, बैल अनेक जानवरों को दान किया। हजारों आदमियों ने भोजन किया। मृत्युभोज कराने में लम्बरदार की कमर टेड़ी हो गई, लेकिन अपनी मूँछ नीची नहीं होने दी।

पिछले तीन साल से खेतों में गन्ने की फसल बोई जा रही है। गन्ने की फसल की लागत, डीजल के दाम बढ़ जाने से काफी बढ़ गयी है। गन्ना एक बार बोए जाने पर तीन साल तक काटा जाता है। हर साल पैदावार पहले साल से दस प्रतिशत कम होती है, लेकिन पैसे नगद मिल जाते हैं। मिल भी ज्यादा दूरी पर नहीं है, मात्र 15 किलोमीटर की दूरी पर ही है मेजापुर में, तो लाने ले जाने का खर्चा कम ही लगता है।

पिछले तीन सालों से गन्ने को मिल में पहुँचा दिया गया है; साढ़े तीन लाख से ज्यादा का भुगतान मिल से होना है, लेकिन मिल वाले हैं कि कान में रुई डालकर बैठे हैं। साढ़े तीन लाख के भुगतान की रसीद उसके पास थी। रोज धरना-प्रदर्शन मिल के गेट पर होता है। सरकार के द्वारा रोज़ आश्वासन दिया जाता है, लेकिन पैसा मिलने का कोई रास्ता नहीं खुल पा रहा है।

रात का अँधियारा घर में पसरा हुआ है। उसने अपनी पत्नी से कहा, ''साढ़े तीन लाख रुपये का भुगतान मिल से होना बाकी है, अगर समय से मिल जाए तो बिटिया के हाथ पीले कर देई, उई तेरह बरस की होए आई है।''

''तोहरा उई बात सुनत सुनत हमार कान पक गए, आज भुगतान होई रहा है, कल होई रहा है; तोहार पास गन्ना भुगतान की पर्ची है, ओहका मढ़ाय के रख लैव।'' पत्नी ने तुनककर कहा, ''आस छोड़ दिहेन मिल से भुगतान के, अगर मिल से पैसा मिल जाए तो समझो गंगा नहाएन'। वह यह सुनकर अपना सा मुँह लेकर चादर में दुबककर सो गया।

सुबह वह पुनः मिल के दरवाजे पर खड़ा हुआ था। आषाढ़ का दूसरा पखवारा या जून के अंतिम दिनों तक बैसाख जैसा तपता सूर्य और साफ आसमान, मिल के गेट पर चिंता का पसरा मौन, तथा गली-चौराहे में अनिश्चित भविष्य की मानसिकता से ग्रसित चलती-फिरती रुग्ण किसानों की मानवीय आकृतियाँ। मिलके दरवाजे पर एस0डी0एम0 ने ताला लगवा दिया है। पेराई

बंद हो गई है, दरवाजे पर खड़े पुलिसवालों ने बताया कि "मालिक भागकर विदेश चले गये हैं, अब हाई कोर्ट के ऑर्डर पर पैसा मिलेगा; भैया कोर्ट कचहरी का मामला है, पैसा मिलना इतना आसान नहीं है। जब मिल जाए तो हनुमान जी को वस्त्र चढ़ा देना" पुलिस वाला धीरे से बुदबुदाया। वह अपना निराश-हताश चेहरा लिए गाँव की ओर वापस लौट पड़ा। रास्त में एक बरगद के नीचे बने शिवमंदिर के चबूतरे पर बैठकर सुस्ताने लगा।

वह मन ही मन बुदबुदाया, "हे भोलेनाथ! किस अपराध की सजा मुझ गरीब को दे रहे हो; बचपन से मैं धर्म के रास्ते पर चल रहा हूँ, हमेशा लोगों को जिन्दगी देने का काम किया है, तो मुझसे मेरी जिन्दगी क्यों छीन रहे हो?" बहुत देर तक मंदिर के चबूतरे पर बैठने के बाद वह लाठी टेकता हुआ पुनः अपने गाँव की ओर चल दिया।

"का हुआ...कछु बताया मिल वालों ने कब तक दैहैं रुपिया...तुम तो कह रहे थे कि आज पता लग जैहै।" घर पहुँचते ही पत्नी ने प्रश्न किया। वह कुछ देर तक कुछ नही बोला। उसने सिर खाट पर टिका दिया और बूँदें टपकाने का प्रयास कर रहीं छोटी-छोटी आँखों को जोर से भींच लिया। थकान के कारण पता ही नहीं चला कि कब आँख लग गयी।

सुबह उठकर, नहाधोकर वह पंचायत के दालान में बैठा ही था कि किसी ने सलाह दी, "अरे ग्रामीण बैंक काहे नहीं जाते हो...वहाँ तुम्हें लोन मिल जाएगा और अबकी बार गन्ना नहीं गेहूँ बोएँगे।"

वह फिर से सारे देवताओं को याद कर ग्रामीण बैंक के दरवाजे पर खड़ा था।

ब्रांच मैनेजर ने धीरे से पूछा, "काहे खातिर आए हो लम्बरदार?'

"लोन लैवे के खातिर साहब।" वह धीरे से बुदबुदाया।

बैंक मैनेजर ने पूछा, "कितने बीघा खेत हैं?"

"दस एकड़ पक्का है।" उसने उत्तर दिया।

बैंक मैनेजर ने उससे कहा, "दो बीघा गिरवी रख दो और लोन उठा लो," फिर मुस्कुराते हुए कहा, "कुछ प्रोसेसिंग फीस भी लगती है...राजनारायण चपरासी तुम्हें सब समझा देगा।"

राजनारायण ने बताया कि दस हजार रुपये साहब को देने होंगे। यह सुनकर उसकी आँखों में खून उतर आया, लेकिन और कोई विकल्प नहीं था। उसने दस हजार की व्यवस्था की, और लोन सेंक्शन करवाया। गेहूँ बो दिया गया। रामभरोसे गेहूँ देखकर खुश होता... अबकी बार गेहूँ अच्छा होई। जैसे राजमिस्त्री अपने बनाए घर को बार-बार देखते हैं, सुनार अपने जेवरों को देखता है, वैसे ही वह अपने खेतों में लहलहाती गेहूँ की फसल को पुलकित होकर देखता और खुश होकर अपनी पत्नी से कहता, "रामखेलावन की अम्मा, अबकी बार भगवान हमार सुन लेहे।" वह तुरन्त ढाँढ़स बंधाती हुई उत्तर देती, "काहे नाहीं, हम कौन दोष किहन है जौन हमार हर बार न सुनी जाई।"

फसल तो लहलहा रही थी, लेकिन खरपतवार और कीटों का खतरा अभी भी बना हुआ था। अतः अगले ही दिन वह बाजार से कीटनाशक दवाएँ भी ले आया।

गेहूँ कटने का समय आ गया, लेकिन यह क्या... आकाश में बादल घिरने लगे; जैसे भादों की रात में गरजते हैं, वैसे ही गरज रहे हैं। पार्वती ने राम भरोसे से कहा कि यदि ये बरस गए तो सारा सत्यानाश हो जाएगा। और वह बड़ी तेजी से सारे देवताओं को याद करने लगा, "हे शंकर भगवान, हे संतोषी मैया, हे हनुमान जी, हे दुर्गा मैया...आज न बरसाओ..." लेकिन यह क्या, बादल अब बहुत तेज बरस भी रहे थे और ओले भी गिर रहे थे। ऐसी भीषण बारिश हो रही थी कि भादों की बारिश भी शरमा जाए। वह रोने लगा। राम भरोसे को रोता देख पत्नी पार्वती भी रोने लगी। राम भरोसे जोर से चिल्लाया, "सब लुट गया।"

रात का अँधेरा समाप्त हुआ और भोर की किरन फूटने लगी। मुर्गे भी बाँग दे रहे थे। वह तुरन्त ही टार्च लेकर खेत की ओर दौड़ पड़ा। सारा इलाका जलमग्न था। गेहूँ की बालियाँ औंधे मुँह पड़ी थीं। लाखों की फसल कौड़ियों में तब्दील हो गयी थी। वह विचारों में खोया था, 'सरकार किसानों के लिए कोई उत्कृष्ट बीमा क्यों नहीं लाती? मोटर बीमा है, जानवर का बीमा है, आदमी का बीमा है; फिर फसल का भी उत्तम किस्म का बीमा होना चाहिए। किसान की फसल उसकी जिन्दगी है, उसके सपने हैं, उम्मीदें हैं। जो हर दस साल पर सरकारी बाबुओं की तन्ख्वाह बढ़ रही है...पे कमीशन आ रहा है, तो किसान की फसल की खरीद क्यों नहीं बढ़ती?" सोचत-सोचते वह गीली मिट्टी में बैठ

गया। तभी उसे याद आया कि इस फसल के लिए उसने बैंक से लोन लिया था, और लोन की किस्त चुकाने का समय भी आ रहा है। उसने सोचा चलो बैंक मैनेजर के सामने अपनी समस्या रखी जाए।

दोपहर के समय वह बैंक मैनेजर के सामने था। मैनेजर ने उससे कहा, ''लम्बरदार...गेहूँ की फसल तो बरबाद हो गई...।'' ''नहीं साहब, गेहूँ नहीं हम बर्बाद हो गए।'' उसने सजल नेत्रों से मैनेजर को देखकर कहा। मैनेजर ने उससे कहा, ''लम्बरदार...तुम किसान हो...यानि ग्राम्य देवता हो, और ज़हर तो देवता को ही पीना पड़ता है; अंग्रेजी में तुम्हें फॉर्मर कहते हैं, अर्थात मरने के लिए...।'' वह बुत बना सुनता रहा। ''सरकार हमारे खेतों की नीलामी नहीं होनी चाहिए, खेत गिरवी हैं।'' वह गिड़गिड़ाया। ''ठीक है हम कुछ रास्ता निकालेगें, पर भाई बैंक की किश्त तो तुमको भरनी पड़ेगी।'' मैनेजर ने कहा।

वो बिना कुछ बोले वहाँ से वापस आ गया। उसके कानों में मैनेजर के शब्द अभी तक गूँज रहे थे, ''तुम देवता हो और देवता को ही विष पीना पड़ता है।'' दुखी और परेशान मन से उसने कीटनाशक की शीशी उठाई और पानी में मिलाकर पी गया। थोड़ी ही देर में उसका शरीर निस्तेज होकर जमीन पर लुढ़क गया। उसके प्राण पखेरू उड़ गए थे, और ऐसा लग रहा था जैसे जिन्दगी हार गई हो।

राजन द्विवेदी

मोबाइल नंबर : 9984117111
ईमेल : rajan.dwivedi1@gmail.com
पता : निकट बैंक ऑफ़ महाराष्ट्र, मोहल्ला पुरैनिया तालाब
पोस्ट व जनपद बलरामपुर(उ0प्र0) पिन 271201

संपादकीय टिप्पणी

मुहल्ले बस्तियों में प्रायः मकानों के बाहर, किनारे या सामने पान की दुकान होना एक आम बात है। कभी-कभी उन दुकान के कारण वहाँ के निवासियों को अच्छी खासी परेशानी का सामना करना पड़ता है। परेशानी होने पर अक्सर चिड़चिड़ापन होना, गुस्सा आना, अथवा लोगों से झड़प होना आम बात है; लेकिन ऐसी दुकानों के अचानक बन्द हो जाने पर भी लोगों को अटपटा लगता है। कम से कम यह जानने का मन तो करता ही है कि वह दुकान अचानक क्यों बंद हो गयी? प्रस्तुत कहानी इसी बात के माध्यम से गरीबी, गंदगी और फटेहाल जिन्दगी जीने वालों के जीवन पर प्रकाश डालती है। सरल, सहज, स्वाभाविक और प्रवाहपूर्ण भाषा में लिखी राजन द्विवेदी की कहानी 'पड़ोस' एक विचारपरक कहानी है।

पड़ोस

कमरे में घुसते ही राकेश ने दरवाजे को जोर से बंद किया। उसका चेहरा तमतमाया हुआ था ... वह बहुत गुस्से में था। साले। इन्हें जरा सा सहारा दे दो तो सर पे सवार हो जाते हैं... नाली के कीड़े हैं साले... पूरी सोसाइटी बर्बाद कर देना चाहते हैं... मै तो कहता हूँ इन्हें सभ्य लोगों के बीच रहने ही नहीं देना चाहिए।'' वह लगातार बड़बड़ा रहा था, तभी उसकी आवाज सुनकर पत्नी शीला भी आ गयी, ''क्या हुआ? क्यों भड़के हुए हो? किसी से कोई झगडा हुआ है क्या?.... कुछ बोलोगे भी या यूँ ही बड़बड़ाते रहोगे?'' शीला ने पूँछा। ''अरे ... वही

साला दीनू ... दिन-रात का चैन हराम किये हुए है ... इतना कमीना है कि क्या बताऊँ... आज तो हद हो गयी... हमारी गाड़ी पर ही उसने चूना फेंक दिया... और हमने पूछा तो कैसा अनजान बनता है साला, जैसे मुझे कुछ समझ ही नहीं... हमने भी आज उसे कस के गरियाया... कहा ... तुझे तेरी ढाबली समेत फेंक दूँगा... अगर दुबारा ऐसी हरकत की... हद है यार... शरीफ आदमी का तो जीना मुश्किल है. दो टके का आदमी... हमसे होशियारी करता है, किसी दिन आ जायेगा लपेटे में... बताये देता हूँ ।'' गुस्से में राकेश बोलता चला गया।

राकेश एक नौकरीपेशा युवक है। मोहल्ले में उसका अपना मकान है, जहाँ वह अपनी पत्नी और बच्चों के साथ वर्षों से रहता रहा है. मोहल्ले के कई दूसरे लोगों के विपरीत वह अपने काम से काम रखना पसंद करता है। किसी पंचायत में उसकी कोई रुचि नहीं... न काहू से दोस्ती न काहू से बैर। कोई छह माह पहले उसके मकान से सटे तिवारी जी की बंद पड़ी दुकान के सामने दीनू ने पान की ढाबली खोल ली। शुरू में तो सब ठीक-ठाक रहा, पर धीरे-धीरे समस्या शुरू हो गयी। अक्सर ढाबली पर पान-बीड़ी के शौक़ीन इकट्ठा होने लगे, जो वहीं खड़े सिगरेट का धुआँ उड़ाते और आते-जाते लोगों पर फब्तियाँ कसते। कुछ दिन बाद ढाबली पर गाना भी बजने लगा। लफंगों का अड्डा बन गयी थी वह ढाबली. ये सब राकेश को फूटी आँख नहीं सुहाता था। फूहड़ भोजपुरी गानों से उसका जीना हराम हो गया। राकेश ने दीनू को कई बार समझाया और धमकाया भी, पर कुछ दिन ठीक रहने के बाद फिर वही सब। थक-हारकर उसने मोहल्ले के दूसरे लोगों से बात की, पर उन लोगों ने कहा, ''बेचारा गरीब आदमी है ... चार पैसे कमा रहा है... जाने दो... क्यों गरीब के पेट पर लात मारना चाहते हो।'' जैसे अमीरी सौ ऐब छिपा लेती है, वैसे ही फूहड़ता को गरीबी ने ढँक लिया। वास्तव में वे दूसरे के फटे में टाँग नहीं अडाना चाहते थे। उस समय राकेश मन मारकर रह गया। पर आज तो हद हो गयी... घर के बाहर खड़ी उसकी गाड़ी पर किसी ने पान थूक दिया था, और ढेर सारा चूना भी था बोनट पर। राकेश की सहनशक्ति ने जवाब दे दिया। उसे यकीन था कि यह सब उस दीनू का ही किया-धरा था. उसने दीनू को जमकर खरी-खोटी सुनाई और उसे ढाबली सहित फेंक देने की धमकी भी दे डाली। वह अभी भी गुस्से में बडबड़ा रहा था, ''देख लूँगा स्साले को।'' राकेश अधिक गुस्से में प्रायः साला और कमीना का प्रयोग सभी बातों में करता ही है. ''अच्छा जाने भी दो... गुस्सा थूक दो... मुँह-हाथ धो लो... मैं चाय बनाती हूँ '', शीला ने राकेश को शांत करने की गरज से कहा,

"ऐसे नीच लोगों के मुँह क्या लगना।"

अगले दिन जब राकेश ऑफिस से घर आया तो उसने देखा कि ढाबली बंद थी. उसने मन ही मन सोचा... अच्छा हुआ... साले को अकल आ गयी एक बार गाली खा के... ये काम बहुत पहले ही करना चाहिए था... इनपर दया करना मूर्खता है; ढाबली रखने ही नहीं देना चाहिए था घर के ठीक बगल में। आज से ही जीना हरम है... कल को बेटी बड़ी होगी... बेटा क्या सीखेगा। खैर... जो हुआ अच्छा हुआ। पर दीनू की ढाबली जब अगले तीन-चार दिन नहीं खुली तो उसने पत्नी से पूछा, "ये ढाबली बंद क्यों है?" "मुझे क्या पता।" लापरवाही से जवाब दिया शीला न। लेकिन जब ढाबली एक हफ्ते तक नहीं खुली, तो राकेश ने आस-पड़ोस के लोगों से पूछताछ की, पर कोई संतोषजनक उत्तर नहीं मिला. जिक्र आने पर शीला ने कहा, "गया होगा कहीं शादी-ब्याह में... ये तो सीजन ही है शादियों का; हो सकता है किसी रिश्तेदारी में गया हो... भले ही इनके घर चूल्हा न जले पर रिश्तेदारी जरूर निभाएंगे... खैर... हमें क्या, जितने दिन ये ढाबली बंद है सुकून ही है।" धीरे-धीरे पंद्रह दिन निकल गए, पर ढाबली अब भी बंद थी। राकेश को अब दीनू की चिंता होने लगी थी. एक दिन ऑफिस से घर आते समय उसने कई दूसरे ढाबलीवालों से दीनू के बारे में पूछताछ की और उसके घर का पता मालूम कर लिया। राकेश ने उसके घर जाने का निश्चय किया और अपनी बाइक शहर के दूसरी ओर दौड़ा दी, जहाँ अधिकतर गरीबों की बस्ती थी। जल्दी ही वह शहर के उस हिस्से में पहुँच गया, जहाँ तक दुष्यंत कुमार के शब्दों में "आते आते सभी नदियाँ सूख जाती हैं।" उसके घर का रास्ता मुख्य सड़क से लगी गली से होकर जाता था, जहाँ बाइक नहीं जा सकती थी; इसलिए बाइक को सड़क के किनारे खड़ी कर जैसे ही उसने तंग गलियों में कदम रखा, तो भयंकर बदबू के साथ बजबजाती हुई नालियों ने अपनी सीमा का अतिक्रमण करते हुए गली में आप्लावित होकर उसका मार्ग अवरुद्ध करने की भरपूर चेष्टा की। पल भर को राकेश भी सोच में पड़ गया, पर उसने उन बच्चों का अनुसरण कर अदम्य साहस का परिचय दिया, जो कुशल नट की भाँति रास्ते में रखी ईंटों पर कूद-कूदकर आ-जा रहे थे या खेल रहे थे। कुत्तों और सुअरों की लोटन और भिनभिनाती हजारों मक्खियों ने माहौल को घिनौना बना दिया था। उसका मन घृणा से भर उठा। उसने जेब से रुमाल निकालकर अपनी नाक पर रख लिया। वह सोचने लगा कि आज भी लोग ऐसी गन्दी जगहों पर रहने को विवश है। क्या इनके जीने-मरने से किसी का कोई

सरोकार है? क्या प्रशासन की नज़र इधर नहीं पड़ती? नेता वोट माँगने तो इधर जरूर आते होंगे... वो क्यों कुछ नहीं करते इनके लिए? क्यों न फैले बीमारी यहाँ... ऐसी जिन्दगी से तो मौत भली। थोड़ा और आगे किनारे थोड़ी सी ऊँची जगह पर ताश खेलते कुछ युवक दिखे, जिनसे पूछकर वह एक कमरे के जर्जर मकान के सामने पहुँचा यही दीनू का घर था। उसने दरवाजा खटखटाया और आवाज लगाई, "दीनू!दीनू!" भीतर से "कउन है?" आवाज के साथ मैले-कुचैले कपड़ों में लिपटी एक महिला ने दरवाज़ा खोला। उसके साथ कोई 6-7 साल की बच्ची भी थी ... बिखरे हुए बाल और फटे कपड़ों में, जो शायद कई दिनों से नहाई भी नहीं थी। मैल से उसका चेहरा अटा पड़ा था। सूखे हुए आँसुओं और बहती नाक ने उसे और भी गन्दा बना दिया था। वो अपने बालों को दोनों हाथों खुजला रही थी. उस पर से निगाह हटाकर राकेश ने कहा, "दीनू है? पिछले कई दिनों से उसने दूकान नहीं खोली?" "आप कउन.... साहिब?", महिला ने हिचकते हुए पूछा। "मैं... दीनू का पड़ोसी हूँ।", अंतिम शब्द बोलने में थोड़ा अटक गया राकेश। खुद को सँभालकर पूछा, "दीनू कहाँ है?" "साहिब, ऊ बहुत बीमार हैं... उधर पड़े हैं खटिया पर।" कपड़ा सँभालते हुए उसने भीतर की ओर इशारा किया। राकेश तेजी से घर में घुस गया. सीलन भरी बदबू उसके नथुनों में भर गयी... उस पर ध्यान न देते हुए जल्दी से उसने एक नज़र पूरे कमरे में दौड़ाई धुएँ से पीली पड़ी दीवारों वाली एक छोटी सी कोठरी... जिसमें गली की ओर छोटी सी खिड़की से शाम का मद्धिम प्रकाश भीतर झाँक रहा था। कमरे के दायें कोने में दो चार बर्तन... कुछ खाली डिब्बे... और एक स्टोव... और बाल्टी। बीच की अलगनी पर एकाध चिथड़ा, जिन पर भिनभिनाती हुई असंख्य मक्खियाँ और दूसरे कोने में एकमात्र चारपाई पर मैल से चीकट कथरी पर पड़ा दीनू। चारपाई और उसके आस-पास क्षेत्र में सैकड़ों मक्खियों ने कब्ज़ा जमा रखा था। उसे लगा जैसे वह पूरा कमरा ही बीमार है। राकेश ने उस ओर जाकर आवाज दी, "कैसे हो दीनू?" उसके क़दमों की आहट से मक्खियाँ भिनभिना कर उड़ीं और फिर से वहीं बैठ गयीं। दीनू ने भी जैसे-तैसे आँखें खोलीं। राकेश को आश्चर्य से देखकर उठने की कोशिश भी की, पर बीमार और भूखा जिस्म साथ न दे पाया और वह बिस्तर में ही गिर गया. पता नहीं उसने दोनों हाथ जोड़ लिए या वे आदतन खुदबखुद जुड़ गए. "क्या हुआ है...? किसी डॉक्टर को दिखाया... कितने कमजोर हो गए हो?" खाना नहीं खाया क्या?" बोलते हुए राकेश, उसकी बीवी की ओर देखने लगा।

घरघराती हुई साँस के अतिरिक्त दीनू के मुँह से कोई आवाज़ न आयी, और उसकी बीवी ने भी कोई जवाब नहीं दिया। बस अपने बहते हुए आँसुओं को आँचल से छुपाने की कोशिश करती रही. कोई उत्तर न पाकर राकेश ने प्रश्न दुहराया, "डॉक्टर को क्यों नहीं दिखाया?" "हम गरीबन कै सुनवाई कहाँ है साहिब, एक भगवानय कै सहारा है, पर वहू मुँह फेर लिहे ह।" दीनू की पत्नी रो पड़ी। राकेश एक पल रुककर बोला, "हिम्मत न हारो... मामूली सी बात है... कल बड़े अस्पताल ले आना... मैं दिखवा दूँगा डॉक्टर को।" और फिर कुछ जैसे याद करते हुए अपनी पर्स में रखे इकलौते 2000 के नोट को दीनू के हाथ में रखते हुए कहा, "खाना खा लेना ... कब तक ऐसे ही पड़े रहोगे? काम-धंधा नहीं करना है क्या?" बोलते हुए वह उठ खड़ा हुआ। दीनू के चेहरे से लाचारी साफ़ टपक रही थी। वह इनकार करने की स्थिति में नहीं था। उसने रुपया अपनी बीवी की ओर बढ़ा दिया। रोती हुई बीवी के मुख पर एक चमक सी आ गयी... पता नहीं, वह दीनू के इलाज की सम्भावना से आयी थी, या बुझे चूल्हे के जलने की उम्मीद से। उसने बच्ची की ओर देखा, जो एक खाली डिब्बे के पेंदे में जमे किसी चीज को अपनी ऊँगली से खुरचकर खाने की कोशिश कर रही थी और असफल होने पर मिमियाने लगी। दीनू कुछ कहना चाह रहा था, पर सिर्फ होंठ ही हिल सके, कोई आवाज़ न निकली। हाँ उसकी आँखों से आँसुओं की धारा जरूर बहने लगी। राकेश ने देखा कि गोधूलि का धुँधलका कमरे में फ़ैल रहा था... दीनू की बीवी उठकर लैंप जलाने लगी। राकेश ने रोती हुई बच्ची के सर पर हाथ फेरा और तेज क़दमों से घर के बाहर निकल गया। उफ्फ... कितनी देर हो गयी, शीला इन्तजार करती होगी। मोड़ पर पहुँचकर एक बार मुड़कर दीनू के घर की ओर देखा। लैंप की रौशनी खिड़की से बाहर आ रही थी।

रेनू मिश्रा

मोबाइल : 9598604369
ईमेल : tjarticle@gmail.com
पता : ड्रीम वर्ल्ड रेजिडेंसी, विनय नगर, रामघाट रोड
अलीगढ़ – 202002 (उ.प्र)

संपादकीय टिप्पणी

समय की ताकत को कौन नहीं जानता। समय किसी की प्रतीक्षा नहीं करता। यह समय ही है जो निरन्तर गतिमान रहते हुए हमें भी समय के साथ चलने को प्रेरित करता है। जो समय के साथ नहीं चलता, उसे आउट-डेटेड माना जाता है, फिर चाहें वह भावनाएँ हों या रिश्ते। कुछ ऐसी भावनाओं की अभिव्यक्ति रेनू मिश्रा की कहानी 'आउट-डेटेड' में देखने को मिलती है। यह कहानी सीधी-सादी सपाट, और आम बोलचाल की भाषा में रची हुई है। रोचकता एवं बोधगम्यता को लिए यह कहानी, वर्तमान समय और उसकी ताकत को अभिव्यक्त करती है।

आउट-डेटेड

धुंध और कोहरे से भरे अँधेरे, सुनसान रास्ते से बस गुज़रती जा रही थी, और उसके साथ धीमे-धीमे छीज रहा था मैं; बीत रहा था मैं। एक पल सोचा कि देखूँ समय क्या हुआ है लेकिन फिर लगा, वो तो गुज़र चुका है। बस में बैठते हुए जब ख़याल हो आया था कि घड़ी कहीं गिर गयी है, तो कितनी तसल्ली हुई थी कि चलो, अब इस निष्ठुर समय के पीछे नहीं भागना पड़ेगा। माँ की कोख में, पहली दस्तक से लेकर आखिरी साँस तक पर इसका ही कब्ज़ा रहता है। कमबख्त से छुटकारा ही मुश्किल है... अभी भी उसी के बारे में सोच रहा हूँ ....पता नहीं कितना समय हुआ है, यह सोचते हुए मोबाइल जेब से निकाला तो वह भी स्विच-ऑफ हो चुका था। मेरी निगाह बगल वाले के मोबाइल पर गयी, वो कैंडी-क्रश खेल रहा था। अँधेरे, सुनसान रास्ते में एक वो इंसान ही उजाले

की किरण-सा महसूस हुआ। वैसे मुझे मोबाइल में गेम खेलने वालों से सख्त नफरत है, खासतौर से उन लड़कों से, जो बाकी बातों में जिम्मेदार नागरिक होने का सर्टिफिकेट दिखाते हैं, लेकिन कैंडी-क्रश जैसे खेल में वक़्त ज़ाया करते हैं। आखिर वक़्त की कोई कीमत है कि नहीं?। मैंने महसूस किया कि मैं उन बड़े-बूढ़े लोगों की तरह सोचने लगा हूँ, जिन्हें समय ने अपनी ढाई-चाल से मात देकर पुराना और फ़िज़ूल का सामान कर दिया है। ठीक वैसे ही, जैसे इस मोबाइल की वजह से अलार्म घड़ी, कैल्क्युलेटर, फोन-डायरी जैसी चीज़ें आउट-डेटेड हो गयी हैं। समय, सब को आउट-डेटेड कर देता है। आउट-डेटेड...आउट-डेटेड...आउट-डेटेड'। मेरे दिल-ओ-दिमाग में ये शब्द जैसे जड़ हो गया, घड़ी के पेंडुलम की तरह टिक-टिक करने लगा। दिन भर का वाकया, फिर से खुद को दोहराने लगा। वापस मामा का खयाल हो आया जो समय की डिक्शनरी से कब का आउट-डेटेड हो चुके थे और आज एक्सपायर भी हो गए।

मैं सोचने लगा, 'पहले ज़िन्दगी कितनी सीधी-सरल रेखा में चलती थी, और समय का भी एक ही डायमेंशन होता था, वर्तमान-टुडे। आज में जियो, कल की फिकर नहीं, बीते कल की परवाह नहीं। अब तो समय भी थ्री-डी टीवी की तरह थ्री-डायमेशन हो गया है। एक ही दिमाग है और उसे सोचना है तीन समय को। बड़ी नाइंसाफी है। लेकिन नाइंसाफी हो भी तो क्यों न हो। अब हम दिमाग से सोचते हैं और पहले दिल से। ये कहना बेजा न होगा कि पहले हम दिल के राजा हुआ करते थे और अब दिमाग के ग़ुलाम। दिल की सुनते, दिल की करते, इसलिए समय भी सरल रेखा में था। मैं, मामा और मेरा बचपन। कितना सीधा-सादा सा बचपन। वह बचपन जहाँ मेरी सुबह, माँ के बनाये करारे नमक के पराँठे और चाय की खुशबू से होती, मगर मैं लेटे-लेटे माँ के जगाने का इंतज़ार करता।

फिर पम्पिंग-सेट पर जाने के लिए, मामा के कंधे पर सवार हो जाता। कभी उन्हें खेतों में पानी लगाते देखता तो कभी अपनी धुन में मगन गुनगुनाते सुनता और फिर उँगलियाँ थामे बाकी ममेरे भाइयों के साथ वापस लौट आता। गर्मी की छुट्टियों में मेरे दिन की शुरूआत ऐसे ही होती और मेरे इकलौते मामा का अबोला प्रेम हमेशा मुझ तक अपनी राह बना लेता। तीन-तीन बेटों का पिता होने के बावजूद वो मेरे मामा अधिक थे। एक विचित्र-सा आकर्षण था उनके व्यक्तित्व में। अब सोचता हूँ तो लगता है कि फिल्मों में किसान का किरदार निभाने वाले

बलराज साहनी, दिलीप कुमार से लेकर मनोज कुमार तक में किसी के चेहरे पर वो चमक, वो कांति नहीं थी, जो मेरे मामा के चेहरे पर खिल आती थी, जब वो दिन भर खेतों में हल-फरसा चलाकर, गाय-बैलों को कोअर-सानी करके घर लौटते। मामा का दुलार मुझ पर था, लेकिन मुझसे ज़्यादा अपनी बहन के लिए था, क्योंकि माँ के जाने के बाद मैं तो फिर भी सँभल गया लेकिन मामा को, उनका पूरा परिवार मिलकर भी नहीं सँभाल पा रहा था। वो उम्र के साथ-साथ गुज़रते जा रहे थे। उनके मन में माँ की यादें गझिन होती रहीं और वो झीने पड़ते रहे। फिर एक दिन अरमानों की चादर इतनी झीनी पड़ गयी कि ''एक बार पंकज के बोलाय दअ...तनिक देख लेई'' की ख्वाहिश करते ही चादर तार-तार हो गयी और ज़िन्दगी जाने कब की छन के बह निकली।

हाँ ये सुबह-सुबह की तो बात थी। उनकी ख्वाहिश हवा बनकर मुझ तक पहुँची भी, लेकिन हम ज़िन्दगी के ऐसे जंजाल में फँस चुके हैं कि चाहकर भी खुद को उससे मुक्त कर पाना मुश्किल हो चला है। उस वक़्त भोर के चार बज रहे थे, जब कोई गीली चप्पलों से चाँय-चाँय करता हुआ घर में घुस आया था, और दरवाजे के ओट से अपलक मुझे देखे जा रहा था। अँधेरे में चेहरा नहीं पहचान पाया। मैं बुरी तरह डर गया और उठ बैठा। मैंने खुद को समझाने का प्रयास किया, क्यों बेवजह डर रहा हूँ , सपना ही तो था- रहा होगा कोई। लेकिन मन को तसल्ली नहीं दे पाया- लेटे-लेटे सोचता रहा कि आखिर ऐसा सपना क्यों आया, और वो बूढ़ा आदमी आखिर था कौन? कहीं मामा तो नहीं? मगर उनसे तो एक-डेढ़ महीने पहले बात हुई थी। आवाज़ से थोड़े बीमार लग रहे थे। उस पल सोचा भी कि एक दो रोज़ के लिए उनसे मिल आऊँगा लेकिन ये जो रोज़ दस-बारह घंटे की नौकरी है, वो इतना खून चूस लेती है कि रविवार आते-आते खून में केवल आलस ही बचता है। बस नाश्ता करो और औंधा मुँह करके घंटों पड़े रहो। दोपहर तक तो बच्चे भी कुछ नहीं बोलते... अपने कार्टून-टीवी-मोबाइल गेम में बिजी रहते हैं, लेकिन उसके बाद फरमाइशों की लिस्ट शोर मचाने लगती है। किसी को शाम को फ़िल्म देखना रहता है, तो किसी को पेंसिल-रबर चाहिए रहता है। साधना भी मुस्कुराती निगाहों से उनकी हाँ में हाँ मिलाती चलती है, और मैं उनकी चाहतों में एक अदद-ख़ुशी ढूँढ़ते हुए दोबारा सोमवार को नौकरी के दरवाज़े को खटखटाता खड़ा मिल जाता हूँ ।

इसी उधेड़बुन में करवट बदला तो दोबारा नींद लग गयी। सुबह देर से उठा। चाय का कप ही खाली किया था कि गाँव फोन आ गया और खबर सुनते

ही मैं सन्न रह गया। मेरा चेहरा देखकर साधना अवाक थी। उसने धीमे से पूछा... "क्या हुआ?" मैं कुछ कह नहीं पाया, बस उठा और फटाफट छुट्टी की अर्जी लिखने लगा। अर्जी, साधना के हांथों में थमाते हुए सिर्फ इतना कह पाया कि लगता है मेरी बुनियाद की एक और ईंट दरक रही है। उसकी आँखें सवालों से भर गयीं। मैंने कपड़े पहनते हुए उससे कहा, "मामा, मुझे बहुत याद कर रहे हैं।" बाकी बातें आँसुओं के संग बही जा रही थीं।

मैं किसी भी तरह मामा के आखिरी दर्शन करने पहुँचना चाहता हूँ । मैं जल्दबाज़ी में हूँ। भागा-दौड़ी मची है कि दुनिया की खायतों से बेखबर मेरा सात-साल का दीपू, टाटा-स्काइ रीचार्ज कराने की ज़िद करने लगा। मैं बद-हवास उसे एक ओर धकेलते हुए बाहर निकल गया। जीप अपनी रफ़्तार से दौड़ी जा रही है, और मेरी निगाहें उससे तेज़ आगे की दूरियाँ नाप रही हैं। कभी हाथ मोबाइल पर जा रहा है और कभी शर्ट के दूसरे वाले बटन पर। मामा अक्सर मेरे शर्ट का बटन खोल दिया करते... कहते, "हीरो बनेगा हमार बचवा।" मैं हीरो तो नहीं बना लेकिन आज उन्हें याद करते हुए वो बटन खोल दिया। तभी फिर फोन बज उठा, विजय (छोटे ममेरे भाई) की आवाज़ आयी, "भइया, अब घाटे तर पहुँचिहैं, पिताजी ना हयन।" मैं सन्न रह गया। खुद को ढाढस बँधा, कहा भी कि अरे। इतनी जल्दी भी क्या है, मुझे पहुंचने दो। उधर से मौसेरे भाई की आवाज़ आयी, "भैया, इहाँ सबेरे-सबेरे चौहद्दी में एक अउर जने एक्सपायर हो गए हैं, तो दूनो माटी को साथ में ले जाने का प्लान है, हम सब रुके हैं, तू जल्दी पहुँचा बस।" कहते हुए फोन कट गया। मैं सोच में पड़ गया। इंसान इतना प्रैक्टिकल कैसे हो सकता है भला? आवाज़ में एक आने का कंपन नहीं, रुलाई तो दूर की बात है। वही इंसान जो अब तक साँस ले रहा था, ज़िन्दा था, उसकी पूछ थी; अब जो प्राण ने ही साथ छोड़ दिया तो ये बेग़ैरत दुनिया काहे का मलाल करेगी। सभी को लोकाचार से मुक्त होने की जल्दी है। किसी को दो पल की फुर्सत कहाँ? इंसान, आडंबर का ऐसा पुतला हो चुका है, जिसमें भावनाओं की नदी सूख चुकी है। ज्यों-ज्यों समय गुज़रा जा रहा है, मेरे हाथ-पाँव की झुरझुरी बढ़ती जा रही है... पता नहीं, मेरे पहुँचने तक सब रुकेंगे भी या नहीं।

कहीं पहुँचने की बेचैनी दूरियों को और लंबा कर जाती है। ऐसे जो रॉबर्ट्सगंज से बनारस पहुँचने में तीन घंटे लगते थे, आज वह जाने कितने घंटों में तब्दील हो गया है। कस्बा-नगर, जाम-झाम, उलूस-जुलूस, भीड़-भाड़ को पार करते हुए किसी तरह पहुँचा मणिकर्णिका घाट यानि श्मशान; यानि जीवन

की आखिरी मंज़िल। शिथिल शरीर और बुझे मन से, आती हुई हर अर्थी को देख रहा हूँ। धूसर धुएँ से भरे श्मशान में चटकीले रंगों और गमकती ख़ुशबुओं से सजे निर्जीव बदन, कफन से ढका झूठ...जीवन के आखिरी सच को जी चुका है। मन ऐसा विराग से भर गया कि 'ब्रह्म-सत्यम जगत-मिथ्या' वाक्य सार्थक महसूस होने लगा। तभी विजय ने पीछे से कंधे को दबाया, "भइया, बड़ा देर कई देहलै... माटी त राख होइ गयल।" बदन को तो जैसे काठ मार गया। मैं खिन्न हो, बेजान-सा, वहीं पास की दीवार से ओढ़क गया। लग रहा था मानों कोई युग समाप्त हो गया हो, और मैं उसके अंतिम सिरे पर हाथ झुलाए, मन आधा किये अकेला रह गया हूँ । अब माँ की तरह मामा को भी कभी नहीं देख पाऊँगा। इस निर्दय समय के लिए जो गुज़र चुका है, वह सब अप्रासंगिक है... आउट-डेटेड है; लेकिन यादों का क्या करें, उन्हें कैसे आउट-डेटेड करें?

"हाँ भैया। रोबेट्र्सगंज।" कहते हुए कंडक्टर ने मेरे कंधे को झकझोरा, और मैं दोबारा से अपनी ज़िन्दगी के बिसात पर समय की ढाई चाल से मात खाने के लिए एक खाना बढ़ चुका था।

लक्ष्मी यादव

मोबाइल : 9711852463
ईमेल : laxmi.yadav44@gmail.com
पता : ई-54, गणेश नगर, पांडव नगर, दिल्ली -92

संपादकीय टिप्पणी

विगत् कुछ वर्षों में नारी चिन्तन, साहित्य का प्रमुख और चर्चित विषय बन गया है। कभी नारी-संवेदना और शोषण से भरे साहित्य में आज नारी मुक्ति, नारी सशक्तीकरण, नारी जागरण, नारी चेतना के स्वर मुखर हो चुके हैं। प्रस्तुत कहानी में कसबे से गाँव में ब्याही नायिका ने अपने जीवन में कई समझौते किये, किन्तु राखी के पवित्र त्योहार पर अपने पति और ससुराल वालों से समझौता नहीं किया। नारी जागरण का बहुत सुन्दर उदाहरण, प्रस्तुत कहानी में लक्ष्मी यादव ने प्रस्तुत किया है। सीधी-सरल भाषा और साधारण वाक्य-विन्यास वाली एक अच्छी कहानी है 'पीली फ्रॉक'

पीली फ्रॉक

घर में बिलकुल सन्नाटा है। किसी अशोकित मातम का आलम पूरे घर में पसरा है। आँगन में बूढ़े नथुवा के हुक्के की गुड़-गुड़ के अलावा गुड़ की ताज़ी राब के इर्द–गिर्द भनभनाती मक्खियों का ही शोर सबके कानों में गँज रहा है। नथुवा, कान लगाये भीतर बहू- बेटे के झगड़े को सुन रहा है, जो अभी तूफ़ान से पहले की शान्ति के मुखौटे में कैद है। एक भर्राती तेज़ आवाज़ के साथ मुखौटा कच्ची अँधेरी कोठरी में ज़मीन पर गिरकर धराशायी हो गया। नथुवा के बेटे किशोरी का स्वर न केवल उसके घर, बल्कि पड़ोस के दो घरों तक गूँज गया। किशोरी ने पत्नी रमा को उसके किसी मूक विरोध पर ज़ोरदार थप्पड़ जड़ दिया, जिसकी आवाज़, घर के झरोखों से ताक-झाँक करते पड़ोसियों के कानों तक गयी। बगल वाले घर में चूल्हा फूँकती रामरती ने जब थप्पड़ की चर्चा मरद से सुनी तो उसके मुँह से निकला "औरत अपनी हद में न रहे तो यही होता है; मरद

की बात भी भला कोई टालता है... हममें तो आज तक इतनी हिम्मत न हुई कि किसी बात को मना कर पाएँ, और अपनी हठ पकड़कर बैठ जाएँ; बहुएँ हमारे घर में भी हैं, लेकिन मजाल है कि सास-ससुर और मरद के सामने ऊँची आवाज़ में बात भी कर लें; और एक ये हैं महारानी, 6 साल हुए ब्याह को और अपनी चलाने लगी हैं... हम तो कहते थे परबतिया से कि शादी ब्याह बराबरी में ही अच्छा लगता है, न ऊँचे में न नीचे में, मेरी एक बात न मानी परबतिया ने और ले आई बहू गाँव के बाहर शहर की हवा लगे कसबे से; अब भुगत रहा पूरा घर; न भुगते।'' एक साँस में इतनी बाते कह गयी रामकली कि बहू लाजवंती भी सुन रही थी, और मन ही मन सोच रही थी कि आखिर रमा जीजी ने ऐसा क्या गलत कह दिया... वो बस राखी लेकर अपने घर ही तो जाना चाहती थीं... दिन में जातीं और रात को वापस आ जातीं; आखिर पिछली बार भी तो गयी थी न; तो अब क्या हो गया।

परबतिया, गाँव भर में गश्त लगाकर जब वापस लौटी, तो देखा घर में अभी चूल्हा नहीं जला था और बीती रात के झड़े नीम के पत्ते और निंबौली आँगन में वैसे ही पड़े थे। परबतिया ने घर का हाल समझ लिया और हाथ में झाड़ू थाम बुहारने लगी, और अपनी किस्मत को कोसते हुई बहू को खरी-खरी सुनाने लगी। 5 साल की भूरी, माँ, रमा की हालत देखकर सिसक- सिसककर रो रही थी। भूरी, पहले बिलखकर ज़ोरदार आवाज़ में रोती थी, लेकिन जब से वो माँ के हालात समझने लगी है तब से माँ की ही तरह आवाज़ पर काबू करना सीख गयी है। 3 दिन पहले भूरी, अपनी नई फ्रॉक पाकर बड़ी खुश हुई थी, और सबसे ज्यादा ख़ुशी उसको इस बात की थी, कि वो इसको पहनकर 3 दिन बाद नानी के घर जाएगी। लेकिन जब से उसने अपने बप्पा को अम्मा से लड़ते देखा है, उसकी ख़ुशी गहरे दुःख में बदल गयी है, और उसने गुस्से से उस पीली फ्रॉक को उठाकर अनाज की डेहरी के पीछे फेंक दिया। भूरी को नानी के घर अच्छा लगता है ... पक्के चार कमरों वाला सुंदर घर है नानी का, वहाँ किसी बात की कोई रोक-टोक नहीं है, न उसके लिए न उसकी अम्मा के लिए। भूरी, नानी के घर में अम्मा के साथ खेलती है; जब शाम को अंग्रेजी फारम से नाना ड्राइवरी करके टिरेक्टर लेकर वापस आते, तो अम्मा, भूरी को टिरेक्टर स्टार्ट करके दिखाती, कभी साइकिल चलाकर भूरी को सवारी कराती, तो कभी किरायेदार का रिक्शा चलाकर जोर-जोर से हँसती और भूरी को भी खूब हँसाती। नानी के घर में अम्मा बिलकुल स्कूल वाली मिस जी की तरह सूट पहनकर

सुन्दर बनकर रहती थी, और लाल रंग के गैस-सिलेंडर पर लगे छोटे से चूल्हे पर इत्ता सारा खाना बनाती, वो भी बिना धुएँ और खाँसी के। भूरी भी अम्मा के पास बैठकर आटे की गोलियों से आटा चुराकर चुपके से कभी चिड़िया बना लाती, तो कभी मछली; और धीमी आँच पर चढ़े तवे पर अपनी आटे की बनी छोटी सी चिड़िया रख देती। अम्मा भी मुस्कुराकर हँस देती और छोटी पतली रोटी के साथ उसकी चिड़िया और मछलियाँ भी साथ साथ पक जातीं। लेकिन दादी के घर पर ऐसा कुछ भी नहीं था। यहाँ तो भूरी को कोई प्यार नहीं करता। भूरी के बनाये मछली और चिड़िया को दादी, नाली में फेंककर भूरी को रसोई से भगा देती। उसके साथ अम्मा यहाँ नहीं खेलती, और न ही अपने नहीं खेलने की वजह बताती। दादी, दादा, बप्पा कोई भूरी से प्यार नहीं करता; सब कहते, लाड़-प्यार तो बेटों से किया जाता है बिटिया से नहीं। भूरी, दिनभर आँगन में खुद अकेली ही खेला करती।

गोबर लीपापोती, चूल्हा टहल में मैली कुचैली साड़ी पहने घूँघट वाली अम्मा को भूरी बस रात को ही ढंग से देख पाती, जब अम्मा थककर चूर हो जाती, और घूँघट की बेपरवाही में नंगी खाट पर ही सो जाती। भूरी, ताक पर रखी धीमी लौ में जलती ढिबरी को अम्मा के सिरहाने रखकर उसके चेहरे से उलझी लटों को हटाकर उसका नानी के घर वाला चमकता चेहरा ढूँढ़ने लगती और निराश होकर ढिबरी वापस ताक पर रखकर अम्मा से लिपटकर नानी के घर की यादों को सोचते हुए सो जाती।

रात को जब बप्पा आकर भूरी को खाट से उठाकर ज़मीन पर बिछी टाट की बोरी पर जोर से बाँह पकड़कर लिटाते, तो उसकी चीख निकल जाती और उसकी अम्मा झट से उठकर उसको चुप कराकर पति की डाँट सुन उसे वहाँ सोया छोड़, खाट पर अपनी आत्मा का गला घोंटकर एक निर्जीव-सी चीज़ बन लेट जाती। पति, निवृत्त हो मुँह घुमाकर सो जाता, और रमा देर तक रोती रहती।

पक्के रंग की रमा का ब्याह जब कहीं तय न हुआ, और छोटी बहन के देखुवा तक आने लगे, तो रमा के माँ बाप ने अपने गाँव के रिश्तेदारों के कहने पर किशोरी से रमा का ब्याह तय कर दिया था, और साइकिल, घड़ी, बाजा के साथ थोड़े-बहुत खर्च में ही रमा को ससुराल भेज दिया था। अगले साल छोटी बेटी मनु को भी ब्याह दिया था। मनु सुंदर थी, तो घर भी अच्छा मिला था... लेकिन गुणों की बात करें तो रमा के सामने मनु कुछ भी नहीं थी। रमा, मायके में भी सारा काम करती थी, और ससुराल में तो उसने काम पर जान ही निकाल रखी

थी। शहरी कसबे में पली रमा को गाँव में बिलकुल अच्छा नहीं लगता था, और कामकाज में भी परेशानी होती थी; लेकिन धीरे धीरे उसने सब सीखकर अपने हाल से समझौता कर लिया था। रमा को बचपन में पढ़ने का शौक था। माँ के मना करने पर भी रमा, घर के काम निबटाकर चोरी से स्कूल में छिपकर मास्टरजी की बातों को भाई की टूटी स्लेट पर लिखने की कोशिश किया करती थी। चोरी पकड़ी गयी तो माँ ने पड़ोसियों से कहकर रमा पर पहरेदारी शुरू कर दी। पढ़ाई की आस भी चूल्हे की आग में झुलस गयी थी। कामकाज खेलकूद सबमें मन लगता था रमा का सपने देखने की आजादी नहीं थी रमा को, लेकिन सपनों पर रमा का भी कोई बस नहीं था, जो खुद-ब-खुद ही रमा के ज़ेहन में सज जाते और टूटकर बिखर भी जाते। अकेले में रमा ने साइकिल ट्रैक्टर रिक्शा सब चलाना सीख लिया था। उसमें कोई आक्रोश था बेटा-बेटी के मतभेद का, जिसका बदला वो हर वो काम करके लेना चाहती थी, जो लड़के कर सकते हैं और लड़की नहीं। इस बात पर बचपन में रमा को बहुत मार पड़ती थी। ब्याह के बाद माँ के लाख समझाने के बाद उस आक्रोश की आग ठंडी हुई थी, लेकिन कुरीतियों के विरोध की उस आग की राख को रमा ने अब तक अपने सीने से निकालकर फेंका नहीं था। कभी-कभी ससुराल में अब भी किसी अनैतिक बात के लिए उसकी ख़ामोशी से विरोध की मूक ध्वनि सुनाई दे जाती थी।

आज भी रमा ने वही किया था। किशोरी, रमा के तेवरों से नाराज़ था, और उसने रमा को मायके राखी लेकर जाने से मना कर दिया था, जिसपर घर में सारा बवाल हुआ था। रमा ने बिना कुछ बोले ही बहुत कुछ सुन लिया था। पति की डाँट उसकी मार, लात, घूँसे, थप्पड़, गालियाँ- तिरस्कार की आज सब बची कुची हदें किशोरी लाँघ गया था, बाकी कसर सास के तानों ने पूरी कर दी थी। रमा ने ससुराल की बहुत सारी यातनाएँ मायके में नहीं बताई थीं। ससुराल की घुटन को रमा ने सीने में दबाये रखा था, जो किसी ज्वार-भाटे की तरह उसके अंदर उबल रहा था और फट पड़ने को बेचैन था।

कोठरी के अँधेरे कोने में बेसुध पड़ी रमा को भूरी, बार बार अम्मा –अम्मा कहकर पुकारती रही। रमा सिसक सिसककर रोती रही। सास ने चूल्हा जला दिया था। ससुर ने सास के बीच में छोड़े जलालत के भाषण को अब अपनी आवाज़ दे दी थी। किशोरी अपनी तीन शादीशुदा बहनों के राखी लेकर आने की ख़ुशी में बाज़ार से खाने-पीने की चीज़ें लेने गया था। बूढ़ी सास ने सारा खाना, बहू को ताना मारते हुए पका लिया। ससुर ने बेटियों दामादों के आने की ख़ुशी में

राब का शरबत घोलना शुरू कर दिया।

किशोरी ने सामान लाकर रसोई में रखा, और घड़े से पानी निकालकर पीने लगा। तभी तीनो बेटियाँ और दामाद आ गये। सबने बूढी परबतिया को रसोई में न देख, रमा के बारे में पूछा, तो परबतिया ने रसोई छोड़ सिर के पल्लू के किनारे में दो बूँद आँसू पोंछे और छाती पीट पीटकर सारी रामकहानी सुनाने लगी। घर में हर कोई रमा पर गलियों-तोहमतों की बौछार करने लगा। रमा सब सुनती रही। जब सबका जी भर गया, तो सब रमा के विषय को छोड़कर राखी की बात करने लगे। बहनों ने किशोरी के लिए राखी निकालकर परबतिया को दी। उसने थाली में अर्चन का सामान लगाया। किशोरी, खुले स्नानघर में बिना परदा डाले नहाने चला गया।

रमा को बस अपने भाइयों की याद आ रही थी, कि कैसे उसकी राखी से भाइयों के चेहरे खिल जाते थे, और बाबूजी को जब वो बुआ की भेजी राखी बाँधती थी, और बाबूजी का चेहरा मुस्कुरा पड़ता था, तो उसकी ख़ुशी दुगनी हो जाती थी। उसको मायके की बहुत याद आ रही थी। उसके दिल-दिमाग़ में एक ही बात चल रही थी कि 2 घंटे बाद राखी का मुहूर्त ख़तम हो जायेगा, और इस बार पहली दफ़ा वो अपने मायके राखी पर नहीं जा पायेगी। रमा के आँसू रो-रोकर सूख चुके थे और सीने की राख़ में कुछ जलने लगा था। रमा में जैसे कोई शक्ति सी आ गयी। वो उठी। उसने अपनी खरीदी राखी को एक बैग में रखा। भूरी को पीली फ्रॉक पहनने को कहा। भूरी के पूछने पर कि क्या हम नानी के घर जा रहे हैं? रमा ने जवाब में हाँ में सिर हिला दिया, जिसे देख, भूरी बहुत खुश हो गयी और डेहरी के पीछे से अपनी पीली फ्रॉक निकालकर ले आई और झट से पहन ली। रमा ने नहानघर में किशोरी के पास जाकर बाल्टी से पानी लेकर मुँह धोया। सबको लगा, रमा अपनी गलती मानकर अब आकर सबसे माफ़ी माँगेगी। सबने अपनी गुरुर भरी नज़रें रमा के रो-रोकर सूजे चेहरे पर टिका दी। रमा, किसी की ओर न जाकर सीधे कोठरी में गयी, और सूट सलवार में एक हाथ में बैग लिए और भूरी का हाथ पकडे बाहर आ गयी। सबकी नज़रें रमा पर थीं। रामकली और लाजवंती भी अपने आँगन से सब देख रही थीं। रमा ने अपने दहेज़ की साइकिल के कैरियर पर बैग रखा, अपनी कमर पर दुपट्टा कसकर बाँधा, बैग आगे हैंडल पर टाँगा, भूरी को आगे लगी छोटी गद्दी पर बिठाया और साइकिल पर सवार होकर हवा से बात करती हुई निकल गयी। सबका मुँह खुला का खुला रह गया, और साबुन के झाग में डूबे किशोरी के तन बदन में तो ऐसे

आग लगी जो लगाये न लगे और बुझाये न बुझे।उसके ज़ेहन में तेज़ मिर्ची की जलन तैर गयी। अपने आँगन में दाना चुगती गौरैया के झुण्ड को उड़ाने के बहाने लाजवंती, आगे बढ़कर रमा को गली में दूर तक जाता देखती रही। रमा, आज़ाद पंछी की तरह खिलखिलाती, पीली फ्रॉक वाली भूरी को लिए, साइकिल पर सवार खूब दूर चली जा रही थी। उसे देख लाजवंती के होंठों पर गर्व भरी मुस्कान तैर गयी।

विनोद कुमार दवे

मोबाइल : 9166280718
ईमेल : davevinod14@gmail.com
पता : विनोद कुमार दवे, 06, बड़ी ब्रह्मपुरी, मुकाम पोस्ट-भाटून्द, तहसील-बाली, जिला-पाली, राजस्थान पिन 306707

संपादकीय टिप्पणी

यह देश का दुर्भाग्य ही है कि कृषि प्रधान देश में किसानों को आत्महत्या करने पर मजबूर होना पड़ता है। नितान्त गरीबी, अशिक्षा और शोषण का ऐसा भयानक मकड़जाल देश के दूर-दराज के गाँवों में देखने को मिलता है, कि मन-आत्मा आकुल हो उठे। ऐसी न जाने कितनी घटनाएँ आए दिन समाचारपत्रों आदि में पढ़ने को मिल जाती हैं। इन्हीं घटनाओं का सम्मिलित रूप, सरल, बोधगम्य और प्रभावी भाषा में लिखी विनोद कुमार दवे की कहानी 'किसान का कर्ज' में देखने को मिलता है। गरीबी, कर्ज, बेटियों का विवाह, शोषण आदि से त्रस्त किसान का आत्महत्या करना जहाँ दिल को दहला देता है, तो वहीं उसके एकमात्र पुत्र का भारतीय प्रशासनिक सेवा में चयनित होना प्रेरणाप्रद है, और कहानी को सुखान्त बनाता है।

किसान का कर्ज

चौदह साल पहले की मार्च की वो दोपहर गणेश कभी नहीं भूल सकता।

आज के अखबार में एक फोटो गणेश का भी है। चौदह साल पहले इसी अखबार के किसी कोने में उसके बाऊजी का फोटो छपा था। वह पाँचवीं कक्षा में पढ़ता था, और एक उजड्ड से अधेड़ ने उसे एक मनहूस ख़बर इस तरह सुनाई जैसे सबसे पहले बताने की एवज में उसे कोई बड़ा पुरस्कार मिलने वाला हो। वह सरकारी स्कूल में नीम के पेड़ के नीचे अपने दोस्तों के साथ मटरगश्ती कर रहा था। मास्साब खाट पर औंधे मुँह सोये हुए थे। रात को खेत में काम के बाद उनमें

इतनी भी हिम्मत नहीं बची थी कि अपना पोपला मुँह खोलकर बच्चों को चुप रहने के लिए भी कह सकें। कुछ बच्चे गेंदतड़ी खेल रहे थे। दो तीन लड़के नीम के पेड़ पर बंदरों की तरह लटके हुए थे, आते जाते लोगों को टुकुरटुकुर ताकते हुए। एक दल कबड्डी खेलने में व्यस्त था। गरीबी पैबंद से झाँक रही थी। तुरपाई भी इस कदर बिखर चुकी थी कि फिर से पैबंद लगाना शायद ही संभव होता। विद्यालय भवन के नाम पर सिर्फ एक कमरा था, जो टूटे कुर्सी टेबल और फटे हुए रजिस्टरों से भरा हुआ था। लड़कियाँ के पढ़ने पर एक अघोषित प्रतिबंध लगा हुआ था। लड़कियाँ उपले थापते हुए ललचाई नजरों से लड़कों को स्लेट पर पट्टी पेन घिसते हुए देखती रहतीं। लड़कियों का समूह जब गोबर डालने उकल्डी पर जाता हुआ दिखता, तो लड़के उन्हें चिढ़ाया करते। अधिकतर बच्चे किसानों और मजदूरों के थे। इस छोटे से गाँव में किसानों और मजदूरों में कोई खास फर्क नहीं रह गया था। किसानी मजदूरी में बदल गई थी, सूदखोर महाजन के चक्कर में अधिकतर किसान अपनी काफी जमीन खो चुके थे।ख़ुद के खेत में ही मजदूरी करते किसान, बस महाजन का घर भर रहे थे। 'दुइ टेम' खाने को मिल जाए, वो भी बहुत बड़ी बात थी। चढ़ते ब्याज ने कइयों को बँधुआ मजदूर बनाकर छोड़ा था। पीढ़ियाँ खप गई थीं ब्याज चुकाते-चुकाते, मगर सुरसा के मुँह की भाँति महाजन की तिजोरी का मुख भी फैलता ही जा रहा था। इस छोटे से गाँव में सिर्फ महाजन के घर में टीवी था, जिसकी एक झलक देखकर ब्याज चुकाने गए व्यक्ति के कलेजे को पता नहीं कैसे जरा सी ठंडक मिल जाती थी। कुछ लोगों के पास रेडियो जरूर था, जिसकी आवाज़ गाहे बगाहे फ़िज़ा में गूँजती रहती।

ऐसी ही एक दोपहर, जब विविध भारती से कोई अल्हड़ सा गाना हवा में तैर रहा था, वो अधेड़ शख़्स बदहवास भागता हुआ आया, और नीम के पेड़ से कई फ़ीट दूर खड़ा होकर अति उत्साह में अपनी भारी आवाज़ में चिल्लाया, "गणिया। थारे बापू तो फाँसी खा ली।"

एक वो दिन था, एक आज का दिन है। माँ हाड़तोड़ मेहनत के कारण सूख कर लकड़ी की माफिक दुबली पड़ गई है। खेत का टुकड़ा भी महाजन की तिजोरी में जाता रहा। गणेश ने अपने पिता की मौत के बाद मजदूरी का दामन थामना चाहा, लेकिन दो दिन कमठे पर काम के पश्चात ही भयंकर बुखार ने उसकी नाजुक देह को जकड़ लिया। बुखार के सप्ताह भर बाद जब वो वापिस बिस्तर से उठा, एक अनजाने प्रण के साथ स्कूल की और चल पड़ा। विद्यालय

प्रांगण में खड़े नीम के पेड़ ने उसके बाऊजी की जगह ले ली, और उसकी ठंडी छाँव में किताबों के साथ एक ऐसा सफर शुरू हुआ, जिसने उसे आज इस मुकाम पर लाकर खड़ा किया कि उसकी माँ ने घर-घर जाकर गुड़ बाँटा और अखबार में छपा अस्पष्ट फ़ोटो सब को दिखाती रही। अनपढ़ लोग खबर पढ़ने में तो समर्थ थे नहीं, संदेह की निगाहों से फ़ोटो को देखते, और सोचते पता नहीं गणिया ही है या कोई और... हो सकता है उसकी माँ पगला गई हो।

उस दिन जब गणेश स्कूल में अपना थैला छोड़ बदहवास भागकर खेत में पहुँचा, उसके बाऊजी पेड़ की डाल से लटके हुए थे। कई रातों तक उसके सपनों में वो लाश झूलती रही। बाहर निकली हुई जीभ और आँखें भयावह प्रतीत हो रही थीं। मल-मूत्र से धोती भीगी हुई थी। सफेद अँगोछे से झूलता हुआ उनका शरीर गणेश कभी नहीं भूल पाया। बाऊजी के पास जो थोड़ी बहुत जमीन थीं, वो महाजन के पास गिरवी पड़ी हुई थी। मूल तो दूर की बात थी, ब्याज भी चुका पाना उसके वश में नहीं रहा था। गणेश से बड़ी तीन लड़कियां थी जिनमें से दो की शादी अभी तीन माह पहले महाजन से लिये कर्जे से ही संभव हो पाई थी। एक लड़की और थी, जिसने अभी कैशोर्य की दहलीज पर कदम रखा ही था कि महाजन के लड़के की नजर उस पर पड़ गई। खेत पर खाना देते जाते समय उस बच्ची के साथ जो कुछ हुआ, उसकी हिम्मत नहीं हो पाई किसी से कहने की; लेकिन रात को उसके पेट में जो असहनीय दर्द हुआ, उस दर्द के साथ-साथ पेट के भीतर गहरे तक धंसी हुई वह बात भी बाहर निकल आई। कर्ज़ के तले दबा हुआ बाप पागल हो उठा। आधी रात को ही गुस्से से तमतमाते हुए वह घर से निकल पड़ा, और सुबह उसकी लाश पेड़ से लटक रही थी। राम जाने उसके साथ क्या हुआ। कोई नहीं जान पाया, गला दबाकर लटका दिया गया या उसने आत्महत्या कर ली थी। गणेश को पूरा विश्वास था उसके बाऊजी इतने कमजोर नहीं थे कि फाँसी खा लें।

उस मनहूस दिन के पश्चात महाजन के बेटे का घर आना-जाना बढ़ गया। गणेश उस उमर में कुछ समझने के काबिल नहीं था। माँ मजदूरी में पड़ गई। खेत महाजन खा चुका था। महाजन के बेटे का बीज, उस कमसिन किशोरी के पेट में पड़ गया, और लोक लाज के भय से उस लड़की ने मौत को गले लगा लिया। बहन के जाने के बाद गणेश पूरी तरह टूट चुका था, लेकिन उसकी माँ ने स्वयं का पेट काटकर भी उसे पढ़ाना जारी रखा।

जैसे-जैसे समझ आती गई, गणेश ने दृढ़ निश्चय कर लिया कि महाजन

के क़र्ज़ के बोझ से वह अपनी माँ को मुक्त करा कर रहेगा। वह जानता था, क़र्ज़ से ज्यादा बोझ अशिक्षा का था। ब्याज का यह कुचक्र गणित की एक पहेली ही थी, जिसे सुलझाने में उसकी न जाने कितनी पीढ़ियाँ खप गई होंगी। उसने अपनी मेहनत जारी रखी। बारहवीं उत्तीर्ण करने के पश्चात माँ ने बहुत कोशिश की, कि वह शहर जाकर पढ़े, किन्तु उसने गाँव में रहकर प्राइवेट ही अपनी ग्रेजुएशन पूरी की। उसके साथ ही उसने प्रशासनिक सेवा में जाने की कमर कस ली थी। अपने पहले प्रयास में वह प्री-एग्जाम भी पास नहीं कर पाया। किन्तु दूसरे प्रयास में उसने साक्षात्कार तक का सफर गिरते-पड़ते तय कर ही लिया। असफलताओं का दौर जारी रहा। साक्षात्कार में उत्तीर्ण नहीं हो पाने के बाद भी उसने हिम्मत नहीं हारी, और तीसरे प्रयास में उसने वो कर दिखाया जिसकी इस छोटे से गाँव में किसी ने कल्पना भी नहीं की होगी।

भारतीय प्रशासनिक सेवा परीक्षा उत्तीर्ण करने से ज्यादा खुशी उसे अपनी माँ के चेहरे पर एक संतोष भरी मुस्कान देख लेने की थी। आज उसकी माँ महाजन की हवेली के बाहर से गर्व से मस्तक उठा कर गुजरी। गणेश खुश था, महाजन के सूद के चक्रव्यूह से जल्द ही वह अपनी माँ को निकाल लाएगा; साथ ही उसका एक संकल्प था, गाँव में शिक्षा की एक अलख जगाने का ताकि कोई बेटा अपने बाऊजी की लाश को खेत की मेड़ पर पेड़ की डाल से झूलता हुआ नहीं देखे, न ही किसी बहन को महाजन की तिजोरी में अपनी इज्जत गिरवी रखनी पड़े।

विरेंदर 'वीर' मेहता

मोबाइल : 9818675207
ईमेल : v.mehta67@gmail.com
पता : एफ-62, फ्लैट नं. 8, गली नं. 7, नियर मंगल बाज़ार
लक्ष्मी नगर, दिल्ली-110092

संपादकीय टिप्पणी

न जाने क्यों पहनावे के आधार पर स्त्री के चरित्र की व्याख्या करना एक आम धारणा बन चुकी है। यदि आज स्त्री अपना पहनावा पाश्चात्य शैली का कर ले, तो लोग उसके चरित्र पर प्रश्नचिह्न लगाने लगते हैं; उसके चरित्र, उसके परिवार और उसकी मानसिकता पर भी अनेक प्रश्न लोगों के मन में उभरने लगते हैं। पुरुषों का स्वाभाविक रूप से स्त्री के प्रति आसक्त होने का भी लांछन स्त्री और उसकी स्वच्छन्दता पर लगने लगता है। ऐसे ही ज्वलंत मुद्दे को अपनी कहानी 'मानसिकता' में विरेंदर वीर मेहता ने पिरोया है। प्रस्तुत कहानी समकालीन कहानी के गुणों से युक्त, हिन्दी-अंग्रेजी के शब्दों तथा सामान्य बोलचाल की भाषा में रची एक सशक्त कहानी है, जो पाठकों को नारी के प्रति एक नवीन दृष्टिकोण देने में सफल है।

मानसिकता : एक दृष्टिकोण

"क्या मैं आप को आगे कहीं छोड़ सकता हूँ ?" उसने कार ठीक उसके करीब रोककर अपनी आवाज में भरपूर मिठास घोलते हुए अपनी बात कही ।

"नेकी और पूछ पूछ।" एक पल के लिए उसे देख वह हिचकिचाई, लेकिन अगले ही पल मुस्कराते हुए वह कार के खुले दरवाजे से आगे की सीट पर जा विराजमान हुई।

हाइवे नम्बर एक पर ठीक फ्लाईओवर से नीचे उतरते हुए एक ओर, वह अक्सर खड़ी अँगूठे के इशारे से लिफ्ट माँगती नजर आती थी। हालाँकि उसका

वास्तविक नाम कोई नहीं जानता था, लेकिन उसकी, हर किसी को अपनी ओर आकर्षित करती सुन्दरता, और उसके नित नए आधुनिक पहनावे पर कमर तक लहराते लंबे बाल, सहज ही उसमें एक परी की कल्पना को साकार करते थे, शायद इसीलिए उसका नाम ऑफिस में 'परी' पड़ गया था। ऑफिस के ही कई साथियों के अनुसार, फ्लाईओवर पर खड़े होकर अपने लिए नित नए साथी ढूँढ़ने का उसका ये सटीक तरीका था, हालाँकि ये कहना कठिन था कि ऑफिस के कितने लोगों ने उसकी सच्चाई परखी थी, लेकिन आज, सागर ने ऑफिस से निकलकर जब कार फ्लाईओवर के रास्ते पर डाली थी तभी से वह उसके बारे में सोचने लगा था।

पति-पत्नी दोनों के कामकाजी होने के कारण अक्सर ऑफिस से घर लौटते समय पत्नी के साथ होने की वजह से वह चाहते हुए भी कभी उसे लिफ्ट देने की नहीं सोच पाया था, लेकिन आज इत्तेफ़ाक से पत्नी का ऑफिस 'ऑफ' होने से वह अकेला था और वह इस अवसर को खोना नहीं चाहता था।

"कहाँ तक जाएँगी आप?" उसकी और देख मुस्कुराते हुए उसने कार खाली रास्ते पर आगे बढ़ा दी। शाम का सूरज ढलती रात का आभास देने लगा था।

"अब जहाँ तक आप साथ दे देंगे।" अब तक अपनी हिचकिचाहट पर वह भी काबू पा चुकी थी, और सहज ही मुस्करा रही थी।

"तो क्या आप कुछ घंटों के लिए मेरा साथ पसंद करेंगी?" कहते हुए सागर को उसकी मुस्कराहट कुछ रहस्यमय लगी, लेकिन उसके बारे में लोगों की व्यक्त राय उसे एकदम सही लगने लगी थी।

"ओह। तो आप मेरे साथ समय गुजारना चाहते हैं।" अनायास ही वह मद्धम हँसी हँसने लगी।

"अगर आपको एतराज न हो तो।"

"मुझे क्या ऐतराज हो सकता है भला।" उसकी रहस्यमयी मुस्कान पहले से अधिक गहरी हो गयी थी।

कार 'टोल' पार कर अब खुले हाइवे पर आ चुकी थी। वह चाहता तो कार की स्पीड बड़ा सकता था, लेकिन उसने जानबूझकर ऐसा नहीं किया, और कार को धीमा ही चलाता रहा। बीच-बीच में उसके हसीन चेहरे को देखना सागर को

बहुत अच्छा लग रहा था, और वह उसके साथ अधिक से अधिक समय बिताना चाहता था। आपस में नजर मिलते ही उसका मुस्करा देना, सागर के लिए जैसे गर्मी के मौसम में भी ठंडी हवा का झोंका बनकर आ रहा था। ऐसा नहीं था कि उसका वैवाहिक जीवन सुखद नहीं था, या उसकी पत्नी सुन्दरता और आधुनिकता के मामले में किसी से कम थी, लेकिन न जाने क्यूँ जब से उसने परी की कहानियाँ सुनी थी, और उसे एक नजर देखा था, तब से ही वह एक बार उसका साथ पा लेने के लिए व्याकुल सा हो उठा था; और आज उसके पहलू में बैठी परी, मानो उसकी इच्छाओं को पूरा करने के रास्ते पर उसके साथ जा रही थी।

इधर दूसरी ओर 'परी' यानि कामना, जो अपनी आधुनिक जीवन-शैली और खुले अंदाज के कारण माँडल, हिरोइन, लैला और परी जैसे कितने नामों से कथित पुरुष समाज में जानी जाने लगी थी, आज सामने आई इस परिस्थिति में सहज मुस्कराते हुए खुद को नार्मल रखने का हर संभव प्रयत्न कर रही थी, लेकिन उसका मन उसे पीछे कहीं पुरानी यादों में जबरन खींचकर ले जा रहा था। उस रोज पति के साथ हुई बातें उसके जहन में फिर से ताजा होने लगी थीं।

"हाँ मुझे ऐतराज है तुम्हारे इस आधुनिक पहनावे और गैरों से खुले व्यवहार पर।" अजय की आवाज अपेक्षाकृत ऊँची थी।

"लेकिन कभी मेरी यही खूबियाँ तुम्हें अच्छी भी लगती थीं अजय, फिर अब ऐसा क्या हो गया, जो तुम्हें ये सब बुरा लगने लगा?" वह भी पलटकर जवाब देने से नहीं चूकी थी। "कहीं ऐसा तो नहीं, जिन नजरों से तुम मेरी सहेलियों को देखते हो, वही मानसिकता तुम्हें हर पुरुष की लगने लगी है?"

'कामना।' अजय एकाएक गुस्से से चिल्ला पड़ा था।"तुम्हें कोई हक़ नहीं मुझ पर इस तरह आरोप लगाने का।"

"मैं आरोप नहीं लगा रही, बल्कि तुम्हें सच का आईना दिखा रही हूँ, जो मेरी सहेली भावना ने मुझे तुम्हारी आवाज की रिकॉर्डिंग के साथ व्हाट्स एप्प किया है, चाहो तो तुम स्वयं इसे सुन सकते हो।" कहते हए उसने अजय के सामने अपना मोबाइल फेंक दिया था।

"ओह शिट, योर इडियट फ्रेंड।" अजय बदतमीज़ी से बोला।" दो बातें तारीफ करते हुए कह भी दी तो क्या गुनाह कर दिया... आखिर ये औरतें माँडर्न बनने का इतना ढोंग क्यूँ करती हैं, जब मानसिकता उन्नीसवीं सदी की रखती

है?''

''क्यूंकि तुम मर्दों की मानसिकता में अपने घर की औरत, और बाहर की औरत के लिए हमेशा विरोधाभास रहता है।''

''कामना, शट-अप एंड कीप क्वाइट नाउ।''

''हाँ हो जाऊँगी मैं चुप'' कामना उसको जवाब दिए बिना चुप नहीं होना चाहती थी।''लेकिन अच्छा होगा तुम सुधर जाओ वर्ना...।''

''...हेल्लो... हेल्लो... कहाँ खो गयीं आप...?''

''...''

''अरे मैं कुछ कह रहा हूँ , कहाँ खो गयीं आप?'' सागर के बार-बार उसको पुकारने पर वह अनायास ही वर्तमान में लौट आई।

''जी नहीं, कहीं नहीं.... बस यूँ ही कुछ सोचने लगी थी; कुछ कह रहे थे आप?'

''मैं कह रहा था कि यहीं पास में एक अच्छा रेस्टोरेंट है, अगर आपको ऐतराज न हो तो...।'' अपनी बात अधूरी ही छोड़कर सागर मुस्कराने लगा था।

''नहीं, मुझे भला क्या ऐराज हो सकता है।'' जवाब देते हुए वह भी मुस्कराने लगी।

सागर ने कार, रेस्टोरेंट की ओर मोड़ दी। स्टेयरिंग के साथ-साथ उसका दिमाग भी आगे के बारे में गोल-गोल सोचने लगा था। इधर कामना फिर अतीत की गहराइयों में जा पहुँची, जहाँ अब समय-समय पर अज़य की बातों से समाज में कुछ न कुछ सुनाई पड़ ही जाता था। ऐसा नहीं था कि अजय उसके प्रति कभी लापरवाह रहा हो, या उनके आपसी प्रेम में कोई कमी दिखाई देती हो; लेकिन इस तरह की घटनाएँ अक्सर उसे विचलित कर देती थीं, और फिर उस दिन घर की कामवाली सोनाबाई के अजय पर सीधा 'एटेम्पट टू रेप' का आरोप लगाने के बाद तो सब कुछ ख़त्म हो गया था। पीछे शेष रह गयी था सिर्फ आरोप-प्रत्यारोप, और उसके दामन तक पहुँचने वाले छींटें। 'पति ही नहीं, पत्नी भी दोषी है' क्यूंकि यदि पत्नी समर्पित होती, तो मतलब ही नहीं कि पति बाहर मुँह लगाने की सोचे।'

ट्रिन... की तेज आवाज से वह एक बार फिर अतीत छोड़ वर्तमान में आ

गयी। कार, रेस्टोरेंट के पास खड़ी थी, और सागर उसे नीचे उतरने लिए कहना चाह रहा था।

एक क्षण के लिए वह जड़ हो गयी, लेकिन जल्दी ही उसने खुद को सँभाल लिया, ‘‘हाँ हमें उतरना चाहिए, पर क्या मैं इससे पहले आप के फ़ोन से एक कॉल कर सकती हूँ?’’

‘‘हाँ जरूर, क्यों नहीं।’’ कहते हुए सागर ने आँखों में असमंजस का भाव लिए अपना आई फ़ोन उसे थमा दिया।

ट्रिन... ट्रिन... ट्रिन

सखी, इस नंबर को देखकर तुम ये तो समझ ही गयी होगी कि मैं इस समय किसके साथ हूँ ।’’ कुछ क्षण बाद ही दूसरी और मिलाये गए नंबर पर जवाब मिलाते ही वह बात शुरू कर चुकी थी। ‘‘न; ज्यादा हैरान मत होना सखी, बस कुछ देर बात करना चाहती हूँ तुमसे।’’

अनायास ही सागर को आभास होने लगा था कि आज वह एक बड़ी गलती कर बैठा है। परी उसे बखूबी जानती है, और दूसरी ओर फोन पर अवश्य ही उसकी कोई जानकार है, जिससे वह इस समय बात कर रही है।

‘‘तुम्हें याद है न सखी...’’ वह अपना वार्तालाप जारी रखे हुए थी और अनायास ही उसने फ़ोन को स्पीकर मोड पर कर दिया था। ‘‘तुमने मुझसे कहा था कि यदि पत्नी समर्पित और सच्चरित्र हो, तो कोई कारण नहीं कि पति के कदम भटक जाएँ; और मैं तुम्हारी इस बात का कोई जवाब नहीं दे पाई थी, क्योंकि मैं खुद भी नहीं समझ पायी थी कि मेरा पति क्या वास्तव में भटका हुआ था, या सिर्फ मेरी कामवाली का उस पर लगाया गया आरोप महज एक हादसा था।’’

‘‘पहले मुझे ये बताओ कि सागर कहाँ है?’’ स्पीकर पर पत्नी की आवाज सुन, एक क्षण के लिए वह सिहर गया। इस बदलते घटनाक्रम को देखकर वह कार को रास्ते के एक ओर रोककर पूरा माजरा समझने का प्रयास करने लगा। फोन पर पत्नी की मनोस्थिति महसूस कर वह अब वह खुद को निष्क्रिय सा महसूस करने लगा था।

‘‘चिंता मत करो भावना, तुम्हारा पति मेरे साथ है और हाँ, मैं ऐसा कुछ नहीं करने जा रही जैसा कि लोग मेरे बारे में सोचते हैं।’’ उसके शब्द जैसे सागर

का उपहास उड़ा रहे थे, जो अपने कई कथित साथियों की तरह उसके बारे में एक गलत राय बना बैठे थे।... "और हाँ, न ही मैं तुम्हारी निष्ठा और समर्पण पर कोई सवाल उठा रही हूँ, बस मैं तो..." अपनी बात कहते हुए उसने एक जलती नजर पास बैठे सागर पर गड़ा दी थी। "मैं तो उस सवाल के बारे में सोच रही हूँ, जिसका उत्तर मुझे उस दिन भी नहीं मिला था और आज भी नहीं मिला है; यदि पत्नी हर तरह से समर्पित है और उसके बाद भी पति के कदम भटकते हैं तो ये महज उनकी कामनाओं की दुर्बलता है, या सदियों से नारी को भोग्या मान लेने की नर-मानसिकता।"

कामना, बात पूरी कर, कार का दरवाजा खोलकर जा चुकी थी, और सागर पत्थर बना, फोन की ओर देख रहा था, जिस पर अभी भी पत्नी की 'हेलो हेलो' गूँज रही थी। दूर कहीं शाम का ढलता सूरज रात में बदल चुका था।

शोभा रस्तोगी

मोबाइल : 9650267277
ईमेल : shobharastogishobha@gmail.com
पुस्तक : दिन अपने लिए (लघुकथा संग्रह)
पता : आर जेड डी-208बी, निकट पुराना गुरुद्वारा
राजनगर-2, पालम कॉलोनी, नई दिल्ली-110077

संपादकीय टिप्पणी

कभी-कभी अपने स्वार्थ के कारण अपने ही परिवार के लोग व्यक्ति को प्रताड़ित कर उस स्थिति में पहुँचा देते हैं, कि व्यक्ति विक्षिप्त हो जाता है। उसे घर से निकाल दिया जाता है, और वह पागलों सी हरकतें करने लगता है, सड़कों पर इधर-उधर भटकने लगता है। कभी-कभी तो अंधविश्वास से भरे समाज में उसे पिशाच या डायन जैसी संज्ञा भी प्रदान कर दी जाती है। शोभा रस्तोगी की कहानी 'डायन', अपने ही परिवार वालों की प्रताड़ना और स्वार्थ के कारण डायन के नाम से बस्ती में प्रसिद्ध हो गयी। हिन्दी और ब्रजभाषा के शब्दों से युक्त वाक्यों से सजी यह कहानी पाठकों पर अपना प्रभाव छोड़ने में सफल है।

डायन

मज़मा लगा था। भारी भीड़ थी। बच्चे –जवान -बूढ़े, महिला- पुरुष, लूले-लँगड़े, सूरदास सब मौजूद। पुलिया का पनवाडी नत्थू, चतरू चाय वाला, फ़क़ीरा सब्जी ठेले वाला, मोची गोविन्दा, मेहतर, दुकानदार सब खड़े थे।

मारो–मारो का शोर कान फ़ाड़ रहा था। किसको और भला क्यों? सब नदारद था फ़ुलवा की समझ से। भीड़ के अस्तित्व पर मस्तिष्क की छाया तो होती नहीं; भीड़ का एक ही मनोविज्ञान होता है –एकत्रित होना। कारण से दूर... नेत्र वही देखते हैं जो शोर दिखाता है, कान वही सुनते हैं, जो शोर सुनाता है। एक आवाज... कार्यवाही शुरू। दिमाग को आराम करने घर छोड़ आते हैं लोग।

दिमाग प्रश्नावली को सहेजता है घर पे, यहाँ खल्लास। कब, क्यों, किसका, कहाँ, सब नींद में मस्त। दिमागी कसरत से परे कोलाहल भीड़ का।

मारापिट्टी से जी भर गया तो चलो चलो की आवाज़। भीड़ छँटने लगी।

घर की चौखट पे खड़ी जरा सा दरवज्जा भिड़ा देख रही थी वह। उसके माँ बापू भी गए थे उस किसी को मारने।

उन्हें आता देख वह अंदर हो ली।

"सुसरी, डाइन है डाइन; अपनो मरद खा गई, औलाद खा गई, पतो न और किन-किन्ने खावेगी? मरती ऊ न दारी।" "माँ, कौन ए जे? लोग बाए काए मार रए?"

"डाइन हते।"

डाइन कौन होवे माँ?'

"चुप्प कर तू, भीतर जा, रोटी चढ़ा दे, संझा हो गई।" डरी सहमी वह चौके में घुस गई। उसका बावला मन अपने ही सवाल के जवाब के लिए कूद फ़ाँद रहा था। उत्तर क्या खूँटी पे टँगे होते हैं? उतारो और बाँच लो। जवाब के लिए तो पनीला रेगिस्तान तथा सूखी धारा के बीचोंबीच से गुजरना होता है। उसपर भी कोई गारन्टी नहीं कि हाथ लग ही जाए। मस्तिष्क, चेतन-अचेतन-अवचेतन की सारी अल्मारियाँ उठापटक कर देता है, लेकिन उत्तर है कि दिखता ही नहीं कहीं । फ़ुलवा सोचे जा रही थी। आह-रोटी जल गई। डाइन कैसी होवे? ओह! तवे से रोटी पलटते भान ही न हुआ और जलते तवे पे ऊँगलियाँ ही रख दीं। फूल सी नरम खाल मुचड़ गई।

चुपचाप गीला आटा चेप लिया। माँ जानती तो सुनाती चार छह। दिमाग कहीं तो दीदे कहीं । एक कुरेदन उसके दिमाग के बंद सूराख को कुरेदती रही... किर्र – किर्र।

चौका निपटा वह बाहर निकली। माँ मंदिर, बापू चौपाल गए। साहस कर फ़ुलवा थोड़ी दूर तक गई। साँझ गहरी हो आई थी। दिन – रात का मिलन। दिन का आलोक, निशा का तम। दोनों आलिंगनबद्ध। शाम मुस्कुरा रही थी। इसी ठाँव दिन - रात मिलते हैं। थका दिन। रात आत्मविश्वास से लबरेज़। निशा के साँवले सौन्दर्य को देख, दिवस के चेहरे पर मुस्कान फ़ैल गई। दिन की इसी मुस्कुराहट के प्रकाश में फ़ुलवा ने देखी सड़क। जहाँ – तहाँ पत्थर। खून के

धब्बे। टूटी चप्पल। लाल रक्त के निशान दूर तक भाग रहे थे। पुराने बंद पड़े कारखाने की पिछली सुनसान गली तक। वहाँ कोई आता-जाता न था। फ़ुलवा आगे बढ़ी... और आगे। 'डाइन है वहाँ।' माँ की डाँट याद हो आई। डर में लिपटी, उलटी हो ली।

"ऐ डाइन को पक्को इलाज करनो पड़ेगो।" रात, माँ बापू की बातचीत में डायन ही थी।

"तुमने ज़मीन के कागज तो पक्के कराय रक्खे हैं न अपने नाम?"

"करा तो लए हैं, जब तलक जे न मरे चैन कित ठौर पड़े?"

"लालाजी (देवर) ऊ जइके कारन निकर गए; अपने छोरा ऊ ए खा गई कुलच्छनी। मरत ऊ नाय; बुजरगन की जमीन ते एक अंगुल ऊ न दिंगे बाय।"

"तू काय चिंता कत्ते... पंचायत बिठा के डायन तो घोसित करा दयो है, पंचन कू बिदेसी दारू पिलबाई हती, देसी ए तो कोऊ हाथू न लगात; पर एक बात हते, दारू हए बड़े काम की चीज, सुसरो कोउ काम करबानो होय, कित्तो पढ़ो-लिखो कोऊ होय, संस्कारन की कित्तीऊ घुट्टी पी राखी होय; जे दारू बोउ बिदेसा, सबरे कामन ए निबटा देत ए। जा डाइन को कछु नाय, सब कछु फ़ुलवा को ए।" फ़ुलवा के कानों ने सब वैसा का वैसा अंदर ले लिया। कुछ समझा, कुछ सिर से परे हो लिया। लकड़ी गीली थी, जली नहीं, किन्तु सुलगन पकड़ ली। हौले हौले धुआँ धुँधियाने लगा। आग, पाँव पसार रही थी; पर थी कहाँ? नहीं दिखा।

भोर उठते ही माँ बापू खेत पे चले गए। फ़सल कटान पे थी। रसोई निपटा स्कूल की तैयारी थी फ़ुलवा की। चार रोटी अखबार में दबाकर रख ली बस्ते में। सरसराती हुई स्कूल पहुँची।

"दीदी जी, पेट में दरद है, जल्दी जाऊँ?" एक कालांश बीतते ही विनय की उसने।

"क्या हुआ?"

"बोई महीना बालो दरद।"

"अच्छा जा।"

. फुलवा उसी पल स्कूल से बाहर। बढ़ गई पुराने कारखाने की ओर। बस्ते

से आ रही रोटी की गंध उसके हौसलों को हवा दे रही थी। इधर-उधर देखा। चारों तरफ़ देखा। कोई हो न, कोई देख न ले। चाक-चौकन्नी हो आगे हो ली। माँ को पता लगा तो कुटाई पक्की। पैर वापसी चाहते। मुए दिल को कौन समझाए? चलते हैं बेचारे पाँव... थकते हैं। घिसते हैं, टूटते हैं, फ़िर भी निकम्मे दिल का फ़रमान बजाना पड़ता है। मन-मस्तिष्क को फ़ाँकनी पड़े धूल... चलना पड़े तो जाने न। बस बैठे बैठे हुकम चलाना। क्या करते... चल पड़े पग मन मार कर। डरते-काँपते बढ़ चले, आगे, और आगे। आस पास कोई घर नहीं। बंद कारखाने की जर्जर दीवारें फ़टी पड़ी थीं। छिली थीं। जगह-जगह से रिस रहीं थीं। ईंटें अधनंगी खड़ी थीं। लोहे के सरिए भी ताक–झाँक रहे थे। कारखाने की बाईं तरफ़ पतली गली। झोपड़ीनुमा घर। मुड़ी वह। मुड़ तो गई गली में, धड़कन बढ़ गई। चौकस नज़र। देखा चहुँ ओर, कोई पंछी भी न था। अजीब सी बदबू नथुनों में भर गई। कै आने को हुई। रोटी की गंध झाँकने लगी बस्ते से।

"ओह, जे मेरी चाची लगे। सायद, डाइन नाम है चाची को।" डायन नाम कौंधने लगा।

अटका खड़ा सा भिड़ा था द्वार। अधटूटे कब्जे। सीला दरवज्जा। फ़ुलवा का हाथ लगते ही चरमराया।

"को ए निपूता? भाग...।"

'चाचा!' बटोर हिम्मत कह ही डाला। अंदर से आता दरवज्जे के बीच से निकलता माथे की दाईं भौंह पे सट्ट से लगा लोटे का किनारा। फट्-कट गया। खूनमखून। आँख झपक गई। हाय – हाय कह ओढ़नी का पल्लू धर दिया घाव पे। हाय का स्वर सुन द्वार तक आई वह। चौंकी।

बोली – "को ए तू? इहाँ काहे?

"चाची, रोटी लाई थी तेरे काजे।" जल्द ही अखबार में बँधी रोटी चौखट पे पटक, उल्टे पैर भाग ली फ़ुलवा। एक हाथ भौं पे दबाए, भय से काँपती। दिल को मुट्ठी में पकड़ घर पहुँची। शुकर है माँ नहीं आ पाई थी इतने खन। मुट्ठी खोल दी। राहत की साँस ली। बस्ता फ़ेंक, घाव धो दवा लगाई। 'ओह, तो डाइन ऐसी होवे।' दर्द सालता रहा। 'बाने मेरे लोटा चौं मारो? मैं तो बाय रोटी देवे गई, अब कबहु न जाऊँ।' चीखता रहा जख्म... चस–चस। गुस्से में फूलकर कुप्पा हो गया। सूजन आ बैठी।

साम पड़े माँ घुसी तो लगी गाली बकने।

''का है गयो? किन्ने मारो?

''कछु न माँ, पाँव फ़िसल गयो। पाटी चौखट.लग गई।'' दो – चार दिन घर में रही। घाव थोड़ा पपड़ाया... फ़िर सुलगी लकड़ी धुआँ छोड़वे लगी। सफ़ेद, काला, मिश्रित... इसके पार कुछ था, अदृश्य। पर था जरूर।

टक–टक दरवाजा बजा। पीछे हटी। क्या भरोसा? कोई लोटा आन लगे। थोड़ी देर राह देख द्वार पीछे किया। डायन खड़ी थी।

''चाची! रोटी।''

''तू फ़ुलवा है न, मेरी बच्ची।'' तड़प थी। बाँहें फ़ैल गईं। भीतर तक डरी फ़ुलवा, कलेजे लग गई डायन के।

''तू मेरी चाची?'

''.........''

''चल, चाची ई, काहे आई इत?'

''डाइन नाम है तेरो?'

''हा हा हा!'' अट्टहास कर उठी वह। हँसी में आँसू शरीक होते गए। हँसी नदारद। अश्रुओं का कारवाँ चल निकला। मीठे जल से सराबोर नदिया पगडंडी-सी राहें पकड़ निकल लेती है, कठोर पाषाणों के सीने से गुजर, सब की तृषा बुझाते हुए। सूखे मैदानों को आर्द्र कर खारी समंदर में कूद पड़ती है। नदी का मृदु नीर भी खारी हो जाता है; मानो कह रही हो – ऐ सागर। जब तक तुझे मीठा न कर दूँ तुझमें मिलती रहूँगी, अपना कोमल अस्तित्व तेरे हवाले कर। यहाँ बात विपरीत थी। डायन की नैन गली से आँसू निकल रहे थे, निकले ही जा रहे थे; रुकने–थकने का कोई पड़ाव नहीं। दिनों, महीनों, वर्षों से रुके अश्रुओं ने राह देख ली चल पड़ने की। पूरी तरह भीगे, नमी से नम वह और फ़ुलवा। आँसुओं में छुपा दर्द था, तकलीफ़ थी। पीड़ा की गिरह खोल आँसू बह रहे थे। व्यथा थी अकेलेपन की, अपनों द्वारा छले जाने की। आँसू बाँध तोड़ देते हैं, जब इन्हें कोई अपना मिलता है, अपनत्व से इनकी सुनता है, ये उसे भिगो देते हैं। तरबतर। चुपचाप। मौन। मूक वक्ता बन। श्रोता को सब सुनाई देता है। हृदय डूब जाता है इनके दुख में। करुणा उपजती है। पीड़ा टीसती है। ये आँसू अपने श्रोता को

सम्मोहित कर लेते हैं। किसी मजबूत, तार्किक बात का इतना निश्चित असर नहीं होता जितना, भोले – भाले, सादगीपूर्ण अश्रुओं का। फ़ुलवा का तन – मन डाइन के आँसुओं में पूरी तरह डूब चुका था। नहा लिया था। निखर गया था। अब उसे वह डायन नहीं लग रही थी।

रात, बिस्तर पर फ़ुलवा की आँखें बंद थीं, पर नींद से कोसों दूर। 'ओह, डाइन मेरी माँ है; ये ताऊ –ताई। मेरो बाप तम्बाकू की लत में सीधा हो लिया। ताऊ ने सहर ले जा फ़ूँक दिया। मेरो भाई पैदा हेते ही चल बसो। बदचलन, कुलटा कह माँ ए घर से निकाल दियो। जमीन के झूठे कागज बनवा लए पंचायत से मिल के। अपनी कोई औलाद न भई तो मोय अपना लियो। मेरी माँ कू डाइन पूरे गाँव की डाइन पति, बेटा कू खावे वाली डाइन, अकेलापन भोगती डाइन बस्स जमीन – जायदाद के ताँई?'

रात ने कितने ही काले कंबल बिछाए – ओढ़ाए, पर फ़ुलवा की आँखें तो अब उजला उजाला ही देख रही थीं। नए दिन का सवेरा। नई ऊष्मा से लबरेज सुबह। भोर की रक्तिम किरणों का आलोक फ़ुलवा के नैन कोरों से फ़ूट रहा था, वो भी भद्द काली रात में। कई रातें घनी अँधियार भरी होती हैं। स्याह स्याही पुती। ऐसी रात्रियों में दिन की कोई कल्पना भी नहीं जन्म ले पाती। ये लंबी और लंबी होती जाती हैं। जर्रे जर्रे पर कालिमा का चौकीदार खड़ा कर देती हैं। काला, स्याह, घना अंधकार लिए अँधेरा... लगता है समय थक कर सो गया है, रुक गया है सदा के लिए; अब कोई भोर नहीं होगी। किन्तु काल के पल हौले हौले अनवरत पग रखते जाते हैं। ऐसी रजनियों की सुबह, अधिक स्वर्णिम उजास भरी होती है; कल्पना से भी परे। खुशगवार। भोर तो भोर होती है; कालिमा निगल प्रकाश उगलती है। जीवन का सवेरा। विश्वास भरा उजाला। बंद गलियों से झाँकता सजीव उल्लसित उजास।

"सुन रए ओ! काँ ओ तुम? फ़ुलवा न दिख रई कईं; चौका समेट लेवेई इत्ते खन।"

"सकूल की तैयारी कर रई होगी।"

"न है न, बिस्तरा भी न उठा आज तो; जे देखो रवज्जा भी खुलो पड़ो है।"

"हैं... कऊँ चली गई का?" शोर मच गया। रातों – रात फ़ुलवा गायब। अड़ोस – पड़ोस के लोग – लुगाई सब जमा होने लगे। बच्चे, बड़े, बुजुर्ग सभी।

"कल्ल दुपहरिया में पुराने कारखाने से निकलते देखी।" एक किशोर ने कुछ बताया।

"हैं... पुराने कारखाने की डाइन लै गई मेरी मलूक सी बच्ची कू।" भाग – दौड़ हुई, सब के सब पुराने कारखाने की ओर, जहाँ परिंदा भी पर न मारता, वहाँ लोग ही लोग। पंचायती ठेकेदार, छुट्भैये नेता, प्रधान सभी। डायन के टूटे-फ़ूटे घर के सामने एकत्रित।

"आओ माँ बापू, आपको स्वागत है मेरे घर में।"

"का बक रई ए री फ़ुलवा? ताये बहका दई दीखे जा रंडी ने? डाइन अपनो घर तो खाय...।"

"बस्स माँ! इसे गाली न दीजो, मैं यईं रहूँगी।"

"न लल्ली! तू जा के साथ? लील जावेगी तोय भी जे...।"

"बापू ना! यईं रहूँगी। एक बात बताओ मोय मैं तुम्हारी छोरी हूँ कि न?" पति – पत्नी अवाक एक दूजे का मुँह देखने लगे। कई प्रश्न उलझते उत्तरों की अलगनी पे टँगे झूल रहे थे। हाँ – न की चौखट भार से दोहरी हो रही थी। उन्होंने लोगों को देखा।

"हाँ लाली, तू हमारी ई हते।

"तो मेरी बात मानो; बोलो हाँ के ना?"

"बोल लल्ली, पर तू याँ न रहेगी।"

"जाय तुम डाइन कहत्तो, कौन लगे तुम्हारि?" मुँह सूख गए, बोल चुक गए... कैसे पता लगा इसे? हमने न बताया। झूठ के हजार तालों में बंद था जो सच, आज उजागर कैसे? वास्तव में, सच को परिधान की जरूरत नहीं, वह निर्वस्त्र ही रहता है। सच को झूठ के कितने ही आवरण पहना दो, अनावृत हो ही जाता है। आवृत से अनावृत की दूरी मापने में समय की कड़ियाँ कितनी ही बीत जाएँ, पर सच उजागर होता ही है।

"बोलो माँ-बापू!" कोई चारा न देख बोल फ़िसल पड़े – "छोटे की घरवारी ए।" भीड़ आश्चर्यचकित। सुगबुगाहट बढ़ी। "फ़िर जे डाइन कैसे?"

"जे अपने मरद कू...।"

“बस माँ चूप हो जा।”

“न लाली, तू ऊ चल गैल।”

“मेरे सँग मेरी चाची ऊ जावेगी।”

“जे डाइन? ना जे डाइन ना है, तुम बनायो जाय डाइन; ठीक है जा तू, मैं जा डाइन के सँग ई रहूँ गी।”

“न लाली। भली... चाल लखमी... अपने घर चाल।”

भीड़ ने डायन का नाम पहली बार सुना।

डॉ. संगीता गांधी

मोबाइल - 8375932765
ईमेल - rozybeta@gmail.com

संपादकीय टिप्पणी

विभाजन की विभीषिका को अनेक लेखक-लेखिकाओं ने अलग-अलग तरह से लिखा है। न जाने कितने उपन्यास, कहानी संग्रह आदि इस समस्या पर लिखे गये हैं। विभाजन के समय की घटनाएँ, गाहे-बगाहे हमें पढ़ने सुनने को मिल जाती हैं। दोनों देशों से आने-जाने वाले लोगों के साथ अनेक प्रकार के अत्याचार किए गये। लोगों को जान से मारा गया, उनका सामान लूटा गया, घर जलाया गया, महिलाओं और लड़कियों को बेआबरू करके उन्हें या तो बंधक बना लिया गया या बेच दिया गया। ऐसी ही एक बेबस और लाचार स्त्री की कहानी को बहुत सुन्दरता के साथ संगीता गाँधी ने अपनी छोटी सी कहानी 'राजकुमारी की आज़ादी' में अभिव्यक्त किया है। प्रस्तुत कहानी अपनी भाषा और प्रभावशाली अभिव्यक्ति के कारण पाठक को भावुक करने में सफल है।

राजकुमारी की आज़ादी

"अम्मी, बता कौन था मेरा बाप?" मृत्यु शैय्या पर लेटी मेहँदी को झकझोरते हुए उसका बेटा लगातार पूछ रहा था। अस्सी साल की उम्र में मेहँदी से उसका बेटा अतीत के पन्नों को उजाले में लाने की माँग कर रहा था।

मेहंदी का शरीर निष्क्रिय हो रहा था, पर स्मृतियों की खिड़की से छन-छन कर बीती हवा मन का स्पर्श कर रही थी। दिमाग के तंतुओं में गुज़रा जीवन साकार होने लगा।

शायद एक युग पुराना समय मेहंदी को अपने साथ बहा ले जा रहा था। देश तब बँटा नहीं था। एक पहाड़ी कस्बे का छोटा-सा घर... आँगन में खेलती दस साल की बच्ची। "" रानो, अपनी बेटी को कुछ घर का काम सिखा; सारा

दिन खेलती रहती है, और दो साल में ससुराल जाएगी तो जूते खाएगी।''-दादी रोज़ की तरह माँ को ताने मार रही थी। माँ काम करते हुए मुस्कुराकर मेरी ओर देखती है - ''मेरी बेटी राजकुमारी है; कितने सुंदर हाथ हैं इसके, नाज़ुक, फूल से; इन हाथों से काम कैसे काम कराऊँ?'' ये माँ की भावना थी, पर समाज कोमलता नहीं देखता; उसकी गिद्ध दृष्टि और स्वार्थ, शरीर की रग-रग से अपना काम निकालने के बहाने खोजता है।

तेरह साल की मेहंदी का विवाह पच्चीस साल के दुहाजू से हो रहा है... हाँ, विवाह। तब वो मेहंदी नहीं थी, तब वो मंदिरा थी। माँ का दिया सुंदर नाम। माँ सिर्फ नाम दे सकी, क़िस्मत नहीं। माँ बहुत रोयी थी, मेरी फूल-सी बेटी ओर इतना बड़ा दूल्हा, दो बच्चों का बाप। बापू ने एक बार घूरकर देखा। माँ ने शादी की तैयारी कर दी। मंदिरा ससुराल में थी। बहुत बड़ा बीस लोगों का कुनबा। सब एक साथ एक ही हवेली में रहते थे। उसके हाथों की मेहंदी कब छूटी, पता न चला। फूल से नाज़ुक हाथ अब कपड़ों की पण्ड धोते, चार पहर राख से बड़े-बड़े पीतल के बर्तन, देगचियाँ माँजते-माँजते सारी कोमलता पिघलने लगी; तिस पर लात, घूँसे व सौत के दो बच्चों की जिम्मेदारी... माँ जाने किस राजकुमारी की बात करती थी?

देश में तब उथल-पुथल का दौर था। आज़ादी मिलने की संभावना के साथ-साथ देश के बँटवारे की माँग ज़ोर पकड़ रही थी। कुछ जगह दंगा-फसाद शुरू हो चुका था। सोलह साल कि मंदिरा की गोद में नन्हा बालक आ चुका था। मंदिरा समझ नहीं पा रही थी की लोग क्यों एक दूसरे के दुश्मन बन गए हैं? कल तक एक साथ रहने, खाने -पीने वाली कौमें आज कैसे एक दूसरे के खून की प्यासी हो गयी हैं?

''मंदिरा, तेरे मायके वालों को बवालियों ने कत्ल कर दिया है, कोई न बचा।'' -पति ने आकर ये ख़बर दी।

रोज़ ताने मारने वाली दादी; कभी जिसने सिर पर प्यार का हाथ न रखा, वो बापू नहीं रहे।

मंदिरा को दुख न हो रहा था पर माँ; उसकी मधुर स्मृति रह-रहकर कलेजा छलनी कर रही थी।

माहौल में नफ़रत का ज़हर बढ़ता जा रहा था। कब, कहाँ, कौन दुश्मन हो जाये, कोई न जानता था।

''दरवाज़ा खोलो। अल्लाह हु अकबर।'' एक बड़ी भीड़, मंदिरा की हवेली को घेरे खड़ी थी। सारा परिवार सहमा-सा कोने-कोने में दुबका था। ''तोड़ दो दरवाज़ा, काफिरों की बोटी-बोटी काट डालो।'' पहला वार जेठ, देवर ढेर। सास, ससुर पर दूसरा वार। बच्चों को तलवारों की नोक पर उठाकर टुकड़े टुकड़े कर दिया गया। मंदिरा के पति को गली में ले जाकर चार टुकड़े किया गया। घर की सारी स्त्रियाँ अब गुलाम थीं। जो चाहे करो। मंदिरा, हवेली की सबसे ऊपर की मंज़िल पर पुराना सामान रखने वाली कोठरी में दुबकी थी। मासूम बच्चा गोद में था।

''कोई नहीं अब यहाँ, चलो अब।'' कोठरी के बाहर मंदिरा ने ये आवाज़ सुनी। न जाने कितने वक़्त तक वो कोठरी में छुपी रही। अचानक बच्चा रोया। ममता, डर पर हावी हुई। मंदिरा कोठरी से बाहर आयी। ऊपर से लेकर नीचे तक खून का तालाब बना था। चिथड़ा-चिथड़ा लाशें सीढ़ियों से लेकर आँगन तक फैली थीं। पति की लाश के चार टुकड़े दरवाज़े की दहलीज़ पर पड़े थे। सोलह साल की मंदिरा अब विधवा थी। बिल्कुल अकेली, एक दुधमुँहे बच्चे के साथ। न कोई आगे न पीछे। यहाँ बैठ सोग मनाए, आत्महत्या कर ले, या अपने बच्चे की ख़ातिर जीने का संघर्ष करे। सैकड़ों प्रश्न मंदिरा पर चाबुक की तरह बरस रहे थे। बच्चा रो रहा था, उसकी आवाज़ बाहर तक जा रही थी। यहाँ रुकने का अर्थ था, तलवार की नोंक पर अपने बच्चे को झूलते देखना। स्वयं उसका क्या होगा? ये तो मंदिरा में सोचने की शक्ति भी न थी। हवेली के पीछे के दरवाजे से रात के अँधेरे में मंदिरा निकली। मंज़िल पता नहीं थी; बस एक धुन... बच्चे को बचा ले। डरावनी रात के काले सायों से बचते बचाते एक कब्रिस्तान पहुँची। इससे महफूज़ जगह उसे ओर कोई न लगी।'' ए कौन है तू। ''' कब्रिस्तान में दुबकी हुई मंदिरा को लाठी से टटोलते हुए बुजुर्ग ने कहा। मंदिरा चुप। क्या कहे? दिमाग़ सुन्न था।'' कहाँ से आयी है? क्या मज़हब है? पहनावे से तो मुस्लिम न दिखती? यहाँ मुसलमानों के कब्रिस्तान में क्या कर रही है? और ये बच्चा... चुरा के लायी है क्या?'' मंदिरा ने कसकर बच्चे को सीने से लगा लिया,'' ये मेरा बच्चा है।'' और मैं...।'' मंदिरा कुछ कहती, इससे पहले बूढ़े की टटोलती नज़रें उसके शरीर का मुआयना कर चुकी थीं।

''कोई भी हो, क्या फर्क पड़ता है... औरत है इतना काफ़ी है, ऊपर से जवान, खूबसूरत; काम की चीज़ है।''

दंगाइयों से बची, पर क़िस्मत की कालिख ने पीछा न छोड़ा। सोलह साल

की अकेली मंदिरा अब बूढ़े रफ़ीक़ की निक़ाह में थी। तीन बीवियों और दर्ज़न भर बच्चों, नाती - पोतों वाले रफ़ीक़ की चौथी बीवी।

रफ़ीक़ ने बच्चे को बख्श दिया था। किसी कोने में पड़ा रहेगा। माँ तो मेरी हुई। मंदिरा अब मेहंदी बानो थी। अबोध, बिना नाम का बच्चा अब अब्दुल था। देश आज़ाद हो चुका था, पर मंदिरा गुलाम।

मंदिरा उर्फ मेहंदी बानो अपने अंतर्मन के ज्वारों में जलते अंगारों पर लोटती थी।'' मैं मंदिरा या मेहंदी बानो? पहले पिता ने मासूम बचपन को रौंदते हुए बड़ी उम्र के दुहाजू सँग बाँध दिया, वहाँ लात - घूँसे खाती थी।

अब किस्मत ने बूढ़े रफ़ीक़ की चौथी बीवी का तमगा दिया। तीन-तीन सौतनों के तानों, गालियों से दिन चढ़ता है और रात, बूढ़े रफ़ीक़ के साथ ज़िंदा लाश बन गुज़रती है।'' आज़ाद देश की - मैं, मंदिरा उर्फ मेहंदी बानो, कब आज़ादी पाऊँगी?

बीसवीं सदी के अंतिम साल हैं। मंदिरा अस्सी साल की हो चुकी है। घर की एक कोठरी में बेटे-बहू ने पटक रखा है। एक फोल्डिंग पर निर्जीव देह को रगड़-रगड़कर घसीट रही है। पन्द्रह साल की उम्र में अब्दुल को पता चल गया था कि रफ़ीक़ उसका पिता नहीं है। बहुत झगड़ा किया। माँ से बेइंतहा नफ़रत करने लगा। कुरेद-कुरेदकर पूछता - "मेरा बाप कौन था?" क्या कहती... सब तो खत्म हो गए थे। अब्दुल मानने को तैयार न था। उसे लगता मंदिरा ने किसी वजह से उसके पिता को छोड़ दिया। वो कहता, "अम्मी, तेरा चाल -चलन ठीक न होगा, इसीलिए रफ़ीक़ संग भाग आयी, या मेरे बाप ने तुझे घर से निकाल दिया?" पिता, पति, शौहर के बाद मंदिरा को दुखों की सौगात देने वालों में बेटे का नाम भी जुड़ गया। "अम्मी, बता कौन था मेरा बाप?"

अब्दुल, मंदिरा को कुरेद रहा है। मंदिरा जा रही है। स्मृतियों में बरसों पुरानी माँ की छवि उभरी। माँ कह रही है - "मेरी बेटी तो राजकुमारी है।" 'माँ, तेरी राजकुमारी तेरे पास आ रही है।" -मौत की गोद में मंदिरा उर्फ मेहंदी निश्चेष्ट है। सालों पहले देश आज़ाद हुआ था' आज वो आज़ाद हो गयी।

सुधाकर राजेन्द्र

मोबाइल - 9431083378
ईमेल - sudhakarjeh@gmail.com
पुस्तकें : ग़ज़ल बोलने लगी (ग़ज़ल संग्रह)
कहानी के बहाने (कहानी संग्रह)
पता : दक्षिणी दौलतपुर रोड, राजा बाजार
जहानाबाद 804408 बिहार

संपादकीय टिप्पणी

गरीबी, कर्जा, जवान होती बेटी की शादी, वृद्ध पिता की बीमारी के कारण अपना घर, गाँव और शहर छोड़कर बड़े शहरों में जाकर नौकरी करके अपने घर-परिवार की सारी समस्याओं का समाधान ढूँढ़ने की कहानियाँ आम हैं; इसके साथ ही हम बहुत कुछ ऐसा भी सुनते हैं, जिस पर विश्वास होना मुश्किल होता है... जैसे कि कलकत्ता की लड़कियाँ काला जादू जानती हैं, और बाहर से आए जवान पुरुषों को अपने जादू के जाल में फँसाकर उन्हें भेंड़, बकरा आदि बनाकर खूँटे से बाँध लेती हैं। संभवतः इसी भय से त्रस्त कहानी 'एक ऐसी बहुरिया के नायक की माँ ने उसे कलकत्ते में नौकरी करने बहुत मुश्किल से भेजा। कथा नायक वापस आया तो सारी समस्याओं के समाधान के साथ एक बहुत बड़ी समस्या, एक जवान लड़की को भी अपने साथ ले आया; लेकिन इस लड़की ने किस तरह उसको व उसके परिवार को समस्याओं से मुक्त किया, इसे बहुत सुन्दरता से श्री सुधाकर राजेन्द्र ने सीधी सरल भाषा में अपनी कहानी में पिरोया है।

एक ऐसी बहुरिया

कमाऊ बेटे को कमाने के लिए कलकत्ता भेजते हुए बसंती ने कहा - "बेटा बालमीकि, वहाँ जाकर ठीक से कमाना; बाबूजी की बीमारी में ढेर कर्ज हो गया है, सूद बढ़ते ही जा रहा है, खेत रेहन पर है; तेरी कमाई से ही बाबूजी के बचने

की उम्मीद है।'' कलकत्ता जाते वक्त जब बालमीकि ने बाबूजी के पैर छुए तो उनकी आँखों में आँसू डबडबा आए। अँगौछा से आँसू पोंछते हुए बूढ़े वीरजा ने बेटे को बिदा किया था।

बेटे के चले जाने पर बसंती को बेटे की याद परेशान करती। पहली बार कलेजे का टुकड़ा माँ से विलग हुआ है। विवशता के पहाड़ के नीचे दबी बसंती, पति की बीमारी से विकल है। अनपढ़ होते हुए भी वह जीवन समर में संघर्षरत है। पहर भर रात जाने तक उसे नींद नहीं आती, और पहर भर रात रहते वह जाग जाती है, क्योंकि महाजन के तगादा से वह परेशान रहती है। जवान होती बेटी रूपा की शादी की चिंता उसे और भी परेशान करती है। गाँव के आवारा छोकरों की बुरी नजर से वह बेटी को कब तक बचाए रख सकती है?

बालमीकि को कलकत्ता गए माह भर बीत गए, पर एक भी पत्र नहीं आया। काम मिला कि नहीं... बसंती को चिंता सताती। उधर बालमीकि को कलकत्ता में अच्छी मासिक पगार की नौकरी मिल गई। वह किराए का एक कमरा लेकर रहने लगा। उसी की कमाई पर पिता की बीमारी, बहन का ब्याह, महाजन का कर्ज, रेहन रहे खेत सब प्रतीक्षा में हैं। कमाकर जब वह गाँव लौटेगा, तो घर की सारी समस्याएँ दूर हो जाएँगी। माता बसंती ने बड़ी आशा से बेटे को भेजा है कमाने के लिए।

बालमीकि के कमरे के पास रोज एक लड़की पानी लेने के बहाने आती है, उसके नहीं चाहने पर भी वह उससे बातें करने लगती है। एक दिन उसने उससे पूछा- ''आपकी शादी हो गई है?''

''नहीं, मेरी शादी नहीं हुई है।''

''माता पिता हैं?'

''हाँ, गाँव में रहते है।''

''कितने भाई बहन हैं?'

''एक भाई और एक बहन।''

प्रश्न पूछते हुए उसने निगाहों से बालमीकि पर प्रहार किया। बालमीकि ने कलकत्ता के काले जादू की चर्चा सुन रखा था। 'क्या यह भी जादूगरनी है?' उसके मन में प्रश्न उठने लगा। एक दिन कुछ माँगने के बहाने वह उसके कमरे में आ पहुँची। अब कोई न कोई बहाना बनाकर वह बालमीकि के कमरे में हमेशा

दाखिल हो जाती। उसकी सुन्दरता और हाव-भाव से बालमीकि प्रभावित होने लगा। उसने बालमीकि से कहा- ''खाना बनाने में परेशानी है तो मैं आकर बना दूँगी'

''पर तेरी माँ नहीं आने देगी।''

''क्यों नहीं आने देगी; उसी ने तो भेजा है मुझे शादी के बारे में पूछने के लिए... क्या तुम मुझसे शादी करोगे?'' युवती ने पूछा।

''नहीं-नहीं, मेरे गाँव में तुम जैसी मेरी बहन कुँवारी है, पिता जी बीमार हैं, माता परेशान रहती है; इसीलिए कमाने यहाँ आया हूँ।''

''मुझे भी अपनी कम्पनी में काम लगा दोगे?'' उसने पूछा। ''चल सकती हो; कम्पनी के बाबू से मिलो, शायद काम मिल जाए।''

आज रत्ना, बालमीकि के साथ कम्पनी गई, तो उसे भी खासी मासिक पगार पर काम मिल गयी। अब वह बालमीकि के साथ रोज काम पर जाने लगी। रत्ना और बालमीकि के बीच का प्रेम गन्ने के रस की तरह बढ़ता गया। बालमीकि, रत्ना के प्रेम में घर की समस्याएँ भूल गया। वह कई माह तक घर में कोई संदेश नहीं भेज पाया।

पति की बीमारी, बेटी का ब्याह, महाजन के बढ़ते कर्ज से बसंती बेहाल थी। वह जंग लगे लोहे की तरह गल रही थी। वह पंछी होती तो उड़कर बेटे का हाल ले आती, पर वह तो पंख विहीन, समस्याओं से लदी माँ थी। बहुत दिनों के बाद बालमीकि का एक पत्र आया। पत्र पढ़वाकर सुनने पर बसंती की चिंता और बढ़ गई। पत्र में लिखा था—

''माँ को मालूम कि हम कलकता आकर पैसा कमा रहे हैं, पर एक जादूगरनी के फेरे में पड़ गए है; हम कुछ दिनों में पैसा कमाकर घर लौट आएँगे। बाबूजी को रूपा की शादी तय करने को कहना, बाबूजी की बीमारी पर ध्यान देना। महाजन का ब्याज जोड़वाकर रखना; हम लौटेंगे तो सारी समस्याएँ दूर हो जाएँगी।''

समस्या दूर क्या होगी कि बसंती की समस्या और अधिक बढ़ गई। उसने बालमीकि को शीघ्र लौट आने के लिए पत्र लिखवा भेजा- 'बेटा बालमीकि, तुमको मालूम कि बाबूजी की बीमारी और बढ़ गई है। रूपा के शादी की बात तय हो गई है। दहेज की माँग है। महाजन का तगादे पर तगादा आ रहा है। जितना जल्दी हो सके घर वापस आ जाओ। हम हर दिन तुम्हारी राह निहारते हैं। जहाँ

तक जादूगरनी की बात है, उसके फेरे में मत आना। उसका जादू बड़ा छुतहर होता है। जो मरद उसके फेरे में आता है, घर का सुध-बुध सब भूल जाता है। तुम अपने घर की हालत से अवगत हो। हो सके तो जितना जल्दी घर वापस लौट आओ।

माँ का पत्र पढ़कर बालमीकि बहुत रोया। उसकी आँखों में आँसुओं के तूफान आ गए। उसका अँगौछा आँसू से भीगने लगा। वह सोचने लगा, वह कहाँ आकर फँस गया। उसने दूसरे ही दिन कम्पनी के मालिक से अपने पगार का हिसाब किया। एक मोटी रकम लेकर वह डेरा लौटा। रत्ना को बिना कुछ बताए वह घर लौट जाना चाहता था, किन्तु उसका दिल रत्ना में बस चुका था। उसने अपने घर की सारी बातें रत्ना को बता दी। रत्ना भी उसके साथ चलने के लिए अड़ गई। उसने भी कम्पनी के मालिक से अपने पगार का हिसाब किया। विवश होकर बालमीकि ने रत्ना को साथ चलने की स्वीकृति दे दी, किन्तु उसने सोचा माता-पिता और गाँव वालों को वह रत्ना के बारे में क्या बताएगा। इस बिन्दु पर उसने रत्ना से राय ली। रत्ना ने कहा कि बता देना सबको कि मैं तेरी पत्नी हूँ, हम दोनों एक साथ कम्पनी मे काम करते हैं। रत्ना ने पूरे साल कमाए रुपये अपने साथ ले लिए। यह रकम बालमीकि के बहन की शादी और पिता के उपचार में काम आएगा।

बालमीकि के गाँव पहुँचते ही बसंती बहुत खुश हुई, पर बालमीकि के साथ एक जवान लड़की को देखकर पूछ बैठी- "यह लड़की कौन है?"

"यह वही जादूगरनी है माँ, जो तुम्हें भी बस में कर लेगी।"

माँ को बेटे की बात पर आश्चर्य हुआ। रत्ना ने बालमीकि के माता-पिता को पैर छूकर प्रणाम किया, और पिता की बीमारी व रूपा की शादी के बारे में जानकारी ली। कुछ देर के बाद रत्ना ने बसंती के आँचल में इतने रुपये दिए कि बसंती उतना पैसा कभी नहीं देख पाई थी और बोली- "माताजी, पहले बापूजी का ठीक से उपचार करवाइए, महाजन का सूद सहित कर्ज वापस कीजिए, रेहन रहे खेत को छुड़ा लीजिए, और शेष रकम रूपा की शादी के लिए जमा रखिए; घटेगा तो हम और पैसा लाएँगे।"

रत्ना के प्रेम और व्यवहार ने बालमीकि के माता-पिता का दिल जीत लिया। सच में इस जादूगरनी के जादू ने गहरा असर दिखाया। रत्ना ने अपने व्यवहार, प्रेम और सेवा से सबको मोहित कर लिया। गाँव वालों ने सवाल उठाया-

'बालमीकि के घर में यह जवान लड़की कौन है?' रामौतार भगत ने कहा- "कलकत्ता की रखैल है।" अवध की पत्नी बोली- "छोकरी फँसाकर लाया है।" रत्ना की चर्चा सबके जुबान पर थी। गाँव मे पंचायत बैठी। पंचायत में पंचों ने बालमीकि को जात-बिरादरी और समाज से विलग करने का सवाल उठाया। आरोप था लड़की भगाकर ले आना। डर था कि रत्ना की देखा-देखी गाँव की लड़कियाँ भी न भाग जाएँ। बालमीकि ने बिना चिन्ता किए पंचों के सामने सवाल उठाया "उसके पिता टी.बी. के रोगी हैं, पंचों में से किसी ने कोई मदद नहीं की। उसके सारे खेत रेहन हैं, बहन रूपा कुँवारी है; आप मे से कौन ऐसा है जो मदद कर सकता है?" पंचों में सन्नाटा छा गया। कोई जवाब पंचों से नहीं बना। यदि आप लोग गूँगे हैं, तो अब रत्ना की बात सुनिए। रत्ना ने पंचों को नमस्कार करते हुए अपनी बात रखी, "पंचों! मैं कोई गलत लड़की नहीं हूँ, मैं बालमीकि की पत्नी हूँ, मै अपनी माँ के आदेश से यहाँ आई हूँ; आप लोग गाँव के होने के नाते बालमीकि के बुरे दिनों में कोई मदद नहीं कर सके, इनकी गरीबी और मजबूरियों ने आपको प्रभावित नहीं किया। आजतक घर में जवान बहन कुँवारी बैठी है, सारे खेत रेहन हैं; रहने के लिए मात्रा एक झोपड़ी है; आप इन्हें जात समाज से काटने के लिए तैयार हैं। बालमीकि एक लड़की को पत्नी बनाकर ले आए तो जात से काट दो, और इनकी बहन कुँआरेपन के कारण कहीं चली जाए, तब भी जात से काट दो। पिता की मृत्यु पर गरीबी के कारण श्राद्ध न करे, तब भी जात से काट दो। ये बंधन, ये पाबंदी मानवीय संवेदना से विलग है। हमने गलत क्या किया है-यही न कि इनके बीमार पिता का उपचार कराया, रेहन खेत छुड़वाया, महाजन के कर्ज से मुक्ति दिलवा दी, बहन की शादी के लिए रकम की व्यवस्था कर दी... यदि यह सब अपराध है तो हम अपराधी हैं, और आप लोगों की सजा और फैसले की कोई परवाह नहीं है; मैं समाज की संवेदना को समझना चाहती हूँ, यह है या समाप्त हो गई है?" रत्ना की बातों से पंचों के बीच सन्नाटा छा गया। कोई जवाब नहीं मिल पाया पंचों से। रत्ना की बातो ने पंचों की संवेदना को झकझोर कर रख दिया।

रत्ना की बातों ने पंचों को इतना प्रभावित किया कि पंचों के साथ बसंती और विरजा ने भी रत्ना को बहू के रूप में स्वीकृति दे दी। रत्ना एक विधवा माँ की परित्यक्ता बेटी थी। आज रत्ना, बालमीकि की बहुरिया के नाम से चर्चित है। एक ऐसी बहुरिया, जिसके आगमन से बसंती, विरजा ओर बालमीकि का जीवन बदल गया।

डॉ. स्वेता द्विवेदी 'उनेत'

मोबाइल नंबर : 8974303413
ईमेल : dvisweta@gmail.com
पता : एस- 17/261 पी-के 1, परमहंस नगर कॉलोनी
इंद्रपुर, शिवपुर, वाराणसी, -221003(उत्तर प्रदेश)

संपादकीय टिप्पणी

ग्रामीण जीवन की अनेकानेक समस्याएँ हैं; कभी सूखा तो कभी बाढ़.तो कभी कर्जा। लेकिन इन सबमें जो सबसे बड़ी समस्या है, वह है गरीबी की, शोषण की, और भोले-भाले ग्रामवासियों को मूर्ख बनाकर उन्हें लूटने की। बाढ़ से पीड़ित एक गाँव में सरकार राशन बँटवा रही है, लेकिन उसे लेने के लिए भी गरीब परिवार को रिश्वत देनी है। रिश्तव न होने पर चार दिन से उस परिवार में चूल्हा नहीं जला। पड़ोस से आए भोजन को एक छोटी बच्ची निन्नी ने बेहिसाब खा लिया, परिणामतः उसकी मौत हो गयी। यह घटना देश के किसी न किसी गाँव में प्रायः घटने वाली घटना है, किन्तु दुःख की बात है, सरकारें तब भी नहीं चेतती हैं। ऐसी ही एक घटना को डॉ. श्वेता द्विवेदी ने अपनी कहानी 'भूखे पेट के सपने' में पूर्वी हिन्दी और बिहार के अंचल की शब्दावली से भाषा के माध्यम से प्रस्तुत किया है।

भूखे पेट के सपने

"ए निन्नीया, भूख नइखे लागल का?'

निन्नी हाँ में सिर हिलाती है।

"त आके खा ले।"

निन्नी चारपाई से कूदती है। चारपाई को वह रेलगाड़ी बनाकर खेल रही थी। खड़ी चारपाई और उस पर चढ़ी निन्नी। मुँह से निकाली जा रही रेलगाड़ी की आवाज़, और इसी आवाज़ के साथ रेलगाड़ी भागी जा रही है, और पार

करती जा रही है काल्पनिक स्टेशनों को। कोई भी पूछता कि ''ए निन्नी, इ ट्रेन कहवाँ जात बाटे हो?'' और हर बार निन्नी का एक ही उत्तर होता 'डिल्ली'। अब सामने के टूटे दाँतों के साथ निन्नी दिल्ली का सही उच्चारण करती भी कैसे? पर लोगों को उसके डिल्ली में ही मज़ा आता था, इसलिए जब देखो तब कोई न कोई उससे पूछता रहता।

निन्नी भले ही रेल पर न चढ़ पाई हो पर उसने रेल देखा तो है। रोज़ ही उसके गाँव से होकर न जाने कितनी रेलगाड़ियाँ गुजरती हैं। हर ट्रेन की सीटी सुनकर निन्नी, रेलवे लाइन की ओर दौड़ पड़ती है, और हाथ हिलाकर सारे यात्रियों को बाय बोलती है। उसे तो अब पचास तक की गिनती भी आती है। गुजरने वाली हर गाड़ी के डिब्बे गिनती है। दिक्कत तो मालगाड़ियों में आती है, जब पचास के बाद इक्यावनवाँ डिब्बा भी आ जाता है। पर निन्नी तो समझदार है, वह फिर से एक की गिनती से शुरू कर देती है, और घर आकर भइया या दीदी से जोड़वा लेती है, कि पहले पचास और फिर सतरह, तो कुल कितने डिब्बे हुए?

तो चारपाई पर से कूदकर वह आँगन में रखी बाल्टी से हाथ-मुँह धोती होती है, और अपनी नीली और सफ़ेद रंग की फ्रॉक जो पीछे से चढ़ गई है, के घेरे से हाथ और फिर मुँह को पोंछती हुई अम्मा के पास जा बैठती है।

''ए अम्मा, आ गइनी रे, दे दे खाए के।''

'बइठ।'

पर यह क्या... अम्मा उसकी ओर थाली बढ़ाने की जगह बुझती आग को सुलगाने लगती है। निन्नी कुछ देर तक रुक कर उपले लगा, आग सुलगा रही अम्मा को ध्यान से देखती है और फिर तैश में पैर पटकती हुई चिल्लाते हुए निकल जाती है।

''जब देबे के नाही रहेला त काहे के बोलावेली?''

बाहर निकल के निन्नी, खाने के बारे में और उसको लेकर जो गुस्सा हुई थी, दोनों को भूल गयी। बाहर मोहल्ले के सारे बच्चे इकट्ठा थे। फिर से रेल का वही खेल शुरू हो गया। निन्नी ही इंजन, निन्नी ही ड्राइवर और टिकट देने वाली भी वही थी। कुछ बाकी बच्चे ट्रेन के डिब्बे थे। पत्ते का पैसा और पत्ते का ही टिकट। पत्ते का पैसा दो और पत्ते का ही टिकट ले लो। जो पत्ते का टिकट

लेकर ट्रेन में चढ़े, वह भी डिब्बे बन बैठे हैं। कुछ ही देर में कल्लू आता है।

''हरे कल्लूआ, रेल-रेल खेलबे?'

'हाँ'

कल्लू भी खेलने लगता है। हमारे देश में नाम रखने के पीछे का तर्क भी ऐब है; गोरा तो लल्लू, काला तो कल्लू और मोटा, गदबदा सा हुआ तो गोलू। तो अब कल्लू के चेहरे-मोहरे का वर्णन करने की आवश्यकता तो रह नहीं गयी।

''का रे कल्लू, कब्बो असली वाला टरेन में चढ़ल बाड़े?''

''चढ़ल बानी।'' कल्लू, सगर्व उद्घोष करता है।

'कब्ब?'

''जब फुआ के हियाँ तीज ले के गइल रहिन तब्ब।''

सारे बच्चे कल्लू को घेरकर खड़े हो गए जैसे वह परियों के देश से होकर आया हो, एक अनजानी, अनदेखी धरती के किस्से सुना रहा हो।

''बड़ा मज़ा आइल होई न रे? सनाक से हावा जइसन निकल गइल होखबे।''

''टरेन में बइठा त पता नाहीं लागेला कि एतना जोर ले भागत बा, बाकी जब खिड़किया से तकला पे बुझाएला।''

''जब हम बड़ हो जाइब त रेल खरीदब, अउरु ओही में बइठ के सगरो जाइब।'' निन्नी की आँखों में सपने, और आवाज़ में ख़ुशी छलक आयी थी।

फिर तो रेल का खेल बंद हो गया, और सबने अपनी वह पिटारी खोल दी जिनमें उनके सपने बंद थे। किसी को हीरो बनना था 'अच्छे कुमार' की तरह, तो किसी को हवाई जहाज खरीदना था। नन्हीं आँखों में बड़े-बड़े सपने कैद थे। काश। पत्तियों के पैसे देकर हर सपने ख़रीदे जा सकते।

निन्नी की अम्मा जब बुलाने आयी, तब जाकर सपने समेटे गए। निन्नी को अब याद आया कि वह नाराज होकर बिना खाए ही आयी है। निन्नी इतनी देर में अपनी नाराजगी भूल गयी थी। अन्दर आकर पता चला कि अम्मा ने भी खाना नहीं खाया है। निन्नी की अम्मा एक ही थाली में दाल, चावल, लौकी की सब्जी और आम का अचार निकालकर ले आयी और माँ-बेटी दोनों खाने लगीं।

"अम्मा, भात।"

"काहे, पेट भर खाना नाहीं मिले का, जो अइसे बोलत बाड़े?" अम्मा उठी और थाली में और चावल परोस दिया.साथ में आम के अचार की एक और फाँक। अम्मा जानती है कि निन्नी को आम का अचार पसंद है। भला अम्मा निन्नी की पसंद नहीं जानेगी तो और कौन जानेगा?

दो-तीन महीने बीत गए। फिर निन्नी रेल-रेल खेल रही है। आज निन्नी की अम्मा की जगह उसकी बहन पूछने आयी है।

"का निन्नी, भूख लागल बा का?'

निन्नी फिर से हाँ में सिर हिलाती है, पर दूसरा संवाद पहले जैसा नहीं है। दूसरा संवाद तो इस तरह से है- "सच्चो भूख लागल बा?'

"हाँ दीदी, जोर से।"

"रुक, पप्पा कुछ इंतजाम करके आवत होइहन।"

इंतजाम? यानि निन्नी के खाने के लिए क्या कुछ भी नहीं है? पर यदि नहीं है तो क्या उसके पप्पा कुछ न कुछ इंतजाम करके आ ही रहे होंगे? हाँ, निन्नी के घर आज खाने के लिए कुछ भी नहीं है। कुछ न रहने के कारण भूखी है तो क्या हुआ उसके बाबूजी इंतजाम करने तो गए हैं, कुछ ले ही आएँगे।

कुछ देर के बाद निन्नी के पप्पा आ गए, पर यह क्या; वह तो खाली हाथ हैं। यानि कुछ इंतजाम नहीं हो पाया। पर यह कह देना आसान है क्या कि इंतजाम नहीं हो पाया? इस इंतजाम न होने से सात लोग भूखे रह जाएँगे। और उन सातों में एक निन्नी भी है, जिससे भूख बर्दाश्त नहीं होती है।

निन्नी अब रेल-रेल नहीं खेल रही है। उसी चारपाई को बिछा दीवार से टेक लेकर बैठी है। बगल में ही उसकी बहन लेटी है।

"निन्नी भूख लागल बाटे न?'

"ना दीदी।" निन्नी झूठ बोल गयी, पर उसे अपनी बहन पर गुस्सा भी आया, कि जब खाना मिल नहीं सकता तो वह उसे बार-बार खाने की याद क्यों दिला रही है।

"झूठ काहे बोलत बाड़े?'

"साचो दीदी, भूख ना लागल बा; देर से लागल रहे न, त अपने आप मर गइल।" निन्नी की दीदी ने उसे स्नेह से बाँहों में समेट लिया। कुछ देर तक दोनों ही चुप रहे, फिर निन्नी बोली।

"यादबा दीदी, एह दिवाली में अम्मा केतना ढेर के पूड़ी बनइले रहे?"

"इ त पुरान बात भइल, आज काहे याद करत बाड़े?"

"अइसहियें; ओ दिन कहनी कि इ कुल पूड़ी त हम अकेलहीं खा जाइब, त अम्मा हमार झोंटा खींच के डटले रहे।"

"पगली, अम्मा त अइसहियें कइयक बार गुस्सा जाले, तू इ कुल बात क खयाल मत कइल कइनी।"

निन्नी कैसे बताए कि उसे अभी दीपावली की पूरियों की याद क्यों आ रही है? पेट की भूख तो खाने की ही याद दिलाएगी। पर यह बात किसी को बता के कुछ नहीं होने वाला। उसे पता चल गया है कि उसको खाना क्यों नहीं मिल रहा। सारा खेल उस लेखपाल का है। बाढ़ पीड़ितों का नाम देते समय उसने उसके पप्पा और घर के बाकी लोगों का नाम दिया ही नहीं है, तो जो राशन आ रहा है, बाँटने वाले उसके पप्पा को दे ही नहीं रहे। लेखपाल, नाम लिखने का दो सौ रुपया माँगा था, पर पप्पा के पास था ही नहीं, तो लेखपाल ने नाम लिखने से मना कर दिया। अब पप्पा रोज़ वहीं दौड़ रहे हैं, पर राशन बाँटने वालों ने कह दिया कि अब कुछ नहीं हो सकता।

अब कुछ नहीं हो सकता... कहना कितना आसान होता है, पर यह कहने के साथ भूख-प्यास लगनी भी बंद हो जाती तो कितना अच्छा रहता। भूख, काश बस उन्हीं को लगती, जिनके पास खाने को रहता तो सब ठीक हो जाता; पर जब से घर में खाने को नहीं है, तब से निन्नी को ज्यादा भूख लग रही है। निन्नी के पास इस भूख को मिटाने का एक जुगाड़ है। कल्लू तो उसके पड़ोस में ही रहता है, खाना खाने के वक्त वह उसके घर चली जाएगी। सब खाने बैठेंगे तो उसकी अम्मा निन्नी से भी पूछेगी ही, और तब निन्नी झट से हाँ कर देगी। पर निन्नी नहीं जाएगी, वह कोई भिखारी थोड़े ही है। भिखारी ही तो माँग के खाते हैं। और फिर अम्मा ने ही समझाया है कि कोई और खाने को पूछे या कुछ दे तो नहीं लेना चाहिए।

भूखी अकुलाती आँतों के साथ निन्नी सो गयी, इस सपने के साथ कि कल

उसे कहीं न कहीं से एक रोटी या मुट्ठी भर भात जरुर मिल जायेगा। भात या रोटी के कुछ टुकड़े; भले ही इसे कोई नाली में बहा दे या बासी समझकर जानवरों के आगे डाल दे, पर ये टुकड़े किसी भूखे के लिए क्या अहमियत रखते हैं, यह तो भूखा पेट ही जानता है। निन्नी अगर आज भूखी सो रही है, तो यह गलती किसकी है? निन्नी के पिता की, या उसकी माँ की, या उस लेखपाल की, जिसने दो सौ लिए बिना नाम डालने से मना कर दिया; सरकार की या प्रकृति की। गलती किसी की भी हो, भुगतता गरीब ही है। जब भी विदेशी हमारे देश की गरीबी को दिखाती हुई तस्वीर लेते हैं तो हमें बहुत बुरा लगता है, पर हम जब अफर कर भूख से अधिक खाते हैं, तो एक बार भी किसी भूखे इन्सान या जानवर का खयाल आता है? पर यह जुमलेबाजी बंद कर दो। तुम्हारे जुमलेबाजी से निन्नी का पेट नहीं भर जाएगा।

रात हुई तो सुबह भी तो होनी है। रोज़ की तरह सुबह हुई। निन्नी जग गयी। सब जग गए हैं। चैन की नींद आने के लिए खाने से भरा पेट.और सुकून से भरा दिमाग होना चाहिए। पर कोई बात नहीं, पप्पा आज शाम तक कोई न कोई इंतजाम कर ही लेंगे। पर ये क्या, पप्पा तो दोपहर में ही लौट आए। निन्नी ख़ुशी-ख़ुशी भागती हुई पप्पा तक पहुँची, पर ये क्या, पप्पा के हाथ तो खाली थे। निन्नी सुबक पड़ी। पर कहीं कोई उसको रोते न देख ले तो दौड़ के मुँह धो आयी। पप्पा, अम्मा को धीमी आवाज़ में बता रहे थे कि बनिया ने पुराना हिसाब चुकाए बिना कुछ देने को मना कर दिया है। वह तो मजदूरी के लिए शहर जाने को भी तैयार थे, पर बाढ़ के तेज़ बहाव में कोई भी नाव वाला उनको बाढ़ के पार पहुँचाने को तैयार नहीं था।

निन्नी गई और बाल्टी से पानी लेकर गटागट पी गई। पेट भरने का एक यही रास्ता उसको नज़र आया। पर यह क्या, उसका तो पेट दुखने लगा। वह वहीं पसर गई, और कुछ देर के बाद जब दर्द कम हुआ तो उठ खड़ी हुई। अच्छा है किसी ने देखा नहीं, नहीं तो झूठ ही सब परेशान हो जाते। तीन दिन बीत गए, पर अभी तक निन्नी भूखी ही है, उसके घर वाले भूखे हैं। अचानक उसके बड़े भाई ने समय काटने के लिए चिढ़ाने के उद्देश्य से पूछा।''काहे निन्निया, तोर दाँत कहिया ले उगी? उगबो करी कि नाहीं?'

''उगी काहे नाहीं लेकिन उगे खातिर खुराकी त मिले के चाही।'' बोलने को निन्नी बोल तो गयी, पर गलती समझ में आते ही जीभ काट ली।

“भला भइल कि अम्मा चाहे पप्पा केहू सुनलस नाहीं, नाही त केतना ख़राब लागित।” निन्नी खुद को ही बरजी।

भाई चुपचाप बाहर निकल गया था।

घर में गिरवी रखने को भी कुछ नहीं था। निन्नी के पप्पा बटाई पर खेत में काम करते थे। दो साल से सूखा पड़ा था, जिसके कारण अच्छी फसल हुई ही नहीं; और इस साल की भयंकर बाढ़। जितनी फसल हुई थी, अब तक चुक गयी थी। वैसे इस मौसम में बाढ़ तो हर साल आती है, पर इस साल की बाढ़ ने पिछले सत्तासी साल के बाढ़ का रिकॉर्ड तोड़ दिया है। जितनी दूर नज़रें दौड़ाओ, सिवा पानी के कुछ और नज़र नहीं आता। पास-पड़ोस वाले भी तब मदद करें जब उनके पास हो।

आज चौथा दिन है जब निन्नी के घर कुछ भी नहीं बना है। अब तो आपस में बात करने का दम नहीं बचा है। निन्नी अब नहीं कहती कि वह रेलगाड़ी या हवाईजहाज खरीदेगी। वह रेल-रेल भी नहीं खेलती। अब तो किसी के कुछ पूछने पर सामने के टूटे दो दूध के दाँतों को दिखाकर मुस्कुरा देती है, पर उसके पीछे का दर्द हर किसी को दिख जाता है।

आज सातवाँ दिन। पर आज भूखे नहीं रहना है। कल्लू की अम्मा आज रोटी और आलू की सब्जी बना के ले आई है। थोड़ी देर बैठ, कल्लू की अम्मा चली गयी। अभी सब रसोईघर में ही आ बैठे हैं। सबकी आँखें भूख के कारण बुझी तो हैं, पर खाना मिलने की चमक भी है। अम्मा ने रोटी निकालने को भगोने के ऊपर से गमछा उठाया। निन्नी किलक पड़ी।”एतना ढेर के रोटी, लेकिन इ कुल त हम अकेले ही खा जाइबी।” पर आज यह कहने पर निन्नी की अम्मा नाराज़ नहीं हुई, बाल भी नहीं पकड़े, बल्कि प्यार से बोली “जेतना खाए के होई खा लिहे।”

सबकी थाली में रोटियाँ निकाल दी गईं, सब्जी भी डाल दी गई। निन्नी की दीदी पानी ले आई। सबके साथ ही निन्नी ने एक टुकड़ा मुँह में रखा, फिर दूसरा, फिर तीसरा, और दौड़कर आँगन में भागी। ढेर सारा पानी और खाने के वे तीन कौर, निन्नी ने सबकुछ उलट दिया था। इतने दिनों का भूखा पेट, भूख की आदत डाल रहा था, और अब यह अप्रत्याशित रूप से इतनी रोटियाँ। निन्नी आँगन में लोट गई और तड़पने लगी। अम्मा ने पकड़ के गोद में उठा लिया।

दीदी चटपट खाट बिछा दी। निन्नी को लिटा दिया गया। पप्पा पीछे से आवाज़ दे रहे थे "अब्बे कुल ठीक हो जाई, ए निन्नी घबड़ा मत।"

पर निन्नी अब घबड़ाने के लिए रुकी ही नहीं थी। खाने के सपने देखते-देखते वह तो भूखी ही मर गई। उसके साथ उसके सपने, उसकी भूख हमेशा के लिए मर गए। निन्नी की खुली आँखों की कोरों से आँसू निकलकर लुढ़कते हुए कान तक पहुँचे, और फिर रूखे बालों में कहीं खो गए। आँखों के किसी कोने में सपने अभी भी जीवित से दिख रहे थे। वही सपने, जो कभी देखा करती थी। पर ये सपने मुट्ठी भर भात पाने के सपने थे या रेलगाड़ी खरीदने के, यह सिर्फ निन्नी ही बता सकती थी, और यह बताने के लिए निन्नी अब लौटकर आने वाली नहीं थी।

www.ingramcontent.com/pod-product-compliance
Lightning Source LLC
LaVergne TN
LVHW100809051026
849519LV00006B/2019
* 9 7 8 9 3 8 7 3 9 0 1 1 9 *